Gabriele Raspel

Auf der Insel des Glücks

Gabriele Raspel

Auf der Insel des Glücks

Roman aus Schottland

rosenheimer

2. Auflage

www.rosenheimer.com

Titelfoto: © Klaus G. Förg (oben) und
Jenner – Fotolia.com (unten)
Lektorat: Christine Weber, Dresden
Satz: SATZstudio Josef Pieper, Bedburg-Hau
Druck und Bindung: GGP Media GmbH, Pößneck
Printed in Germany

ISBN 978-3-475-54637-2

1

Weit draußen, nahe der schottischen Nordseeküste auf einer pittoresken Inselgruppe genannt Sister's Rock beginnt unsere Geschichte. Weshalb Mary's Head, die größere der Schwesterinseln, nach Marys Kopf und die andere, Martha's Knee, nach Marthas Knie benannt worden war, lag, wie man sich denken kann, einzig und allein an der Form der Inseln. Mary's Head wirkt von oben wie ein Mädchenkopf – ein lockiger, wohlgemerkt. Und Martha's Knee sieht, man vermutet nach männlichem Dafürhalten, von oben dank des weitläufigen Gipfelplateaus wie ein Mädchenknie aus. So weit die Mär. Warum nun Kopf und Knie zwei verschiedenen Mädchen gehörten, verschweigen die Annalen. Aber das interessierte die 1.500 Einwohner von Mary's Head nicht, ebenso wenig wie den einzigen Bewohner von Martha's Knee: den Leuchtturmwärter Brad Boyle nebst seinen zwei Hunden Sammy und Shelby.

Eigentlich war an diesem Dienstag alles und doch nichts wie sonst gewesen, überlegte Eve Boyle später. Angefangen bei dem tiefen, lang gezogenen Ruf des Nebelhorns, einem Signalton, der vom Leuchtturm bei extremem Nebel mit einer Reichweite von 5 Kilometern abgegeben wurde, welcher die Schiffe vor Mary's Head's gefährlichen »Locken« warnen sollte und Eve um sechs aus dem unruhigen Halbschlaf aufgerüttelt hatte. Nichts hatte die Wirrnisse angekündigt, die in der nächsten Zeit ihr Leben erneut und, falls das überhaupt möglich war, sogar noch stärker aufrütteln würden als vor einem halben Jahr.

Der Schicksalsschlag ereignete sich vor sechs Monaten durch den unerwarteten Tod ihrer Grandma. Einen Tag zuvor hatte sie ihre Enkelin gebeten, sie doch auf einen Spaziergang durch den Naturpark zu begleiten. Obwohl die Großmutter recht blass wirkte, willigte Eve ein, bestand jedoch darauf, dass sie sich im Tal aufhielten. Der Berg stieg zwar sanft an, man hätte jedoch einen ordentlichen Fußmarsch bis zum sanft gewölbten Gipfelplateau zurücklegen müssen. Es war ein strahlender Frühsommertag, und beide hatten den Eindruck, als wäre der Teppich aus Traubenhyazinthen, gelbem Stechginster, von dem die Großmutter behauptete, dass er nach Kokos dufte, lila Rhododendren und rosa Grasnelkenkissen noch farbiger als sonst. Die Oma genoss diesen Ausflug sichtlich, obwohl Eve deren Kurzatmigkeit nicht verborgen blieb. Normalerweise begnügte sie sich mit kürzeren Strandspaziergängen.

Zum Abschluss pflückten sie einige Stängel vom Bärlauch, der noch nicht in Blüte stand. Daraus wollte die Oma frisches Pesto bereiten. Dieser wuchs so üppig, dass sich niemand daran stören konnte. Und auf dem Rückweg hatten sie das Glück, aus der Ferne sogar ein scheues Otter-

Pärchen beobachten zu können, das sich in den reinen Inselgewässern wohlzufühlen schien.

Zur Freude der Bewohner war die gesamte Insel in diesem Jahr zum Naturpark erklärt worden, für den nun sogenannte Park-Ranger gesucht wurden – Männer, die sich mit der Flora und Fauna gut auskannten, die Touristen führen und darauf achten sollten, dass diese sich nur auf den zahlreichen Wegen hielten.

Als Eve am späten Nachmittag des folgenden Tages nach der harten Forschungsarbeit aus Hornborough, dem nächstgrößeren Städtchen auf dem Festland, zurückgekehrt war, hatte sie ihre Oma im Ohrensessel vorgefunden.

Anfangs hatte sie sich nach einem kurzen Blick auf die friedlich Ruhende leise zurückgezogen, weil sie der Meinung gewesen war, die Oma hielte ein Nickerchen: die Hände gefaltet auf dem Schoß, die Brille auf der Zeitung neben sich auf dem kleinen Nussbaum-Tischchen. Eve hatte daraufhin unbesorgt in ihrer Wohnung im ersten Stock eine Runde gelesen und telefoniert, nachdem sie seit morgens um sieben auf den Beinen war. Doch als sich gegen sieben immer noch nichts im Haus rührte, wie sonst, wenn Grandma lautstark mit den Töpfen klappernd das Abendessen zubereitete, war sie beunruhigt erneut ins Wohnzimmer hinuntergegangen.

Die Küche wirkte so verlassen, wie sie sie vor zwei Stunden bereits vorgefunden hatte. Nichts, kein Gemüse, kein Braten oder auch nur ein kaltes Abendbrot waren für sie beide zubereitet worden. Sie entsann sich noch genau, wie eine kalte Hand ihr Herz ergriffen hatte, als keinerlei abendliche Küchendüfte heraus in den Flur drangen. Nicht einmal das Radio lief. Sie hatte die Tür aufgerissen, die Küche leer vorgefunden und war ins Wohnzimmer gestürzt, als wüsste sie bereits, dass etwas passiert war.

Die Oma war friedlich entschlafen, wie der Arzt, Dr. Preston, später mitteilte.

»Mit vierundachtzig kann das schon mal so eintreffen, auch wenn die Menschen einen Tag zuvor noch fidel erscheinen. Seien Sie dankbar, Miss Boyle, es war ein sanfter Tod«, hatte er sie zu trösten versucht. Er, den sie extra aus Hornborough hatte herbeirufen müssen. Da die Fähre gerade zum Ablegen bereitstand, war er bereits nach einer Stunde eingetroffen – für die Verhältnisse hier draußen erstaunlich rasch, denn Mary's Head verfügte über keinen eigenen Arzt. Allerdings kam vom örtlichen Krankenhaus ein Hubschrauber herüber, wenn ein Notfall eintrat.

Um der Trauer und Einsamkeit zu entfliehen, hatte sie sich nach Wochen aufgrund des Drängens ihrer Schwester und ihrer Freunde den bescheidenen Ablenkungen hingegeben, die die Insel und Hornborough zu bieten gehabt hatten: Im Spätsommer hatte beispielsweise die Abschiedsparty der Millers aus Dakota stattgefunden, der Gedanke daran entlockte Eve immer noch ein Lächeln. Die Feier hatte auf einer riesigen Yacht stattgefunden, deren Deck ihrem Häuschen Platz geboten hätte. Wie sie zu der Ehre der Einladung gekommen war, erschien ihr seltsam genug, denn Millionäre gehörten nicht zu ihrem Bekanntenkreis.

Die Gastgeber, er Mode-Mogul, sie Exmodel, beide um die fünfzig, besuchten seit Jahren die Insel und gaben sich die größte Mühe, alljährlich noch genauso knackig auszusehen wie vor zwanzig Jahren, was ihnen mehr oder weniger misslang. Sie gehörten im Sommer zum Schwarm der Inselbesucher. Wie die Schmetterlinge flatterten sie von Blüte zu Blüte, sprich von Party zu Party. Auf den Yachten, wohlgemerkt. Auf einem ihrer seltenen Spaziergänge in Richtung Halbinsel hatten sie das geräumige Wohnhaus von Eve entdeckt, das dank der Kletterhortensien märchenhaft verwunschen wirkte. Die Wände neben der Haustür waren beinahe zur Hälfte überwuchert, was die beiden dermaßen entzückte, dass sie einfach an die Tür klopften und Eve ein sagenhaftes Angebot zum Verkauf des Hauses machten.

Eve, die nicht beabsichtigte, sich jemals vom Haus zu trennen, hatte die Irrsinnssumme abgelehnt und nur gelacht. Aber die beiden, Fred und Elly, waren so lustig und herzlich gewesen, dass sie sie spontan zu Kaffee und Kuchen eingeladen hatte. Es war ein unterhaltsamer Sonntagnachmittag geworden, dem die Einladung zur Abschiedsparty am gleichen Abend folgte, nach der die Millers sich wieder in sonnigere Gefilde aufmachen wollten.

Die Party war anregend gewesen, Eve hatte sich mit vielen Bekannten und Unbekannten unterhalten und gut amüsiert. Gekrönt worden war dieser Abend jedoch von einem Mann, den Eve bisher nur vom Hörensagen kannte: Ian Preston, Sohn des Arztes aus Hornborough und ebenfalls Arzt, würde sich hier niederlassen, was man auf der Insel sehr begrüßte und was auch dringend nötig war. Denn bei besonders schweren Fällen hatte man bislang immer längere Wartezeiten in Kauf nehmen müssen, bis sein Vater, Dr. William Preston, aus Hornborough eintraf. Natürlich gab es die Hubschrauberrettung, doch es fehlte einfach ein Arzt vor Ort. Und eben dieser Ian Preston würde also derjenige sein, der sie zukünftig betreute. Was ihn bereits jetzt bekannt gemacht hatte, war sein Talent als Immobilienmakler.

Eve starrte ihn an. Ian war ein Prachtexemplar von einem Mann und hatte sie anfangs keines Blickes gewürdigt – in ihren Augen einfach die logische Folge der Tatsache, dass sie ganz sicher nicht in sein Beuteschema passte. Er liebte gewiss blonde, grazile Frauen, sie hingegen war dunkel und kurvig. Entgegen dem größten Teil der Weiblichkeit an Bord hatte Eve versucht, stets in eine andere Richtung zu schauen, wenn er sich ihr näherte, denn sie wollte nicht, dass man ihr wie allen anderen Frauen anmerkte, wie überaus attraktiv sie ihn fand. Wundervoll sein welliges schwarzes Haar, das er entgegen der Mode ein wenig länger als die anderen Männer trug. Obwohl es mit silbrigen Fäden durchwirkt war, vermutete sie, dass er nicht älter als Mitte dreißig war. Sie mochte die distinguierte Art, in der er auftrat, den Sexappeal, den er ausstrahlte. Der starke Ausdruck in seinen braunen Augen, als ihm während einer Diskussion etwas gegen den Strich zu gehen schien, wurde allerdings zusehends verwegener, um nicht zu sagen gefährlicher.

Und dann kam der Moment, der seinem selbstsicheren Auftreten noch mehr Besonderheit verlieh, als er sich mit einem millionenschweren Freund des Yachtbesitzers angelegt hatte. Den Grund für die Auseinandersetzung kannte sie nicht, doch die Aufmerksamkeit der Gäste – ihre eingeschlossen – hatte unumschränkt allein Ian gegolten. Sehr zu ihrem Erstaunen war er anschließend von den Gastgebern nicht von Bord geworfen worden. Allerdings hatte er sich nur kurze Zeit später mit einer reizvollen Blondine im Arm gezeigt – definitiv nicht die Frau, mit der er aufgekreuzt war, denn die hatte es nicht gegeben, wie Eve bemerkte.

Irgendwie beschlich sie das Gefühl, dass dieser Mann in ihrem Leben eine Rolle spielen würde, wahrlich ein Wunschtraum, wenn sie an die blonde Schönheit dachte, die er an jenem Abend gekapert hatte. Und selbst wenn ihr eine Minimalchance geblieben wäre, hatte sie sich diese selbst gründlich vermasselt. Warum nur musste sie lauthals auflachen, als der Streit mit dem Millionär dazu führte, dass Ian Preston eine ordentliche Ohrfeige austeilte? Wahrscheinlich wegen des dummen Gesichts des steinreichen Gurus, der sich danach staunend die malträtierte Wange rieb und sich dann wortlos abwandte.

Und Eve? Sie lehnte ein wenig ruppig Prestons charmantes Angebot ab, ihr ein Glas Champagner zu holen, und machte sich stattdessen, ohne ihn weiter zu beachten, zum dritten Mal über das Buffet her. Dass sein glühender Blick sie beim Verlassen der Yacht gestreift hatte, war hundertprozentig ein Zufall. Ganz gewiss.

Eine hübsche Abwechslung, doch diese lag nun schon über zwei Monate zurück.

An einem kalten Dienstag Anfang Dezember saß Eve nach einer unruhigen Nacht vormittags in der Küche auf dem Sessel am Fenster, noch vor dem Frühstück, was schon seltsam genug war, und starrte blicklos hinaus über die Mauer hinweg in das Grau der aufgewühlten See.

Dabei liebte sie, die studierte Soziologin, ihr Leben als Wissenschaftlerin an einem Institut, das sich mit Raumforschung und Stadtentwicklung beschäftigte, liebte das Haus, das die Großmutter ihr vermacht hatte, ebenso wie die Insel Mary's Head, die den rauen Stürmen trotzte, resolut und standhaft wie einst Grandma.

Von der Küche aus genoss Eve die freie Sicht auf das Meer, nachdem sie mit der Großmutter noch einen Monat vor deren Tod eine Schneise durch die Hortensien, Rhododendren und zerzausten Sträucher im Garten geschlagen hatte, die im immerwährenden Wind normalerweise kaum einen Meter hoch wuchsen. Wie sehr sie diesen Ausblick liebte! Trotz des Seewinds gedieh hier alles, was man an Pflanzen in den Boden steckte.

Wie die meisten auf der Insel hatten auch Eve und ihre Großmutter den Garten mit einer zwei

Meter hohen Mauer umgeben, die nur zum Meer hin etwas niedriger war. Diese mit Flechten überzogenen Mauern und die Rhododendren in den Vorgärten der grauen Steinhäuser gehörten zu den schönsten Wahrzeichen von Mary's Head, ebenso wie die kleinen Häuser in dem Städtchen mit den verwinkelten Straßen, welches dem böigen Wind nur wenig Angriffsfläche bot und dessen Unübersichtlichkeit die Touristen in den ersten Tagen ihres Aufenthalts in Verzweiflung stürzte. Und natürlich gehörte der berühmte Leuchtturm des winzigen Eilands Martha's Knee mit zu den herausragenden Erkennungsmerkmalen der Schwesterinseln. Nicht zu vergessen der einzige Berg auf Mary's Head: Rund und gleichmäßig thronte er in der Inselmitte wie ein Gugelhupf auf der Kuchenplatte. Sein Name? Mary's Head natürlich, wie sonst. Und natürlich hatte man auch das Städtchen so benannt. Was sollte man sich das Leben beschweren mit einer Vielzahl von Namen, die sich ohnehin kein Mensch merken konnte?

Der Vormittag war üblicherweise die Zeit, in der sich Eve voller Energie in die Arbeit stürzte, in der Regel im Heimbüro. Mindestens einmal wöchentlich fuhr sie jedoch auch nach Hornborough in die Uni, in der sie als Dozentin tätig war, sowie ins Büro des Instituts und nutzte diese Besuche, um danach durch die Stadt zu bummeln oder sich mit Freundinnen zu treffen.

An diesem Morgen jedoch begann sie, ihre saubere Küche auf Hochglanz zu wienern, etwas, das ihr in normalem Zustand arg zu denken gegeben hätte. Sie liebte Ordnung und Sauberkeit, doch sie litt keineswegs unter Putzzwang.

Die Siesta am Mittag hatte ihr ebenfalls keinerlei Entspannung geliefert. Dennoch hatte Eve sich nicht zu der dringenden Arbeit aufraffen können, die sie bis Ende des Monats zu erledigen hatte, sondern den Fernseher eingeschaltet und ohne großes Interesse irgendeine Serie verfolgt. Dabei war die mittägliche Pause eine Unterbrechung des Tages, die sie normalerweise sehr genoss. Ein geblümter Teppich lag vor dem Bett, und die weißen, leichten Voile-Gardinen flatterten am offenen Fenster. Sie liebte es, sich in ihrem hübschen Schlafzimmer nach einem Imbiss in eine weiche Decke auf dem riesigen Sessel einzukuscheln und zu lesen, wobei sie meist einschlummerte, manchmal für fünf Minuten, manchmal auch für eine Viertelstunde. Danach fühlte sie sich erfrischt wie nach einem dreistündigen Tiefschlaf.

Am Nachmittag hatte der Sturm zugenommen, und Eve stellte später zufrieden fest, dass die Rhododendronblüten diese Angriffe erneut überstanden hatten. Dick eingemummelt in den grünen Parka und einen weichen Schal, den sie mehrmals um den Hals geschlungen hatte, um der unangenehmen Kälte des steifen Winds zu trotzen, war sie allein spazieren gegangen. Sie wählte nicht wie sonst den Weg unterhalb der Klippen am Ufer entlang, wo sie normalerweise nach einer besonders hübschen Muschel oder einem ausgefallen geformten Stein für ihre Sammlung Ausschau hielt. Diesmal war sie den schmalen Weg auf den

Klippen oberhalb des hufeisenförmigen Strands entlanggewandert, den Heidebüsche säumten, deren Blüte jetzt vorüber war.

Auch diese einsamen Spaziergänge waren ein Novum, erst recht nach dem Tod der Oma. Normalerweise traf Eve sich zum Spaziergang mit einer ihrer beiden Freundinnen, die dabei ihre Hunde ausführte, manchmal allerdings auch mit ihrer Schwester Amy, wenn diese frei hatte.

Das Laufen hatte glücklicherweise die innere Unruhe in einem Maße verscheucht, dass sie sich anschließend ins Arbeitszimmer an den Laptop setzte – in der Hoffnung, an der vor über einem Jahr angefangenen Dissertation weiterarbeiten zu können. Doch nach einer halben Stunde gab sie auf. Ihr fehlte einfach die nötige Konzentration.

Um halb sieben bereitete sie das Essen zu und plauderte angeregt wie in früheren Zeiten mit Amy, die auf der Nachbarhalbinsel wohnte und kurz herübergekommen war, um ihr beim Essen Gesellschaft zu leisten. Die Schwester hatte sich in der Altenpflege selbstständig gemacht und sich in den letzten Jahren damit einen guten Ruf erarbeitet, weshalb sie nicht unter Arbeitsmangel litt. Im Wechsel mit einer Kollegin arbeitete sie immer vier Tage und Nächte hintereinander bei pflegebedürftigen Menschen, die nicht mehr allein leben konnten, ihr Zuhause dennoch nicht verlassen wollten. Im Anschluss daran nahm sie genauso lange frei.

An den Tagen, an denen Amy Dienst hatte, war in letzter Zeit immer öfter Christopher zum Essen herübergekommen, Amys Mann. Eve genoss das, denn sie hatte sich immer noch nicht so ganz an das Alleinsein gewöhnt. Amy hatte erzählt, er wäre heute in Hornborough mit ein paar alten Freunden verabredet und würde erst spät in der Nacht heimkehren.

»Habt ihr endlich überlegt, wie ihr euch die Arbeit besser aufteilen könntet, damit der ganze Haushalt nicht an dir allein hängen bleibt?«, fragte sie Amy und stellte den Topf mit dem Gemüseeintopf und dem Lammfleisch auf einen Korkuntersetzer auf dem Küchentisch. Seit die Großmutter tot war, benutzte Eve keine Wachstuchdecken mehr, sondern jene aus altem Leinen, die sie in dem Aussteuerschrank von Grandma gefunden hatte. Auch die geblümten Stores hatte sie abgenommen und gegen helle, blickdichte ausgetauscht, die sie nur am Abend zuzog. Es waren nur kleine Veränderungen. Die Küchenschränke, Relikte aus Anschaffungen von mindestens drei Generationen, würde sie vielleicht irgendwann austauschen, oder auch nicht. Sie wollte nichts überstürzen, die Zeit würde darüber entscheiden.

Wie gewöhnlich aßen die Schwestern in der Küche.

Amy zuckte mit den Schultern. »Christopher redet sich heraus. Er meint, wenn er vom Fischen heimkommt, kann er nicht auch noch kochen oder im Haushalt helfen«, erwiderte sie mit verkniffenem Gesichtsausdruck. »Und wenn ich ihm dann antworte, dass ich nach vier Tagen mit meinen Senioren genauso müde bin wie er, scheint ihn das irgendwie nicht zu interessieren.«

Eve legte den Arm um die Schultern der Schwester und drückte sie kurz. Amy sah zart und zerbrechlich aus, besaß jedoch die Kraft einer Löwin. Sie holte Besteck und Servietten und setzte sich innerlich seufzend zu Amy an den Tisch.

Ach, liebe Amy, wie oft haben wir dieses Gespräch schon geführt. Wenn du wüsstest, was Christopher so alles über dich bei mir ablädt, dann würdest du staunen. Aber eure Probleme müsst ihr beide allein lösen.

Ihre Schwester war im Gegensatz zu Eve sehr dünn, hatte ein schmales Gesicht mit feinen Zügen und blonde glatte Haare, die glänzten wie frisch gefärbt. Aber, oh Graus, Amy hatte vor Kurzem das erste weiße Haar an sich entdeckt. Das nicht auch noch! Eve hätte es selbst mit einer Lupe sicher nicht vom übrigen Blond unterscheiden können. Auf Amys Wangen zeigten sich kleine Grübchen, wenn sie lachte, was in der letzten Zeit aber immer seltener vorkam. Ihre Augen waren leuchtend, groß und grau. Schiefergrau wie das Meer in diesen kalten Tagen.

»Du siehst rassig aus mit deinem schwarzen Haar und nicht so unscheinbar wie ich mit meinem langweiligen Blond. Ich hätte zu gern so schöne Locken wie du, du Glückliche«, hatte Amy der Schwester früher oft vorgejammert.

Eve musste dann immer schlucken. Warum nur sah Amy nicht, wie hübsch sie war? »Vergiss nicht, dass alle Männer auf Blond stehen«, versuchte sie stets, die Schwester zu trösten.

»Und du hast schöne, volle Lippen und nicht so schmale wie ich. Und deine blauen Augen kontrastieren wunderbar mit dem Schwarz deiner Haare. Du siehst einfach sexy aus, vor allem mit deinen Kurven.«

»Dafür darf ich nicht drauflosessen wie du, sondern werde beim Zuschauen schon dick. Du siehst elegant wie ein Rennpferd aus, ich wie ein gedrungenes Pony«, hatte Eve eingewandt, was nicht der Wahrheit entsprach. Sie fühlte sich nicht wie ein Pferd, sondern war zufrieden mit ihrem Äußeren. Doch sie hatte Amy ein wenig besänftigen wollen.

Nachdenklich gab sie Gemüse auf die Teller.

Schade, dass ihre Schwester momentan so mit sich haderte, vor allem auch mit dem Zustand ihrer Ehe. Dabei war Christopher ein wirklich netter Kerl, die Differenzen mussten sich doch aus der Welt schaffen lassen. Amys Arbeit war anstrengend, Christophers nicht minder. Hinzu kam, dass er nicht nur durch das schwere körperliche Schuften abends geschafft war, sondern auch, dass er diese Arbeit immer mehr hasste – was an dem Unglück vor einem Jahr lag, bei dem sein Freund gestorben war.

Seine Frau und er redeten eben nicht genug miteinander. Wenn sie wirklich einmal Zeit zusammen verbrachten, gab es so viel zu tun, dass sie danach todmüde ins Bett fielen, wo dann auch nichts mehr passierte.

Ein anderer Punkt war, dass er, wenn Amy dienstfrei hatte, nach getaner Arbeit in der Regel als Erstes in der Hafenkneipe einkehrte. Eve konnte verstehen, dass ihre Schwester darüber nicht begeistert war. Aber sollte Amy nicht wenigstens ein bisschen Verständnis dafür zeigen, dass ihr Mann nach einer Fahrt auf schwerer See zum Entspannen ein oder zwei Bier trank? Eve wusste, dass Amy wütend wurde, wenn sie nur die geringste Alkoholfahne an Christopher roch. Beide Schwestern waren sich einig, dass das Bier daheim genauso gut wie in der Kneipe schmeckte. Aber in der Bar kam Christopher kurz zur Ruhe und gab sich dann Amy gegenüber nicht so angespannt, verteidigte Eve ihn in Gedanken.

Dass er allerdings die fälligen Reparaturen am Haus stets verschob, war ein beständiges Ärgernis, das Eve ihrer Schwester nachfühlen konnte. Nicht nur die Wände benötigten dringend einen neuen Anstrich, es begann mittlerweile sogar, durch das Dach zu regnen.

»Wenn ihn meine Anwesenheit derart langweilt, dass er die Kneipe vorzieht, dann … na ja, dann ist schon alles im Eimer. Du hast's gut und musst auf niemanden Rücksicht nehmen«, murmelte Amy.

Aber du hast einen Mann an deiner Seite, und ich bin allein, dachte Eve einen Moment lang traurig. Eigentlich hatte doch alles so gut begonnen. Anfangs waren die zwei schwer verliebt und für alle sichtbar glücklich gewesen. Das Verhältnis hatte sich erst im letzten Jahr verschlechtert, vermutete Eve, jedenfalls hatten da die Jammertiraden begonnen, mit der die beiden sie abwechselnd beglückten. Zwischen ihnen würde sich schon wieder alles einrenken, da war sie ganz sicher. Um Amy zu entlasten, bat sie die Schwester gern mal zu sich herüber, wenn sie etwas Feines gekocht hatte und Christopher sich auf hoher See befand.

»Und dein Haus fällt auch nicht gleich zusammen, wenn man's mal schief ansiehst«, grummelte Amy nun.

»Das Haus wirkt nach außen renoviert, aber glaub mir, wenn man hier drinnen genau hinsieht, erkennt man, wie viel da zu tun ist«, entgegnete Eve.

»Egal, bei uns weiß man nicht, wo man zuerst anfangen soll«, maulte Amy weiter, und Eve gab sich Mühe, das Gespräch in andere Bahnen zu lenken.

Nach dem Essen gingen sie noch auf einen Tee hinüber ins Wohnzimmer. Hier wurde nur gelesen, telefoniert und ferngesehen. Oder Tee mit der Familie, Freunden oder Nachbarn getrunken, was sie seltsamerweise nie in der Küche taten, dabei war auch dieser Raum einfach, funktional und keineswegs elegant eingerichtet. Doch wie alle Räume in diesem Haus vermittelte er mit seinen gemütlichen Sesseln und dem tiefen, geblümten Sofa, das von runden Tischchen eingerahmt wurde, ein Gefühl von Schutz und Geborgenheit. Die steinernen Fensternischen mit den Blumentöpfen und den elektrischen Lämpchen, die Eve schon an stürmisch-grauen Nachmittagen wie diesem einschaltete, verstärkten diesen Eindruck noch.

Auch hier hatte sie bis jetzt nur minimale Veränderungen vorgenommen, mit der stummen Bitte um Vergebung an ihre geliebte Oma. Aber die Wände hatten einer entschiedenen Restaurierung bedurft. Die schauderhaften unechten Blumen mitsamt den Wandvasen waren aus dem Raum verbannt worden ebenso wie die vergilbten Bilder. Grandma hatte die aus Zeitungen ausgeschnittenen Fotos geliebt und immer wieder neue hinzugehängt, sodass sie ein buntes Kaleidoskop ihres Lebens darstellten, ohne Rahmen direkt an die Wände gepinnt. Eve hatte die Wände selbst geweißelt, nun wirkte der Raum gleich viel größer und trotzdem heimelig.

Gleich würde Amys Schicht beginnen, um acht wollte sie zu einer betagten Dame aus Hornborough. Wie immer lebte sie dann die vier Tage ununterbrochen in der Wohnung der Pflegebedürftigen – so, wie es auch ihre Kollegin und Freundin Annabell hielt. Dank der Tatsache, dass nur die beiden sich abwechselten, waren die älteren Damen und Herren glücklich, und Amy und Annabell gaben ihr Bestes, strikt die vereinbarten Zeiten einzuhalten. Die älteren Leutchen, die sich ihnen anvertrauten, waren froh, es nur mit zwei Pflegerinnen zu tun zu haben und nicht jeden Tag damit rechnen zu müssen, dass eine neue fremde Person hereinschneite, um ihnen bei der Morgentoilette oder anderen Verrichtungen zu helfen. Sie waren rundum zufrieden mit der Arbeit der Freundinnen, lobten deren Freundlichkeit und Zuverlässigkeit.

Obwohl Amy und ihr Mann recht gut von ihrem Verdienst leben konnten, hatte sich dennoch nach und nach Unzufriedenheit bei ihnen eingeschlichen.

»Christopher behauptet, ich würde immer an allem herummäkeln, dabei ist er es, der ständig stöhnt. Er hasst seinen Beruf seit diesem schrecklichen Unglück«, seufzte Amy und gab sich zwei Löffel Zucker in den Tee – Nervennahrung. Dazu bediente sie sich an den leckeren Haferkeksen, die sie beide seit ihrer Kindheit kannten und die auch Eve nach dem Tod der Oma immer vorrätig hielt. »Er will so gern etwas anderes machen, hat aber noch keinen Schimmer, was«, fuhr sie fort. »Einmal dachte er an ein Fischrestaurant am Hafen. Also, genauer gesagt eine Imbissbude, aber dann hab ich ihn daran erinnert, dass er nicht nur ungern kocht, sondern auch daran, dass man das, was er fabriziert, nicht essen kann«, fügte sie spöttisch hinzu. »Außerdem kostet die ganze Sache eine Stange Geld, selbst wenn man kein Sternerestaurant eröffnet.«

Eve senkte den Kopf und widmete sich rasch ihrem Tee. Doch sie hatte etwas zu viel Zitrone hineingegeben und verzog die Lippen. Hastig schüttete sie noch einen Teelöffel Zucker hinzu, probierte erneut und war zufrieden.

Oh, Amy, vertrau ihm doch einfach, dachte sie. *Wenn du ihm ständig den Wind aus den Segeln nimmst, bevor er irgendetwas Neues ins Auge fasst, kann er ja kein Vertrauen in seine Fähigkeiten haben. Soll ich dir mal sagen, wie sehr deine ständige Kritiksucht ihn lähmt? Ahnst du, wie sehr deine Neigung, ihm tagtäglich seine Fehler unter die Nase zu halten, ihn verunsichert? Soll ich dir klarmachen, dass er ständig das Gefühl hat, du hörst ihm nicht richtig zu? Weil du zu müde bist, weil du mit deinen Gedanken bei deiner Arbeit bist und so weiter und so fort?*

In der letzten Zeit hatte Christopher sich immer öfter bei ihr über seine Ehe ausgeweint. Selbst spätabends, natürlich nur dann, wenn Amy Dienst hatte. Eve könnte ihrer Schwester so einiges berichten, was er ihr anvertraut hatte. Doch sie bezweifelte, dass das eine gute Idee wäre. Schließlich wurde dem Überbringer schlechter Nachrichten in früheren Zeiten der Kopf abgeschlagen. Dennoch plagte sie ihr Gewissen. Die zwei mussten sich unbedingt aussprechen! »Er könnte sein wertvolles Boot verkaufen, dann hättet ihr genug Geld, um neu anzufangen«, schlug sie vor.

»Könnte, hätte, würde … Mein Christopher hat so viel Energie wie ein Wombat. Der ist doch viel zu träge. Bis der den Hintern hochkriegt, muss viel geschehen«, winkte ihre Schwester ab.

Eve seufzte. Sie würde gern vermitteln, hatten sie und Amy doch früher ein solch gutes Verhältnis zueinander gehabt. Natürlich waren sie sich immer noch sehr nah, doch es war nicht mehr so wie früher. Amy war einunddreißig, ihr Mann zwei Jahre älter. Eve war zwei Jahre jünger als die Schwester. Nach der Hochzeit der beiden vor fünf Jahren und nachdem ihre Eltern vor drei Jahren nach Ibiza ausgewandert waren, wo sie ein kleines Hotel betrieben – die Töchter hatten sich gegen den Heimatwechsel ausgesprochen –, hatte sich das gute Verhältnis zwischen den Schwestern noch verstärkt. Erst seit dem Tod der Großmutter war es schwieriger geworden.

Manchmal beschlich Eve das Gefühl, dass Amy schlicht ein wenig neidisch war: nicht nur auf das große Haus, in dem Eve schalten und walten konnte, wie es ihr gefiel, sondern auch auf ihre Unabhängigkeit. Auf Amy musste es so wirken, dass Eve viel Zeit für sich hatte, da sie zum größten Teil zu Hause arbeiten konnte – was allerdings nicht den Tatsachen entsprach. Aber wer sah schon dabei zu, wenn sie Stunde um Stunde am Computer saß, um Protokolle und Studienergebnisse zu verfassen? Dieser Neid war schleichend, jedoch unaufhaltsam gekommen wie die Flut. So, wie sich das Verhältnis der jungen Eheleute immer mehr verschlechtert hatte. Und beide weinten sich bei der lieben Schwester und Schwägerin aus. Was auch daran lag, dass die zwei schnell bei ihr waren, wohnten sie doch in dem Haus östlich von ihr auf der nächsten Halbinsel, keine zehn Minuten Fußweg entfernt. Gut, »Haus« schien zu viel gesagt, glich es doch eher einer Bruchbude, aber Christopher hatte die Instandsetzung betreffend Besserung versprochen.

Eve hingegen hatte das schöne Haus von Grandma geerbt. Auch dieses war in die Jahre gekommen und bedurfte einer Rundumerneuerung. Dennoch war es längst nicht so marode wie das von Amy und Christopher.

»Amy ist versorgt, deine Eltern sind fort, und du bist die Einzige, die mir geblieben ist. Ich war heute beim Notar. Du wirst dieses Haus einmal erben«, hatte Grandma noch Monate vor ihrem Tod verkündet.

Und in ihrer Freude hatte Eve die Neuigkeit sogleich Amy zugetragen, die sich jedoch nicht so recht mitfreuen konnte, das hatte sie gespürt. Nein, beschloss sie, sollten die beiden doch allein zurechtkommen mit ihren Problemen. Sie würde den Mund halten, um nicht das fragile Gerüst der Eintracht zum Einsturz zu bringen.

Amy schaute auf die Uhr und nahm einen letzten Schluck Tee. »Ich muss los. Die alte Dame in Hornborough ist pflegeleicht, aber trotzdem müssen wir auch bei ihr die exakten Zeiten einhalten. Alles außer der Reihe beunruhigt sie. Essen, schlafen, fernsehen – alles auf die Minute gleich.« Sie lächelte. »Aber sie ist nett und noch mobil. Das heißt, sie kann sich mit ihrem Rollator im Häuschen bewegen, ihre Kinder haben alles seniorengerecht umgerüstet. Sie kann sogar stolperfrei in die Dusche. Ich helfe ihr vor allem bei den häuslichen Verrichtungen. Ein leichter Job.« Sie stand auf und umarmte Eve. »Danke dir für das Essen. Und verwöhn mir nicht meinen Christopher zu sehr mit deinen guten Kochkünsten. Der Mann wird immer pingeliger«, vermeldete sie. Ein Lächeln umspielte dabei ihren Mund, doch es erreichte nicht ihre Augen.

Aha, dachte Eve. Da ist sie wieder, die vermaledeite Eifersucht meiner Schwester. Und wenn du bei ihm auch so viel rummäkelst wie bei mir, dann gute Nacht, Marie. Kein Mensch hielt es aus, wenn der andere in der Partnerschaft nur noch Negatives hervorhob.

Bevor Christopher sich für Amy entschied, hatte er kurz ein Auge auf die Jüngere der beiden geworfen. Aber dann verliebte er sich bei einer ausgelassenen Feier Knall auf Fall in seine Zukünftige. Obwohl es keinen Grund dazu gab, schlummerte seltsamerweise noch immer eine latente Eifersucht im Hinterkopf von Amy, das war aus vielen kleinen Bemerkungen herauszuhören.

Also, jetzt aufgepasst und nicht das Essen mit ihm zur Gewohnheit werden lassen, dachte Eve. Und wenn Christopher irgendwann wieder einmal spätabends bei ihr hereinschneien sollte, würde sie ihn vor die Tür setzen. Oder ihn einfach gar nicht erst hereinbitten. Normalerweise hatten sie hier keine Angst und ließen die Haustüren unverschlossen. Nur wenige machten eine Ausnahme, wenn die Touristen in der Saison einfielen.

»Aber du hast ja auch Zeit, dir in der Küche Mühe zu geben. Bist ja immer zu Hause.«

»Nein, nicht immer«, verteidigte Eve sich leise. *Und außerdem arbeite ich auch hier, sitze stundenlang am PC an meiner Forschungsarbeit oder der Dissertation, fahre nach Hornborough ins Institut und plage mich zudem in elend bezahlten Lehrstunden mit Studenten herum, von denen einige den Sinn ihres Studiums noch nicht begriffen haben*, fügte sie in Gedanken murrend hinzu.

Amy küsste sie flüchtig. »Mach's gut, Schwesterherz. Pass auf dich auf. Aber was soll dir hier in deinem kuscheligen Heim auch schon passieren …«

»Nun, ich könnte überfallen und ausgeraubt werden. Und kein Mensch hört mich, weil der nächste Nachbar eine Viertelstunde entfernt wohnt«, zwitscherte Eve.

»Herrje, sag nicht, dass du jetzt, wo du im Haus allein wohnst, Angstzustände entwickelst.«

Eve legte die Hände auf Amys Schultern und drängte sie sanft zur Tür hinaus. »Das war ein Scherz, du Dummerchen«, sagte sie mit einem Lächeln.

»Dann bis in vier Tagen.«

»Pass du auch auf dich auf.« Sie winkte Amy hinterher und schloss nur die Tür, ohne sie zu verriegeln.

Nachdem die Küche aufgeräumt war, setzte Eve sich erneut an die Dissertation, doch nach einer halben Stunde gab sie auf. Seltsamerweise fühlte sie sich völlig grundlos leer und ausgebrannt. Und von einer irrationalen Unruhe erfüllt.

Oh mein Gott! Sollte es sich wieder um eine ihrer Vorahnungen handeln? Doch dann beruhigte sie sich und beschloss, dieses flaue Gefühl als Einbildung abzutun. Nach dem Tod der Großmutter reagierte sie vielleicht auf zu Vieles irrational.

Und doch. Dieses Gefühl ähnelte entschieden ihrer Anwandlung drei Tage vor dem Tod der Grandma. Diese latente Unruhe hatte damals ebenfalls lauernd im Hintergrund gesessen wie eine fette Hausspinne, bereit, jederzeit ihr Innerstes aufzuwühlen. Diese Spannung, die oft einer bestenfalls unerfreulichen Kalamität, einer erregten Auseinandersetzung oder schlimmstenfalls einer Katastrophe vorausging.

Als ihr dies bewusst wurde, bildete sich kalter Schweiß auf ihrer Stirn. Sie kannte die Signale. Bei ihrer Oma war es drei Tage vor deren Tod geschehen. Eve war sehr feinfühlig, und die Frauen in ihrer Familie – einige besondere, hatte die Großmutter stets betont – besaßen die Gabe, in der Zukunft liegende Umwälzungen schon frühzeitig wahrzunehmen, leider allzu oft vor allem negative. Amy war davon verschont geblieben, doch Eve hatte diesen feinen Sinn mit auf den Weg bekommen.

»Am besten ist es, du nimmst es einfach hin. Es wird dich ermüden, es laugt dich aus, und du wirst es oft verdrängen wollen, doch das ist falsch. Nimm es hin – und dann kümmere dich nicht weiter drum.« So die Worte ihrer Großmutter.

Angstvoll lauschte sie hinaus. Es war wieder einmal so weit. Eigentlich war sie ganz froh über dieses vermeintliche Manko. Doch konnte sie leider nicht voraussehen, ob es sich um einen simplen, wenn auch heftigen Streit, eine besondere Lebensveränderung oder gar einen Todesfall handeln würde.

2

Christopher befand sich währenddessen auf See, nur wenige Meilen östlich von der Insel entfernt. Das Wetter war diesig, und der Horizont verschmolz optisch mit der Wasserlinie. Hatte es tatsächlich Zeiten gegeben, in denen ihm das Wetter egal gewesen war und er jeden Tag auf See begrüßt, mit Elan die schwere Arbeit auf sich genommen hatte? Auf jeden Fall war diese Zeit mittlerweile vorbei.

Er schaute auf die Uhr. Er konnte es kaum erwarten, heimzukommen. Aber er musste Geduld haben. Heute stand ohnehin erst einmal das Treffen mit seinen Kumpels an. In spätestens drei Tagen aber würde er Amy seine Überraschung präsentieren können. Sie würde Augen machen, seine Kleine. Sonst glaubte sie ja nicht, dass er etwas allein auf die Reihe bekam, doch das hier, das würde funktionieren.

Dies war seine letzte Fahrt. Danach würde er das Boot an den Interessenten aus Hornborough verkaufen und mit dem Geld eine kleine Bar am Hafen eröffnen. Oder einen Fischimbiss. Oder sonst etwas Neues beginnen. Oh ja, er würde es schaffen. Er war guten Mutes. Und die Aussicht, nie mehr auf See fahren zu müssen, würde alle seine Vorhaben unter einen guten Stern stellen.

Er musste an seinen Onkel Tom denken. Seit Tom auf Sister's Rock als Hummerfischer sein Glück gemacht hatte, versuchte Christopher ihm nachzueifern. Wie sehr er ihn beneidet hatte um seine Freiheit! Wie maßlos er ihn bewundert hatte, angesichts der Wagnisse auf See – wozu die Querelen mit seinem Vater sicher beigetragen hatten.

Tom, der Bruder seiner Mutter, auf der Insel geboren und aufgewachsen, hatte Glück gehabt: Er war im Besitz eines Hummerbootes gewesen. Hier, wo man den Hummerfang häufig noch im Familienbetrieb organisierte, wurden die Fangtechniken und -gebiete von einer Generation an die nächste weitergegeben. Christophers Onkel jedoch hatte keinen Sohn und war somit überrascht und glücklich gewesen, dass sein Neffe das Geschäft übernehmen wollte. Neue Hummerfänger hatten bei älteren, erfahrenen Kollegen in die Lehre zu gehen, um die Regeln und nachhaltigen Praktiken zu erlernen, und so hatte Christopher also die Lehre bei seinem Onkel angetreten.

Ein halbes Jahr nachdem er diese beendet hatte, starb Tom völlig unverhofft an einem plötzlichen Herztod, der ihn jedoch nicht auf See ereilte, sondern zu Hause. Das Hummerboot, ein großer Kahn von zwölf Metern Länge, komplett ausgestattet mit Hummerkörben, Radar und Sonar, war Christophers Erbe. Anfangs hatte er seine Arbeit sogar geliebt.

Er und Amy waren sehr sparsam mit dem Geld umgegangen, das er verdiente. Sie hatten das Haus auf der Landzunge gemietet und es später gekauft, da es eine perfekte Größe besaß: In der oberen Etage befanden sich zwei Schlafzimmer und ein Bad, unten die Küche und das Wohnzimmer, die beide gleich groß waren. In dem Haus zu wohnen, das einer Puppenstube glich, hatte Amy anfangs zufriedengestellt, als er versprach, es zu renovieren. Sie hatte es nach ihrem eigenen Geschmack einrichten dürfen. Zum einen, weil er ihr die Freude daran nicht nehmen wollte, zum anderen, weil er schlicht keine Zeit fand, ihr beim Nestbau zu helfen. Und auch keine, um eine Renovierung auch nur in Angriff zu nehmen.

Somit schien anfangs alles wie ein Traum: Er war wie Tom zuvor sein eigener Herr! Er war Kapitän, auf seinem eigenen Boot!

Wie sehr er als junger Kerl die Fangkörbe bestaunt hatte. Eine typische Hummerfalle hat zwei Abteilungen: eine Küche und eine Stube. Der Hummer kommt durch die Vordertür herein, ein trichterförmiges Netz mit einem Loch an der Unterseite. Ein ähnlicher Durchlass verbindet die beiden Räume miteinander. Der Köder liegt in der Küche, doch der Hummer muss die Stube durchqueren, um dorthin zu gelangen. Hat er die Küche einmal betreten, gibt es für das Tier kein Zurück mehr.

Kleine Wunderwerke – wie gern er an ihnen herumgebastelt hatte! Auch wenn ihm das Herz blutete, wenn sich wieder einmal ein Seehund oder Otter in einer Reuse verfangen hatte.

Er entsann sich noch genau des Tages, als er sich für Amy und nicht für Eve entschieden hatte. Man hatte den dreißigsten Geburtstag eines Freundes gefeiert, und alle waren gekommen, in ihre bescheidene Stammkneipe am Hafen. Es wurde viel gebechert, und Amy war das erste Mal im Leben richtig betrunken gewesen. Er würde nie vergessen, wie sie ihn aufgezogen hatte, er würde sich nicht trauen, mit ihr auf dem Tisch zu tanzen. Christopher hatte sich strikt geweigert, er hatte noch nie getanzt, wie er beteuerte. Und er würde es auch niemals tun, hatte er geschworen. Schon gar nicht auf einem Tisch. Immer wieder hatte Amy ihn angestachelt, und schließlich überwand er doch seine Scheu. Amy hatte ihn bezirzt – und er sich kopfüber in sie verliebt.

Dass sich dieses Leben auf See einmal für ihn als reinster Horror erweisen würde – niemals hatte er damit gerechnet. Doch bereits der erste Herbst, den er ohne den Onkel auf seinem Boot erlebte, hatte seinen Traum in einen Albtraum verwandelt. Natürlich war es nicht sein erster Sturm auf See gewesen. Mit Tom hatte er gemeinsam vielen Stürmen getrotzt. Er hatte sie nur selten wirklich gefürchtet, Tom war ja immer bei ihm gewesen.

Als er den ersten Sturm als Schiffsführer zu bestehen hatte, geschah das große Unglück.

Sein bester Freund, der ihm zur Hand gegangen war und mit dem er sich wie mit einem Bruder verbunden fühlte, ging über Bord. Der einzige Sohn des Hafenmeisters hatte kurz vor seiner

Hochzeit mit einem der schönsten Mädels der Insel gestanden.

Niemals wieder konnte Christopher die Fahrten mit dem Boot hinaus auf See genießen. Immer wieder erschien ihm das Schreckensbild des ertrinkenden Freundes vor Augen. Und zum ersten Mal im Leben verspürte er Angst während der Arbeit. Am Schlimmsten war es, wenn die Orkane einsetzten. Die Eingeweide drehten sich ihm um, allein bei dem Gedanken.

Doch damit würde es nun vorbei sein. Noch dieser eine Tag auf See, dann würde er das Boot verkaufen.

Er blickte zum Himmel. Das diesige Grau hatte sich in ein tiefes Schwarz verwandelt, und die Eiseskälte war für diese Jahreszeit erstaunlich. Die Stürme würden natürlich noch zunehmen. Er seufzte erneut. Ein Glück, dass die Saison für ihn zu Ende war.

Einer plötzlichen Eingebung folgend, wandte er sich an seinen Helfer. »Peter, wir drehen um. Ich zahle dir den Tag.«

»Wie kommt's, Meister? Haben Sie's so eilig?«

Er hatte Peter natürlich eingeweiht, dass er das Boot verkaufen wollte, und der hatte Verständnis gezeigt.

»Du hast's erraten«, erwiderte Christopher gut gelaunt. Dann zog er die leeren Hummerfallen, die er per Hydraulik in die See gelassen hatte, wieder an Bord. Wieso noch länger arbeiten? Er würde beim Hafenmeister vorbeischauen und bereits heute alles Nötige für den Verkauf in die Wege leiten. Über die Lizenz – nur eine begrenzte Anzahl an Lizenzen wurde jährlich neu vergeben – sowie über das nun frei werdende Fanggebiet, das in der Regel von einer Generation an die nächste weitergegeben wurde, würde ein anderer sich freuen.

»Find ich gut, Meister. Zum Seemann haben Sie, mit Verlaub, nie so recht getaugt. Ich meine, nicht dass Sie nicht alles richtig gemacht hätten …«, fügte Peter verlegen lächelnd an, »doch Ihnen fehlte irgendwie die rechte Begeisterung für das nasse Element. Ich meine, Sie sind einfach nicht für die Fischerei geboren.«

Vor dem Unglück hätte er dem nicht zustimmen können, doch heute gab er dem Mann recht. »Wohl wahr.«

Lächelnd blickte er der schmalen Hafeneinfahrt entgegen. Heute Abend würde er mit seinen Kumpels feiern, und wenn Amy nach ihrer Schicht wieder daheim war, sollte sie endlich die guten Neuigkeiten erfahren.

3

Eve hatte im Laufe des Tages ihre Unruhe nicht abwerfen können, nicht einmal der romantische Abendspaziergang hatte geholfen.

Unvermittelt hatte ein Hauch von Winter Einzug gehalten. Am frühen Nachmittag war plötzlich ein Sturm aufgezogen, der sich nach einer Stunde wieder gelegt hatte, und es waren mindestens fünf Zentimeter Schnee gefallen. Die Stimmung draußen war so romantisch gewesen, dass sie sich ihre Stiefel und die Daunenjacke angezogen hatte und noch einmal am Abend spazieren gegangen war, diesmal nicht am Strand entlang, sondern ins Städtchen.

Einige der Fenster in den verwinkelten Gassen waren hübsch dekoriert, nicht überladen, sondern schlicht: mit Zweigen, umrankt von Flechten, bemoosten Ästen und immergrünen Pflanzen, dann und wann aufgelockert durch dicke Kerzen, gerade in dieser Einfachheit passend zu den bescheidenen Häuschen. Die Lichter der alten Laternen spiegelten sich in den Augen der wenigen wider, die es Eve gleichgetan und dem Schneezauber nicht hatten widerstehen können. Man lächelte sich freundlich an, wenn man sich begegnete, gewiss, dass die weiße Pracht alle gemeinsam in nostalgische Träumerei versetzte.

Eve war dem Pfad weiter ins Landesinnere gefolgt, der sie zum Loch Kintail führte. Hier waren sie noch vereinzelt zu finden, die raren Waldkiefern, die jetzt im feinen Nebel, der über das Wasser waberte, und mit Zauberschnee bedeckt wie Kunstwerke wirkten. Auch hüteten Naturschützer hier zwei Adlerpaare und einige scheue Birkhühner am Fuße des Mary's Head, dem zum Leidwesen der Bevölkerung satte fünfhundert Fuß fehlten, um es zu einem *Munro* zu bringen, und der mit seinen zweitausendfünfhundert Fuß ein sogenannter *Corbett* war.

Sister's Rock gefiel ihr im Herbst und Winter am allerbesten. Dann waren die Touristen fort, und die Einheimischen genossen die Harbour Street und die Main Street oder die zahlreichen Seitengässchen, die man nun ohne Unterbrechung auf und ab flanieren konnte, wenn man wollte. Und obwohl man dankbar war, dass die Touristen ein Einkommen ermöglichten, mischte sich unter diese Dankbarkeit die Erleichterung, wenn Monate des Verschnaufens diese ebenso anregende wie aufregende Zeit ablösten.

Auch Eve dachte an ihre Jugend, als sie noch alle gemeinsam in dem großen Haus gewohnt hatten – die Großeltern, die Eltern, Eve, Amy und der unverheiratete Bruder ihres Vaters, Brad, der damals noch alle vierzehn Tage zwei Wochen lang frei hatte, was heute längst nicht mehr der Fall war. Heute umsorgte er den Leuchtturm ganzjährig allein, mit Ausnahme eines kurzen Sommerurlaubs, an dem er natürlich von einem Kollegen vertreten wurde. Dabei fühlte er sich keineswegs einsam, wie er immer wieder versicherte, schließlich gab es Sammy und Shelby, seine beiden Hunde. Und Freunde und frühere Kollegen, die ihn besuchten.

Der Himmel wusste, wie sie alle es immer geschafft hatten, sich nicht gegenseitig auf die Nerven zu gehen. Was natürlich nur daran gelegen hatte, dass das Haus viel Platz bot und sie tagsüber außer Haus beschäftigt waren oder, wie sie und Amy, die Schule besucht hatten. Die Mutter arbeitete damals als Lehrerin an der Grundschule.

Es war Eve natürlich klar, dass sie mit ihrem Haus und dem riesigen Grundstück zu den Privilegierten zählte. Bei dem Besitz handelte es sich um ein relativ großes Steinhaus, das allein auf einer der zahlreichen Halbinseln lag, die die Lockenpracht von Mary's Head bildeten. Ihr Großvater hatte das Haus, das genauso marode gewesen war wie das Haus von Amy und Christopher heute, vor über siebzig Jahren von der Tochter des Erbauers erworben. In dem elenden Zustand, in dem es sich damals befand, hatte er es mithilfe der großen Familie und vieler Freunde renovieren können.

Östlich von Amys und Christophers Haus, auf einer weiteren fast gleich großen Halbinsel, befand sich der mittelalterliche unbewohnte Turm, der, wie man munkelte, demnächst restauriert würde. Amys und Christophers Garten war im Gegensatz zu ihrem verwildert, jedoch nicht auf zwanglose, natürliche Art, sondern schlicht verunkrautet. Allein die Hortensien links und rechts der Eingangstür milderten den ungepflegten Eindruck. Aber Eve war nicht ungerecht. Sie und die Großmutter hatten tatsächlich mehr Zeit gehabt, sich um den Garten zu kümmern als Amy und Christopher sich um den ihren.

Es war bereits nach zehn am Abend, als sie zurückkehrte. Sie zog Stiefel und Jacke aus und ging ins Wohnzimmer. Die Lampen in den beiden Fenstern hatte sie eingeschaltet gelassen, ebenso die Heizungen, die sie jetzt jedoch herunterdrehte. Sie entfachte ein Feuer im Kamin, wie sie es in der kalten Jahreszeit jeden Abend hielt, mit Ausnahme jener Stunden, an denen sie sich im Arbeitszimmer ihrer Dissertation widmete.

Wehmütig schaute Eve in die Flammen. Dort loderten getrocknete Scheite der Sauerkirsche. Dieses Bäumchen, das sie in eine vermeintlich geschützte Ecke ihres Gartens gepflanzt und mit besonderer Liebe gehegt und gepflegt hatten, war von einem besonders heftigen Herbststurm vor drei Jahren gefällt worden. Eve und die Großmutter hatten den Stamm eigenhändig zersägt und das Holz getrocknet. Nun genoss Eve den angenehmen Duft des Obstbaum-Holzes und sein besonders hübsches Flammenspiel.

Hier war sie nun. Allein. Eine junge Frau von neunundzwanzig mit einem interessanten Beruf. Sie war hübsch und intelligent, hatte gerade genug Geld zum Leben, und gesund war sie ebenfalls, dem Himmel sei Dank. Doch das Gefühl der Verlassenheit konnte sie nicht abschütteln.

Eines war klar: Auch ihr Haus schrie nach Renovierung, und zwar an allen Ecken und Kanten. Ihre Oma hatte dafür kein Geld übriggehabt, und Eve verdiente so viel oder wenig, dass sie sich gerade über Wasser halten konnte. Doch sie liebte ihre Forschungsarbeit.

Sie überlegte hin und her, wie sie an Geld kommen könnte. Sollte sie die ehemalige Wohnung der Eltern vermieten? Sie selbst hatte nach Auszug der Eltern und Amy dort gewohnt, doch nach dem Tod von Grandma war sie sofort hinunter ins Erdgeschoss gezogen, allein, um etwas zu tun zu haben und die traurigen Gedanken dabei zu bewältigen. Noch jetzt sehnte sie sich mit allen Fasern ihres Herzens nach der liebenswerten Großmutter.

Das Haus war so aufgeteilt, dass sich die Hausgemeinschaft dank des seitlichen Treppenhauses gegebenenfalls gegenseitig aus dem Weg gehen konnte, so man denn wollte. Das galt auch für die übrigen Bewohner, die früher in zwei Zimmerchen unterm Dach wohnten und oben ein kleines Bad mit Dusche besaßen, sodass jeder Winkel des Hauses genutzt worden war.

Oder sollte sie wenigstens im Sommer Gäste aufnehmen? Allerdings war der Gedanke, das Haus mit ständig wechselnden Fremden teilen zu müssen, auch nicht gerade berauschend. Fremde Menschen würden ihre Einsamkeit sicher nicht aus der Welt schaffen – einmal davon abgesehen, dass die Wohnung dann immer picobello zu sein hatte. Sie würde ohnehin eine Putzfrau einstellen müssen.

In dem Wissen, dass es nun vorbei war mit der Zeit, sich selbst zu bemitleiden, setzte Eve sich in den Sessel am Fenster, von dem aus sie den besten Blick aufs Meer hatte. Nun hieß es, sich etwas einfallen zu lassen. Doch was? Sie presste die Lippen fest aufeinander. Mit neunundzwanzig galt man längst als erwachsen, und es schien an der Zeit, endlich zu akzeptieren, dass niemand ihr aus der Klemme half. Nun war sie ausschließlich auf sich gestellt. Das hieß unweigerlich: Sie allein war ihres Glückes Schmied und in der Lage, Dinge zu bewegen. Und dass sich etwas bewegen musste, hatte sie endlich begriffen.

Schwere Schritte im Flur weckten Eve. Sie war doch tatsächlich eingeschlummert. Dass sie bei dem Geräusch nicht zusammenfuhr, zeigte, wie sie sich in den letzten Monaten an Christophers häufige Besuche gewöhnt hatte. Sie schaute zum Kamin, in dem die Scheite nur noch leicht glommen. Die Uhr auf dem Sims zeigte halb zwei.

Schon ging die Tür auf, und er trat herein. Eigentlich war sie jetzt viel zu müde, um sich seine Tiraden über Amy anzuhören. Sie würde dafür sorgen, dass sie ihn rasch loswurde. »Guten Abend, Christopher.«

»Schön' Abend, Schwägerin.«

Er nuschelte ganz leicht, und ihr fiel ein, dass er heute mit Freunden gefeiert hatte. Augenscheinlich ein Glas zu viel erwischt, wenn man sah, wie er zum Sessel am Kamin wankte und hineinsank.

Eve blieb in ihrem Sessel am Fenster sitzen. Endlich unterbrach sie die Stille, in der sie beide in die Glut gestarrt hatten. »Und? Wie geht's so?«, fragte sie, weil ihr nichts anderes einfiel. Sie wollte eigentlich nur eines: ins Bett.

»Bestens, bestens, siehste doch«, gab er mit einem Grinsen zurück.

»Und was willst du dann hier? Bitte keine neuen Klagen über eure Ehe. Das kann ich heute Nacht nicht vertragen«, fügte sie hinzu.

»Wusste nicht, dass ich dir mit meinen Sachen so auf die Nerven gehe«, sagte er ein wenig beleidigt, doch dann hellte sich seine Miene sofort wieder auf. »Ich will doch nur mit meiner netten Schwägerin plaudern.«

Zum ersten Mal blickte er in ihre Richtung, und sofort verflog Eves Unmut. Sie mochte ihn nun mal, auch wenn er sich immer bei ihr ausheulte. Man konnte ihm nicht einmal in seinem derangierten, betrunkenen Zustand böse sein. Er fühlte sich einsam, wie immer in letzter Zeit, vermutete sie. Und sie war die Einzige, die ihm momentan diese Einsamkeit nehmen konnte, einfach, indem sie zuhörte. Dennoch. »Geplaudert hast du doch sicher genug in den letzten Stunden. Und deine nette Schwägerin ist jetzt zu müde.«

»Och, das ist aber schade.« Er hatte dunkelbraunes Haar und graue Augen, in denen immer eine Spur Melancholie lauerte, was natürlich auch in seinem sanften Wesen begründet lag. Aber genau jene Weichheit, die sie als eine gewisse innere Schwäche ansah, hatte Eve nicht vor Liebe brennen lassen, im Gegensatz zu Amy. Und auch er hatte ziemlich rasch erkannt, dass ein Leben mit Eve sie beide eben nicht durch die Stürme geleitet hätte. Sie wären gemeinsam daran zerbrochen.

»Du gehst jetzt brav rüber in dein Bett.«

»Ich mussir nur noch was ... was ganz Schönes sagen, dann bin ich weg.«

»Na, das ist doch mal ganz was anderes«, antwortete Eve trocken. »Schieß los.«

Er fuhr sich mit den Händen über den Ansatz eines Dreitagebarts und durchs zerzauste Haar. Seine Stimme klang mit einem Mal völlig klar, als er sagte: »Ich hatte heute meinen letzten Tag auf See. Ich werde mein Boot verkaufen und ganz was anderes machen. Dann hab ich mehr Zeit für Amy, und alles wird gut.«

Eve lächelte erleichtert. »Das war wirklich ein guter Entschluss, Christopher. Da wird sich mein Schwesterlein freuen.«

»Hoffentlich. Bei ihr weiß man ja nie.«

»Mach sie nicht immer so schlecht. Du hast schließlich oft etwas versprochen und es dann nicht gehalten«, mahnte Eve. »Zum Beispiel, mehr im Haushalt zu helfen.«

Christopher hob die Hände. »Keine Sorge, das krieg ich in Zukunft alles geregelt. Ich treffe morgen einen potenziellen Käufer, dann hab ich 'nen Haufen Kohle, und dann kann ich unser Haus richten. Und Amy hat nichts mehr zu meckern. Wirst schon sehen.«

Eve stand auf. »Das sind super Neuigkeiten, Christopher. Dann geh jetzt rüber und träum von deiner … von eurer neuen Zukunft. Ich muss ins Bett, morgen muss ich früh raus. Die Studis warten nicht, sondern hauen ab, wenn die Dozentin nicht pünktlich auf der Matte steht.«

»Ach, die Studis können warten. Lass mich doch einfach hier bei dir schlafen. Ich bin furchtbar müde.«

Eve ging hinüber zu ihm und legte ihm die Hand auf die Schulter. »Nichts da. Ich mach dir jetzt einen starken Kaffee, und dann gehst du nach Hause. Die zehn Minuten Fußweg wirst du schon schaffen.«

Als sie mit frischem Kaffee ins Wohnzimmer zurückkam, war es leer, stellte sie erleichtert fest. Also war Christopher doch schon gegangen. Umso besser. Doch als sie ihr Schlafzimmer betrat, erblickte sie ihn schlafend, in voller Montur auf ihrem Bett. Er war wirklich ein gut aussehender Kerl.

Allerdings zweifellos im falschen Bett.

Genervt verdrehte sie die Augen, ging zu ihm und rüttelte ihn an den muskulösen Schultern. Er murrte, drehte sich auf die Seite, und sie erkannte, dass nur zwei starke Männer diesen Baumstamm aus ihrem Bett hieven könnten. Sie öffnete das Fenster, dann verließ sie ihr Schlafzimmer. Leise schimpfend ging sie hinauf und legte sich in ihr ehemaliges Bett – nachdem sie Bettwäsche aufgezogen hatte.

Bloß gut, dass die beiden Halbinseln so weit außerhalb des Städtchens lagen und kein Nachbar sehen konnte, welche Richtung Christopher einschlug, wenn er fortging. Vor allem Lucy und Joe nicht, deren Haus man passierte, bevor man in den Weg zu ihren Häusern einbog. Lucy, die neugierige kleine Person, hatte keinen freien Blick auf die Häuser und somit nicht sehen können, dass Christopher mal wieder zu Eve spaziert war. Außerdem lagen Lucy und Joe jetzt um kurz vor zwei schon längst im Bett.

Eve schlief ruhig bis zum frühen Morgen. Nachdem sie sich fertig gemacht hatte, lief sie hinunter in die Küche. Sie öffnete das Fenster, jedoch nur einen Spalt weit, denn es schien sehr kalt zu sein.

Der Schnee war noch nicht weggetaut, sondern glitzerte im Morgenlicht, und in der klaren Luft leuchteten Eiskristalle. Heute schien die Sonne und verzauberte alles ringsum. Es herrschten minus acht Grad, wie das Thermometer verriet. Wunderbar, dachte Eve. Eine feine weiße Haube zierte die verblühten Hortensien, und die Gräser, die sie entlang des Eingangspfades zur Haustür im letzten Frühjahr gepflanzt hatten, waren überzuckert.

Jetzt wäre sie gern ein wenig spazieren gegangen oder hätte noch ein weiteres Stündchen im Bett verbracht, nachdem sie zu so ungewohnt später Stunde hineingefallen war, aber die Studenten warteten, und es galt ebenfalls, die Arbeit an dem neuen Forschungsprojekt über die Jugendarbeitslosigkeit im ländlichen Raum in Angriff zu nehmen.

Eve schaltete das Radio ein und wandte sich zum Herd, wo sie wenig später zwei Eier in die heiße Bratpfanne schlug. Da wurde die Küchentür aufgerissen.

»Christopher, eigentlich wärst du heute mit dem Frühstück an der Reihe.«

»Da muss ich dich leider enttäuschen. Ich bin nicht Christopher.«

Eve erstarrte. Amy! Was machte die denn hier? Doch die Worte blieben ihr im Halse stecken. Den Pfannenwender in der Hand, drehte sie sich zu ihrer Schwester um. »Ich denke, du bist arbeiten?«, entfuhr es ihr. Der Schockzustand, in dem sie sich befand, brach sich in ihrer Stimme Bahn.

»Ich muss dich erneut enttäuschen. Die Tochter meiner Kundin ist heute Morgen gekommen und hat mich abgelöst. Also: Wo steckt er?«

»Na, wo schon? In meinem Bett«, entgegnete Eve erbost und erschrak im gleichen Moment. »Herrgott, ich meine natürlich … allein. Logisch«, stammelte sie hinterher.

»Logisch. Du stehst ja hier, um ihm Frühstück zu machen«, zischte Amy.

Eve stöhnte innerlich. Sie hatte es vergeigt, doch sogleich wurde ihr bewusst, dass nicht sie, sondern Christopher es vergeigt hatte, und justament genau die Katastrophe eingetreten war, die sie schon längst in den Knochen gespürt hatte.

»Eve, sei ein Schatz und mach Kaffee, ich bin am Verdursten.«

Eve wusste nicht, wer geschockter war, sie oder ihre Schwester. Oder gar Christopher, der nun auf der Küchenschwelle stand, verschlafen und mit nacktem Oberkörper. Glücklicherweise trug er wenigstens eine lange Hose. In den Händen hielt er ein Handtuch, mit dem er sich durch die nassen Haare gefahren war.

»Reg dich nicht auf, Amy, Schatz«, sagte er mit belegter Stimme, von der man nun annehmen konnte, dass der samtene Klang darin seiner Verwunderung zu verdanken war und nicht den Nachwirkungen seines Alkoholexzesses. »Hier ist nichts, wie es scheint.«

»Tja, das macht ihr beide wohl unter euch allein aus«, brachte Eve hervor, schaltete den Herd aus und versuchte, aus der Küche zu fliehen.

Da wurde sie hart am Arm gepackt.

»Oh nein, Schwesterherz. Hiergeblieben!« Amys Stimme klang so fremd wie nie. »Ich hab die Schnauze voll von euch beiden! Du, lieber Ehemann, wirst mein Haus –«

»… unser Haus«, fiel er ihr scharf ins Wort.

»… unser Haus erst wieder betreten, wenn du deinen Rausch ausgeschlafen hast. Und du, werte Schwester, wirst es nie wieder betreten.«

»Na, danke. Magst du nicht erst mal unsere Version hören?« Christophers Stimme klang nun auch alles andere als sanft.

»Nein, ich verzichte. Ich hab Augen im Kopf.«

»Also, du bist doch so was von blöde!«, schrie Eve empört. »Ihr seid beide blöde! Dein Mann hat in meinem Bett geschlafen, ja. Aber ich habe die Nacht oben in meiner alten Wohnung verbracht. Allein. Und zwar die ganze Nacht.«

»Jawohl. Und ich bin nur zu ihr, weil sie mich wieder mal um Hilfe gerufen hat. Sie hatte Angst, allein im Haus zu sein. Und weil du nicht da warst –«

»Tut mir leid, dass ich dann und wann arbeiten muss«, unterbrach Amy ihn.

»Und weil du nicht da warst, bin ich also zu ihr rüber. Und weil sie mich gebeten hat, zu bleiben …«

»Ach, nein«, stieß Amy ironisch hervor.

»Genau«, schickte Eve wütend hinterher. »Was erzählst du für einen Unsinn! Ich hatte weder Angst, allein zu sein, noch habe ich dich gebeten, bei mir zu bleiben. Also wirklich! Du bist doch zu mir gekommen, um mir dein Herz auszuschütten.«

»Und weil es schon so spät war«, überging er einfach ihre Worte, »und ich auch was getrunken hatte …«

»Ich schätze, du warst sturzbetrunken«, unterbrach Amy ihn, »so wie deine Fahne zehn Meilen gegen den Wind flattert« Ihr Gesicht war kalkweiß.

»Jedenfalls will ich damit sagen, dass wir ganz brav heute Nacht in getrennten Zimmern geschlafen haben«, stieß Christopher trotzig hervor.

»Das ist mir jetzt alles … Ach, ist doch auch egal.« Amy fuhr sich durch die Haare und blickte ihre Schwester und ihren Mann an, als sähe sie sie zum ersten Mal. »Damit euch beiden eines glasklar ist: Es ist aus. Aus und vorbei! Ich bin es leid. Wenn du, mein werter Gatte, ständig zu meiner Schwester läufst, scheine ich dir nicht mehr zu genügen, ob du nun mit ihr schläfst oder nicht. Ich hab’s satt.«

Eve musste sich am Küchenschrank festhalten, weil sich alles um sie herum zu drehen begann. Die Sache war völlig aus dem Ruder gelaufen. Aber dass ihre reizende Familie jetzt hier so ein Theater aufführte, war nicht in Ordnung. Ja, vielleicht hätte sie schon längst mit Amy ein offenes Wort sprechen sollen, doch dazu war es nun zu spät. Momentan jedenfalls erreichte kein einziger nüchterner Satz die Gehirnwindungen ihrer Schwester. »Amy, es ist wirklich nichts passiert. Aber ich finde, ihr beide solltet mal in aller Ruhe und ausführlich miteinander reden. Und jetzt möchte ich, dass ihr alle beide mein Haus verlasst. Ich muss zur Arbeit. Macht euren Ehekrach unter euch aus.«

»An dem du ganz sicher nicht unschuldig bist«, giftete ihre Schwester.

»Ach, halt doch deinen Mund, du bist so was von grundlos eifersüchtig! Du solltest mal professionelle Hilfe in Anspruch nehmen«, zischte Eve zurück. Dann verschwand sie ins obere Schlafzimmer. Vom Fenster aus sah sie, wie Amy zu ihrem Auto hastete und losbrauste. Christopher folgte ihr kurze Zeit später zu Fuß.

Danach herrschte Funkstille im ganzen Haus, und Eve war heilfroh darüber.

4

Drei Tage später war Amy allein im Haus. Ihr Entschluss stand fest: Sie wollte fort. Es war aus! Wenn sie Christopher nur von Weitem sah, wurde sie von Groll und Erbitterung geschüttelt.

Er war auf dem Festland unterwegs, in der Absicht, sein Boot zu verkaufen, und würde nicht vor morgen Abend zurück sein. Natürlich war mit dem ersten Interessenten kein Geschäft zustande gekommen. Sie hatte sich's doch gedacht. Der Mann hätte ihm zu wenig geboten, verteidigte er sich. Anstatt mit dem ersten Gebot zufrieden zu sein, suchte Christopher weiter. Schließlich plante er doch *so* Großes. Am Hafen war ein alter Kiosk aufgegeben worden, dort wollte er eine Fischbude eröffnen. In ihren Augen war dieses Projekt von Anfang an zum Scheitern verurteilt. Ohnehin hatte es jetzt im Winter keinen Zweck, irgendetwas zu eröffnen. Aber zuerst hieß es eben, das Schiff zu verkaufen. Amy spürte allerdings, dass es ihr momentan völlig egal war, ob ihm dies gelang oder nicht. Sie hatte keine Lust, weiter mit Christopher zu streiten. Und in Ruhe miteinander zu reden, das gelang ihnen momentan schon gar nicht.

Ihr Entschluss stand fest. Bis morgen Abend war er fort – Zeit genug für sie, die Koffer zu packen.

Drei Tage hatte sie hin und her gegrübelt, denn das war kein leichter Schritt. Auch wenn ihr Mann immer wieder beteuerte, kein Verhältnis mit ihrer Schwester zu haben – sie hatte keine Lust, sich mit ihm zu versöhnen. Außerdem war sie böse, dass er ausgerechnet Eve aufgesucht hatte, um mit jemandem zu reden. War sie niemand? Und musste er wirklich jede Lappalie ihrer Ehe an Eve weitertratschen? Oder gar ihre ernsten Probleme? Wie würde er reagieren, wenn sie mit ihrem Kummer zu ihrem Freund Nick ginge? Gerade zu Nick, ihrem alten Jugendschwarm?

Und auf Eve hatte sie eine Stinkwut, dass die ihr nichts von Christophers Gefühlen und seiner Traurigkeit gestanden hatte. Hätte sie etwa die Gedanken ihres Mannes lesen sollen? Wieso hatte er mit ihrer Schwester über seine Eheprobleme reden können, nicht jedoch mit seiner eigenen Frau?

Wie dem auch sei – sie war es gründlich leid. Sie wollte nicht mehr streiten, nicht mehr denken, nichts mehr fühlen. Sie wollte Frieden. Aber keine Scheidung. Eine Ehe gab man nicht so einfach auf. Doch sie benötigte Abstand. Sie musste sich eine Auszeit nehmen. Wie lange diese dauerte, würde die Zeit entscheiden.

Amy hatte rasch gepackt. Dann machte sie sich an das Schwierigste, den Abschiedsbrief. Sie begann zögernd, doch dann schrieb sie immer rascher, die Worte kamen fast wie von selbst:

Lieber Christopher,
wenn du das liest, bin ich bereits abgereist. Ich spüre, dass wir an einem Punkt angelangt sind, an dem wir beide nicht wissen, wie es weitergehen soll. Darum nehme ich mir jetzt die Zeit, mit mir ins Reine zu kommen. Und du solltest das auch tun! Ich werde anderswo eine neue Arbeit suchen, damit ich dort in aller Ruhe über uns und unsere Ehe nachdenken kann. In dieser Auszeit werden wir erkennen, ob wir noch etwas füreinander empfinden und wie wir unsere Probleme lösen können. In dieser Zeit suche bitte auch keinen Kontakt zu mir. Ich werde dich ebenfalls weder anrufen noch besuchen. Wir benötigen dringend Abstand. Und wir müssen überlegen, was und wie wir etwas ändern können, damit wir überhaupt wieder das alte Liebespaar von früher werden. Ich glaube jedoch, dass ein solcher Abstand zueinander für dieses Nachdenken notwendig ist. Es handelt sich wirklich nur um eine Auszeit, ich denke momentan nicht über eine Scheidung nach. Ich wünsche mir nur, dass wir irgendwann wieder zueinanderfinden werden.
Bis dahin
Amy

Sie hatte extra nicht *deine Amy* geschrieben, denn das war sie momentan nicht. Auch war ihr wichtig gewesen, ihm mitzuteilen, dass sie keine Scheidung wollte. Jedenfalls nicht jetzt. Sie wusste einfach nicht, was sie im Moment wollte. Natürlich eine glückliche Ehe, aber die funktionierte so eben nicht. Sie wollte eine Änderung, die sie beide glücklich machte, denn dass auch er unglücklich war, konnte sie sich ja nun denken. Vielleicht kamen sie in einem Jahr zu einem guten Ergebnis. Sie würde es sich und ihm wünschen, denn ihre Liebe war anfangs doch so groß und hoffnungsvoll gewesen. Momentan konnte Amy nichts und niemanden hier ertragen, sie hatte das Gefühl, zu ersticken. Dass er sich beruflich neu orientieren wollte – nur zu. Sie war gespannt auf das Ergebnis.

Drei Tage hatte sie sich Zeit genommen und sich einen Plan zurechtgelegt. Sie hatte ihrer Freundin und Geschäftspartnerin mitgeteilt, dass sie nicht auf der Insel, ja nicht einmal in der Nähe bleiben würde, und für die alte, von ihr betreute Dame Ersatz besorgt. Gestern hatte sie die Hälfte des Geldes vom gemeinsamen Konto abgehoben. Es war nicht viel, was ihr zu einem neuen Leben verhelfen würde, doch genug für den Anfang. Altenpflegerinnen wurden überall auf der Welt gesucht. Fürs Erste musste Glasgow reichen. Diesmal würde sie sich nicht selbstständig machen, sondern in einem Altenheim beginnen, die neue Arbeit wartete bereits auf sie. Zunächst würde sie in einer Pension wohnen. Sie wollte keine Möbel mitnehmen, ein möbliertes Zimmer reichte ihr zum Leben. Hauptsache, alles war weit entfernt von der Insel, von Christopher und Eve.

Amy wanderte ein letztes Mal durch die Räume. Vor dem einfachen Flurspiegel blieb sie stehen. Sie sah mitgenommen aus. Mitgenommen und abgewrackt wie dieses alte Haus, das sie nun für lange Zeit verlassen würde. Das Einzige, das sie an sich liebte, waren ihre Grübchen, doch die hatte schon lange niemand mehr zu sehen bekommen.

Seufzend kramte sie ihren Hausschlüssel aus der Handtasche hervor und warf ihn in die gläserne Schale auf der Anrichte zu dem Brief, den sie Christopher geschrieben hatte. Dann verließ sie das Haus. Christopher würden Einsamkeit und Kälte erwarten. Wie aus Trotz hatte sie alle Heizungen abgedreht. Geschneit hatte es in den letzten Tagen nicht mehr. Der Schnee war übergegangen in feinen Regen, und so würde es, so schien ihr, ewig weiternieseln.

Sie ging, ohne zurückzuschauen, stieg ins Auto und verließ in den frühen Morgenstunden die Insel. Das Auto war auf ihren Namen zugelassen, dem Himmel sei Dank. Die Insel war klein, und kein Weg zum Städtchen dauerte länger als eine halbe Stunde zu Fuß. Wenn Christopher nun in der nächsten Zeit sparen musste – nicht ihre Sorge. Sollte Eve ihn doch durchfüttern, das hatte ihre Schwester doch in der Vergangenheit auch oft und gern getan.

Niemand, nicht einmal ihre Eltern, wussten, wohin sie gehen würde. Nicht einmal ihre Freundin und Arbeitskollegin. Der Gang zu ihr war Amy nicht leicht gefallen. Annabell, abgehetzt und überarbeitet mit den drei Kindern und einem schwachen, unzuverlässigen Ehemann, der kaum ein Auge auf die Kleinen warf, wenn sie zu ihrer

Schicht das Haus verließ, war entsetzt gewesen, als sie ihr am Tag zuvor die Neuigkeit mitgeteilt hatte. Die Miene der Freundin war fast in sich zusammengefallen, was die zahlreichen Falten noch mehr hervorhob und nun in starkem Kontrast zu dem tiefschwarz gefärbten Haar stand, das die Härte der Konturen unterstrich.

»Mal abgesehen davon, dass du mich da in ziemliche Schwierigkeiten stürzt, bist du sicher, dass du diesen voreiligen Schritt nicht bereuen wirst?«, hatte Annabell wissen wollen.

Amy ließ die Kinder der Freundin oft bei sich übernachten, wenn der Ehemann scheinbar Überstunden hatte einlegen müssen, was seltsamerweise immer genau dann vorkam, wenn seine Frau Dienst hatte.

Zum Glück hatte Amy sie zu Hause angetroffen, was ihr nur gelungen war, weil sie ihren Dienst ein paar Stunden früher hatte beenden können. Eine nette Nachbarin war eingesprungen, die alte Dame so lange zu betreuen, bis Annabell eintreffen würde. Ansonsten sahen sich die beiden Freundinnen in letzter Zeit nur beim Schichtwechsel oder wenn sie, was selten genug geschah, gerade einmal keine Pflegebedürftigen zu betreuen hatten.

Annabell wohnte mehr als bescheiden in einem alten einstigen Hotel, das ein Pensionär aufgekauft, in Wohnungen umfunktioniert und dann vermietet hatte. Doch seit er die Mieter zusammenhatte, kümmerte er sich nicht weiter um die Immobilie, die langsam, aber sicher verfiel.

Der Nachmittagsverkehr auf der Main Street war von der Ferne ins Zimmer gedrungen. Annabell hatte Amy den Rücken zugekehrt und sich eine glatte dunkle Haarsträhne aus dem Gesicht gestrichen. Sie trug einen einfachen Pferdeschwanz. »Das sind ja schöne Neuigkeiten, die du mir da auftischst.« Ihre ohnehin tiefe Stimme glich einem Reibeisen.

Amy hatte sich schlecht gefühlt, doch sie konnte der Freundin und Kollegin die Nachricht nun einmal nicht ersparen. »Annabell, es tut mir leid, dass ich dich quasi vor vollendete Tatsachen stelle. Aber ich halte es hier bei Christopher nicht mehr aus. Und auch nicht auf der Insel. Und wenn ich meiner Schwester über den Weg laufe, kriege ich Brechreiz.«

Annabell hatte sich langsam zu ihr umgedreht. »Gott, du wärst nicht die Einzige, die schwere Zeiten durchmachen muss! Frag mich mal«, antwortete sie kühl. »Und auf meine liebe Schwester kann ich auch nicht setzen. Wenn ich die mal bitte, meine Kleinen bei sich übernachten zu lassen …«

»Aber du hast wenigstens noch deine Eltern«, hatte Amy leise dagegengehalten. »Meine sind unerreichbar für mich. Die toben sich auf Ibiza aus.«

»Nur ja kein Neid.« Annabell spie die Worte fast heraus. »Mein Vater ist krank, und meine Mutter ist weder in der Lage noch hat sie Lust, sich um meine drei Bälger zu kümmern. Sie musste ja früher auch allein klarkommen, sagt sie immer. Die ist froh, dass sie endlich in Rente ist. Außerdem hat sie ja noch meinen Vater zu pflegen, woran sie mich oft genug erinnert«, stieß sie verbittert hervor.

Amy hatte es kaum gewagt, in Annabells Gesicht zu schauen, die kreidebleich war. »Tut mir wirklich leid. Vielleicht … Sicher komm ich wieder, irgendwann …«

»Klar, wenn dein Mann zu einer anderen gelaufen ist oder sich totgesoffen hat und meine drei Kinder entweder im Knast gelandet sind oder die Uni besuchen. Danke auch.«

Kurze Zeit später hatten die beiden Frauen sich verabschiedetet, und Amy konnte durchaus Verständnis dafür aufbringen, dass dieser Abschied nicht besonders herzlich ausfiel.

Es regnete, wie so häufig in dieser Jahreszeit, als sie zurück zu ihrem Auto ging, das sie an der Fähre geparkt hatte, um bei einem letzten Spaziergang Abschied zu nehmen, und dementsprechend war auch Amys Stimmung. Keine einzige Schneeflocke verschönerte die grauen Dächer der Häuser. Das Wasser floss in kleinen Bächen über das schiefergraue Kopfsteinpflaster. Allein die Straßenlaternen, deren Licht sich auf dem regennassen Pflaster spiegelte, machten den Anblick erträglich. Früher war Amy gern bei dieser Stimmung im Städtchen spazieren gegangen, doch das schien lange her. Als sie zum vorerst letzten Mal durch die menschenleeren Gassen ging, überfiel sie beinahe schon jetzt Heimweh. Zwar hatte sie sich noch nie nach dem Stadtleben gesehnt, doch dieser Schnitt musste sein. Sie musste frei sein. Frei von der Vergangenheit, frei von untreuen, unehrlichen Menschen. Sie war einunddreißig – immer noch jung genug, um im Ernstfall ein neues Leben zu beginnen. Oder das alte in glücklicherer Form wieder aufzunehmen. Wie auch immer, jetzt begann ihr neues Leben.

Sie setzte mit der Fähre um sechs hinüber aufs Festland und hatte vier Stunden später Glasgow erreicht. Hier würde sie beileibe keine Wurzeln schlagen, so viel stand fest. Ihr nächstes Ziel könnte vielleicht sogar Neuseeland sein. Dorthin hatte sie immer schon einmal reisen wollen. Und Christopher hatte ihr natürlich auch versprochen, dass sie in naher Zukunft dort Urlaub machen wollten. So, wie er auch in Aussicht stellte, ihr marodes Zuhause auf Vordermann zu bringen. So, wie er sich schon vor Monaten vorgenommen hatte, das Boot zu verkaufen und ein kleines Bistro am Strand zu eröffnen. Was aus dem Plan geworden war, wusste man ja nun.

Oh nein, Amy vertraute niemandem mehr, nur noch sich selbst. Und wenn in einem Jahr alle Stricke reißen würden, konnte sie dann für Neuseeland eine Aufenthaltserlaubnis beantragen und sich dort als Altenpflegerin selbstständig machen.

Dass sie zu ihren Eltern nach Ibiza flüchtete, kam nicht infrage. Die beiden wussten noch nichts von ihrer Trennung, und Amy hatte auch nicht vor, ihnen in naher Zukunft davon zu berichten. Frühestens vielleicht zu Weihnachten. Und dann fiel ihr ein, dass Christopher ihr versprochen hatte, die Eltern zu den Festtagen in ihrem Refugium zum ersten Mal zu besuchen. Auch dies war ein leeres Versprechen gewesen, da war sie ganz sicher. Ihre Eltern liebten Christopher. Logisch. Alle liebten ihn. Er umgarnte sie alle, verführte sie mit seiner charmanten Art. Und hinterging sie, denn selbst wenn er nicht mit Eve geschlafen hatte – was ja nicht einmal bewiesen war –, so hatte er doch ihre intimsten Ehe-Geheimnisse ausgeplaudert. Sie war fertig mit ihm. Vorerst zumindest. Wie es weiterging, das entschied die Zeit.

Von der Fähre aus hatte sie in der kleinen Pension angerufen, die sie sich fürs Erste ausgesucht hatte, und Bescheid gegeben, dass es spät werden würde. Um zehn am Abend traf sie ein und wurde von der Dame des Hauses, einer stattlichen Frau in den Siebzigern mit wunderschön weißem Haar, herzlich begrüßt. Die Einrichtung kam ihr altmodisch vor, aber alles sah sauber aus, Amy war zufrieden.

Gleich am nächsten Morgen besuchte sie das Altenheim, in dem sie arbeiten würde. Man kannte sich noch nicht, die Vermittlung war übers Arbeitsamt in Hornborough vonstattengegangen und völlig problemlos verlaufen.

Ihr neues Leben begann wenigstens diesmal zufriedenstellend. Bei dem Altenheim, einem recht modernen Haus, trat sie am folgenden Tag die neue Stelle an. Nachdem sie erfahren hatte, dass die Arbeit im Altenheim auch die Mahlzeiten einschloss, war sie sicher, dass sie in der Pension wohnen bleiben konnte, solange sie sich in Glasgow aufhielt.

5

Mittlerweile war beinahe ein Jahr vergangen. Der Winter hatte erneut Einzug gehalten, und die Frauen von Mary's Head hatten sich bereits in die Weihnachtsvorbereitungen gestürzt, was bedeutete, dass sie Plätzchenberge buken. Und Eve stand ihnen darin in nichts nach. Doch die jährliche Vorfreude aufs Fest wollte in diesem Jahr nicht recht aufkommen.

Sie hatte realisiert, dass ihr ganzer Schwung und ihre einstige Lebensfreude allmählich abhandengekommen waren. Das eigene Leben erschien ihr mit einem Mal öde und langweilig. Und nein, vermutlich würde kein Engel vom Himmel schweben, um wieder mehr Pepp in dieses Leben zu bringen. Nur sie allein konnte etwas ändern.

Schlaflos wälzte sie sich im Bett, wie so oft in letzter Zeit, und überlegte. Großmutters Vorahnungen machten sich wieder einmal bemerkbar. Es lag etwas im Argen, doch ihr Leben hatte nur sie in der Hand, nur sie konnte es meistern. Den Anfang hatte sie bereits gemacht.

War ihr Schritt, die Dozententätigkeit beim Institut zu kündigen, um sich ganz der Doktorarbeit zu widmen, richtig gewesen?

Sie wollte unbedingt diesen Doktor machen. Sie wusste, dass sie dazu auch in der Lage war, das hatte ihr auch ihr Doktorvater versichert. Doch um in Ruhe alles fertigstellen zu können, würde sie mindestens noch ein Jahr Zeit brauchen. Die Lehrtätigkeit im Institut war ihr immer mehr über den Kopf gewachsen, sodass sie einfach nicht die nötige Ruhe für die komplizierte Dissertation fand, für die sie Stockwerke hohe Bücherberge zu lesen hatte.

Aber in dieser Zeit musste sie schließlich von etwas leben. Ersparnisse allerdings hatte Eve nur für exakt drei Monate. Ihr Onkel, mit dem sie ihre Lage besprochen hatte, bot ihr an, so lange bei ihm auf der Insel zu wohnen wie nötig. Dieses Angebot ließ sie schlussendlich den Schritt mit der Kündigung wagen. Und sie hatte den Entschluss gefasst, das Haus zu verkaufen. Unter ihren Händen würde es eines Tages zusammenfallen. So lange wollte sie nicht warten. Noch konnte man es renovieren, ohne danach vollends pleite zu sein – jedenfalls jemand mit Geld oder handwerklichem Geschick. Es musste sein, obwohl ihr Herz allein bei dem Gedanken schmerzte. Aber was konnte sie anderes tun? Im alten Trott weitermachen wie bisher? Sie fühlte sich zunehmend einsam, hatte außer ihrem Onkel keine Familie mehr auf der Insel. Und ein Mann stand ebenfalls nicht an ihrer Seite. Mit Amy hatte sie regelmäßig telefoniert. Nach distanzierten ersten Gesprächen waren sie sich wieder nähergekommen, hatten sich schließlich sogar versöhnt. Aber Telefonate ersetzten eben keine persönlichen Treffen.

Offensichtlich war Amy noch nicht bereit für eine Rückkehr, und Eve hatte die vage Ahnung, dass die Schwester womöglich nie mehr zurückkehren würde. Amy, die sich nach reiflicher Überlegung nach Ibiza aufgemacht hatte, um dort den Eltern vorerst im Hotel beizustehen, war in letzter Zeit richtiggehend aufgeblüht. Dabei tat doch Christopher alles dafür, dass sie wieder zueinanderfanden, sofern das telefonisch überhaupt ging.

Es ging bereits auf zwei Uhr in der Nacht zu, Eve konnte dennoch keine Ruhe finden. Der Wind ums Haus hatte an Kraft zugenommen, und es schien, als würde sich die Ankündigung heftiger Schneefälle bewahrheiten. Die letzten Tage schon hatte es leichten Schneefall gegeben. Dazu war es eisig kalt geworden, viel kälter, als sie es sonst zu Beginn der Winterzeit gewohnt waren. Allerdings waren die ersten winterlichen Stürme bisher gnädig ausgefallen.

Sie lauschte hinaus. Wie schön es doch auf der Insel war! Sie konnte sich nicht vorstellen, mitten in der Stadt zu wohnen, obwohl sie von einem Bekannten in Oxford ein Angebot erhalten hatte, dort zu arbeiten. Allerdings wäre auch hier ein Doktortitel Voraussetzung gewesen. Also war ihre Entscheidung, sich der Diss zu widmen, eine gute Idee gewesen.

Eve stand auf, schlüpfte in den Morgenmantel und tappte hinunter ins Wohnzimmer. Sie legte einige Anzünder in die verglimmende Glut im Kamin und schichtete vier Scheite Holz darauf. An Schlafen war jetzt nicht zu denken. Ihre Gedanken drehten sich im Kreis, was andererseits so dramatisch auch nicht war. Morgen früh konnte sie bis in die Puppen im Bett liegen bleiben, kein Hahn krähte nach ihr. Vorerst hatte sie Urlaub. Die Chefs des Instituts hatten sie nicht verlieren wollen und ihr immerhin ein Vierteljahr Bedenkzeit gestattet. Danach würde sie endgültig entscheiden, wie es beruflich für sie weitergehen sollte. Und so lange reichte auch ihr Geld, wenn sie weiter so bescheiden wie jetzt lebte. Wie auch immer sie sich entschied, sie musste das Haus verkaufen.

Mit einem Mal wusste sie, wer das am besten bewerkstelligen konnte. Bei dem Gedanken verspürte Eve plötzlich ein Kribbeln im Magen. Es hatte sie drei Gläser Rotwein und drei Stunden intensiven Nachdenkens gekostet, da sah sie ihr künftiges Leben so klar und glänzend vor Augen wie die goldenen Kugeln, die sie üppig zwischen den Ilex-Zweigen auf dem Kaminsims verteilt hatte.

Nach langem Grübeln war ihr die zündende Idee gekommen. Wieder einmal, wie so häufig in den letzten Monaten, hatte sie an die Party auf der Yacht und an Ian Preston gedacht, den erfolgreichen Makler. *Dr.* Ian Preston, wohlgemerkt, denn er hatte bereits eine Praxis in der Stadt angemietet, wie sie erfahren hatte. Sie würde das Haus mit seiner Hilfe verkaufen! Und dann würde es ihr ein kleines Vermögen einbringen. Falls er überhaupt noch als Makler tätig war.

Eve musste schmunzeln. Sie, die immer ohne allzu große Illusionen ihr Leben gemeistert hatte, würde in der Tat zu einer Aussteigerin werden, eine, die auf die Nachbarinsel hüpfte, aber immerhin. Und das Ganze natürlich nur für einen überschaubaren Zeitraum. Sie wollte Mary's Head verlassen, um nach Martha's Knee zu ziehen. Ihr Onkel würde sich über ein wenig Gesellschaft freuen, das hatte er bereits bekundet.

In dieser Abgeschiedenheit, für die die beiden Schäferhunde schon sorgen würden, würde sie an ihrer Dissertation schreiben können, bis der PC seinen Geist aufgab! Das eingenommene Geld vom Verkauf – ihr Erbe – und der erlangte Doktortitel würden ihr die Welt zu Füßen legen. Eve spürte, wie nicht allein dieser Plan sie erregte, sondern auch der Gedanke an den Mann, der ihr dieses Glück bescheren sollte: Ian Preston.

Sie ging zufrieden ins Bett und schlief aufgrund der drei Gläser Rotwein und mit wundervollen Bildern im Kopf auf der Stelle ein.

Den Makler, genauer den zukünftigen Arzt der Insel, dessen Handynummer sie auf seiner Webseite gefunden hatte, rief sie am Morgen um Punkt neun an. Dabei klang sie sexy heiser, fand sie, was sie dem Wein zuschrieb und nicht etwa ihrer Erregung, als sie seine Stimme hörte. Zu ihrer Verblüffung und Freude hatte er sogleich für den heutigen Tag zugesagt. Kein Wunder – ein Haus in dieser Lage war ein Schmankerl, das hatten ihr die beiden Amerikaner doch begeistert versichert.

Sie hatte Ian wohlweislich erst für den späten Nachmittag eingeladen. Bis dahin war immer noch Zeit genug, das Haus auf Vordermann zu bringen. Nur Kleinigkeiten, es war schließlich in keinem total vernachlässigten Zustand, sie legte Wert auf Sauberkeit und Ordnung und hatte ein Händchen für Arrangements, weshalb sie oft genug von Freundinnen gebeten worden war, ihnen die Wohnung einzurichten. Was Eve immer abgelehnt hatte. Man konnte vielleicht einen Stil kopieren, doch dieses Haus war ganz auf ihre Persönlichkeit zugeschnitten, jedenfalls nach dem Tod der Großmutter.

Das weihnachtlich dekorierte Heim wirkte wie ein Schmuckkasten. Irgendwie *aufgerüscht*, kam ihr in den Sinn. Die Kommode im Wohnzimmer hatte sie mithilfe einer Freundin schon vor Wochen so unter dem Fenster postiert, dass man die feuchten Stellen unter der Fensterbank nicht gleich auf den ersten Blick entdecken konnte, höchstens dann, wenn man auf dem Sofa saß und sehr genau hinschaute. Nun schmückte die Kommode eine Stechpalmengirlande – von unschönen Flecken keine Spur mehr.

Den schweren Eichenschrank zu bewegen, der in der Küche neben dem Fenster stand, war leider nicht gelungen. In diesem unschönen Fall hatte sie sich mit einem Poster behelfen müssen, das sie auf jene Flecke pinnte, wo leichter Schimmel ebenfalls schon verräterische Spuren hinterlassen hatte. Sie hatte die Ursache für die eingedrungene Feuchtigkeit beseitigen lassen, doch die verbliebenen Innenflecken mussten von einem Fachmann entfernt werden, dazu hatte ihr das Geld gefehlt. Und jetzt würde – sollten die Götter ihr gewogen sein – dieser Akt nicht mehr notwendig werden. Jedenfalls nicht für sie!

Am Nachmittag war alles zu ihrer Zufriedenheit hergerichtet. Eve seufzte. Auf zu neuen Ufern! Sie nahm die Flasche Rotwein, die sie in der Nacht angebrochen hatte, und goss sich den letzten Rest ein in der Hoffnung, dass sich dadurch ihre Aufregung legen würde und sie cool wirkte. Cool und gelassen.

Das Glas in der Hand, ging sie ins Wohnzimmer und setzte sich auf die Couch, von wo aus man durch das Südfenster auf den Leuchtturm schauen konnte, während man vom Nordfenster einen bezaubernden Blick auf das heidebewachsene Hinterland von Mary's Head hatte. Der Leuchtturm war heute allerdings kaum auszumachen in dem wabernden Nebel, der mittags aufgezogen war. Gedankenverloren ließ Eve den Blick zu den Flammen im Kamin schweifen. Im Gegensatz zu ihr hatten die Eltern der Eigentümlichkeit und Einöde von Martha's Knee selten etwas abgewinnen können, was Eve durchaus verstand. Es gab sicher nicht viele, die es aushielten auf einem Felsenfleck im Meer mit gerade mal zwanzigtausend Quadratmetern, mit nichts weiter als vereinzelten Fichten, Wiesen, wilden Erdbeeren und Wildrosen, mit nur zwei Häuschen und dem Leuchtturm.

Martha's Knee war im Privatbesitz der Familie, und nur diese, und natürlich der Leuchtturmwärter einschließlich seiner Vertretung, durften als einzige

Menschen das stille Eiland betreten und bewohnen. Diesen seltsamen Umstand hatten sie einer Erbschaft zu verdanken, die ihrem Urgroßvater von einer geheimnisvollen Unbekannten gemacht worden war. Man munkelte von einer schönen Geliebten, Genaueres wusste man nicht und man fragte auch nicht. Die Uroma hatte schon gleich gar nichts darüber verlauten lassen. Tatsache war, dass die zwei Schwestern die Erben dieser Insel waren und mit Brad irgendwann auch der letzte Leuchtturmwärter der Insel verschwunden sein würde. Diese würde natürlich nie verkauft werden, darüber war man sich immer schon einig gewesen.

Aber sie, Eve Boyle, sie ging nach Martha's Knee. Brad bewohnte wie eh und je das alte Leuchtturm-Haus. Ein paar Meter entfernt von diesem stand ein Haus, in dem früher der Gehilfe mit seiner Familie gewohnt hatte, bevor Brad die Arbeit allein bewältigte. Das Verhältnis zu ihrem Onkel war prächtig. Eve mochte den ruhigen Einsiedler, und er sie ebenso. Er hatte nichts dagegen, wenn sie bei ihm für ein Jahr wohnte, danach wäre seine Arbeit als Leuchtturmwärter ohnehin sehr wahrscheinlich beendet, falls der Leuchtturm tatsächlich elektrifiziert werden sollte, wie Brad befürchtete.

Irgendwer würde eine Menge Geld für ihr Haus zahlen – ein beruhigender Gedanke, das hatte ja schon das Angebot der Amerikaner gezeigt. Die Gäste von Sister's Rock kauften die letzten Heime von jenen auf, die wie die Fischer hier keinen

Lebensunterhalt mehr für sich und die Familie verdienen konnten, und zahlten horrende Summen vor allem für Häuser in Meernähe. Zum Glück waren es nur wenige, die sich von ihrem Heim trennten. Eve seufzte, doch ihr Entschluss stand fest.

Grinsend hob sie das Glas an die Lippen. Sie würde versuchen, das Haus mitsamt dem Mobiliar zu verkaufen – mit Ausnahme einiger Kleinmöbel, die sie auf Martha's Knee benutzen konnte, denn für die mächtigen Schränke fehlte dort der Platz.

Einen Moment hielt Eve inne. Viele würden ihren Entschluss, sich von diesem Kleinod zu trennen, für idiotisch halten. Und was Amy dazu sagte – diesen Gedanken wagte sie gar nicht erst weiterzuführen. Natürlich könnte sie das Haus vermieten. Doch das bedeutete, dass sie immer noch die Verantwortung dafür tragen musste. Eine unpraktische Sache schon von Hornborough aus, und unpraktisch, wenn nicht gar unmöglich von Oxford aus. Und erst recht unmöglich für sie als handwerklich ziemlich unbedarfte Immobilienbesitzerin. Amy hatte einmal vorgeschlagen, in Hornborough einen angebotenen Handwerker-Kurs für Frauen in einem Geschäft für Heimwerkerbedarf mitzumachen, doch Eve hatte entsetzt abgelehnt.

Auf Martha's Knee würde sie frei sein und nur das Lebensnotwendige brauchen – von Büchern einmal abgesehen, ohne die sie nicht sein konnte. Sonderlich shoppingsüchtig war sie nie gewesen, und wenn sie sich weiter bescheiden würde, könnte sie womöglich sogar etwas für die Zukunft zurücklegen. Vor allem hatte sie Zeit, sich in aller Ruhe ihrer Dissertation zu widmen.

Freiheit – welch ein schönes Wort!

Sie nahm einen letzten Schluck Wein und stellte das Glas zufrieden auf den Tisch zurück.

Gleich schon kam der Mann, der ihr das Tor zur Freiheit öffnete. Ian Preston war offensichtlich sehr beliebt, und jeder sah der Eröffnung seiner Praxis freudig entgegen. Aber er schien ein gewiefter Hund zu sein, hatte sich schließlich nicht ohne Grund in den letzten sieben Jahren zum erfolgreichsten Makler der Umgebung emporgearbeitet. Oder möglicherweise emporgeschlafen, dachte sie finster. Die Frauen hingen an seinem Jacket wie die graugrünen Bartflechten, die in langen Fetzen an den windzerzausten Waldkiefern auf den beiden Inseln wuchsen. Trotzdem. Dieser Erfolg konnte nicht allein in seinem tollen Aussehen begründet sein.

Möglicherweise ließ er sich ja doch nicht so leicht um den Finger wickeln, wie sie hoffte. Doch wozu besaß sie ihren Verstand? Sie hatte feine Antennen und das glückliche Talent, eine Lüge meilenweit gegen den Wind zu riechen. Diese Gaben allerdings waren bitter nötig, denn mit ihrem Äußeren konnte sie bei einem Mann wie Preston vermutlich nicht punkten. Was sie eine Sekunde lang beinahe bedauerte. Der Herr bevorzugte Blond, wie sie auf der Party aufgeschnappt hatte. Barbies mit Wespentaille. Amy würde ihm wahrscheinlich zusagen. Amy, mit ihren feinen Haaren und der eleganten Statur.

Eve selbst hatte ihn ja nur einmal auf der Party gesehen, und die Namen seiner Affären waren ansonsten nicht bis zu ihr durchgedrungen. Sie, die Dunkle, konnte man bei aller Liebe nicht als zierlich bezeichnen. Fraulich, sinnlich, weiblich – all das waren Attribute, die ihr der eine oder andere Verehrer zugestanden hatte. Doch Beuteschema hin oder her: Sie wollte nicht sein neues Spielzeug werden, sondern ein Geschäft mit ihm tätigen. Und im Geschäftemachen würde sie gewieft sein. Sie würde sich nicht über den Tisch ziehen lassen.

Eve schmunzelte. Sie würde das Kind schon schaukeln.

6

Zum x-ten Mal tigerte sie durch die Räume. Eve kam nicht umhin, sich einzugestehen, dass sie aufgeregt war, vor allem, nachdem er angerufen und sich entschuldigt hatte, erst eine halbe Stunde später zu kommen. Seine Verspätung versüßte er mit der Bekundung, selbst Interesse an dem Anwesen zu haben. Damit hatte sie überhaupt nicht gerechnet, und die Aussicht, dass es nun womöglich ganz rasch ging mit dem Verabschieden ihres Heims, ließ ihr Herz schneller schlagen. Das durfte sie sich später nur ja nicht anmerken lassen.

George Clooney, wie sie Ian Preston heimlich nannte, war garantiert ein harter Brocken, was Verhandlungen anging. Heute ging es um alles, und sie hoffte, stark genug zu sein, um ihm gegenüber zu bestehen.

Zum Ankurbeln der grauen Zellen wäre es sicher hilfreich, vor dem Countdown einen Kopfstand hinzulegen. Doch leider war sie nicht gelenkig genug dazu. Ob sie noch rasch einen grünen Tee trinken sollte, den sie für ihre Freundinnen stets vorrätig hatte? Alle schworen auf ihn, nutzten ihn gegen jegliches Wehwehchen. Leider mochte sie keinen grünen Tee, nur schwarzen, schön stark, mit Zitrone und zwei Löffeln

Zucker pro Tasse. Doch diesmal brühte sie sich grünen Tee auf. Sicher war sicher!

Sie trank ihn – ohne Zucker – in nervösen kleinen Schlucken. Dann gab sie etwas Kaffeepulver auf die Herdplatte und röstete es ein wenig an. Kaffeeduft stimmte positiv und animierte zum Kauf, hatte sie gelesen. Im Eingang hatte sie die Lavendelzweige ein wenig mit einem Öl beträufelt, damit sie noch mehr dufteten – zur eigenen Beruhigung. Und zur Sicherheit, falls das Haus muffig roch, was sie noch nie festgestellt hatte, aber sie wohnte ja auch immer schon hier.

Sie sah auf die Uhr. Vier Uhr dreißig. Rasch entzündete sie das Feuer im Kamin und sah sich zum hundertsten Mal prüfend um. Alles in Ordnung.

Endlich klingelte es.

Sie atmete tief durch. *So, Eve, jetzt gilt es, das Tor zum Paradies zu öffnen.* Sie war wild entschlossen, den Goldfisch nicht von der Angel zu lassen, bevor er nicht dem Kauf zugestimmt hatte. Zugegeben, anderthalb Millionen Pfund waren kein Pappenstiel – doch sie wollte schließlich in der Wildnis, die Martha's Knee für manchen Menschen bedeuten mochte, nicht verhungern.

Nervös drehte sie an ihrem glitzernden Ring, einem Erbstück ihrer Grandma, der Eve bislang immer Glück gebracht hatte. Natürlich handelte es sich nur um einen Ring mit Zirkonia-Steinen, aber das sah man ihnen nicht an, fand sie. Für sie funkelten sie wie Diamanten. Dieses Geld für das Haus bedeutete Sicherheit. Sie würde nicht verhungern, denn selbst auf Martha's Knee konnte sie nicht nur von Flechten und Algen leben. Und ihrem Onkel lange auf der Tasche zu liegen? Für sie völlig undenkbar.

Rasch pustete sie die Kaffeekrümel vom Herd. Dann öffnete sie neugierig die Tür.

Im ersten Moment verschlug es ihr beinahe den Atem. Was für ein Lächeln! Er hatte sich die Haare schneiden lassen und sich von seiner Mähne getrennt, alle Achtung. Eigentlich schade bei dem herrlichen Haar. Aber auch die neue Frisur stand ihm prächtig. Sein dunkler Anzug, ein echter *Anzug* wohlgemerkt, etwas, das auf der Insel eigentlich nur bei Hochzeiten und Todesfällen angesagt war, passte perfekt zum hellgrauen Hemd und der grauen, eleganten Krawatte. Dieser Aufzug würde wahrscheinlich die Hälfte der weiblichen Einwohnerschar auf der Stelle aus den Schuhen schleudern. Eve jedenfalls stand kurz davor.

Sein Händedruck war warm, nicht zu fest und nicht zu schwammig. Ja, man konnte tatsächlich erahnen, warum er solchen Erfolg hatte. Doch Eve riss sich zusammen. Dieser Mann war ihr schnurzpiepegal – er sollte sein Geld auf den Tisch blättern, möglichst schnell, damit sie rasch von hier wegkam. Mehr verlangte sie gar nicht.

Nach einem kurzen Rundgang betraten sie das Wohnzimmer.

»Kaffee, Cognac oder Wasser?«, bot sie an, in der Hoffnung, dass er sich für etwas Kaltes entschied. Kaffeekochen dauerte zu lange. Dann saß er allein im Wohnzimmer und hätte Gelegenheit, die feuchten Ecken unter den Fenstern zu entdecken – was definitiv nicht in ihrem Sinne war.

»Nichts, danke.«

Sie schluckte. War das etwa ein schlechtes Zeichen? Während des Rundgangs hatte er kein Urteil abgegeben, was sie zugegebenermaßen nervös machte. Jeder ihrer Gäste brach in Verzückungsschreie aus, wenn er das Haus zum ersten Mal betrat. Aber sicher gehörte das zu seiner Strategie. Außerdem war er sicher niemand, der in Verzückungsschreie ausbrach. Nicht einmal bei bestimmten Aktionen im Schlafzimmer, durchzuckte es sie.

»Warum wollen Sie dieses Haus verkaufen?«, fragte er.

»Ich werde auf die kleine Schwesterinsel ziehen.« Sie wies zur Sitzgruppe, und sie setzten sich.

»Ist Ihnen Mary's Head nicht klein genug?«

»Das schon. Aber … nun, Martha's Knee ist eben etwas ganz Besonderes.«

Er zog interessiert die Brauen hoch. »Was werden Sie dort machen?«

Ihre Stimme war klar wie das Quellwasser auf Martha's Knee. »Ich möchte mein weiteres Leben kontemplativer verbringen, also ruhiger«, fügte sie zur Sicherheit hinzu. »Weitab von allem.«

Ihr Goldfisch spitzte die Lippen: »Aha, mit einem Mann!« Es war mehr eine Feststellung als eine Frage.

»Wenn schon mit Mann, dann bestimmt nicht kontemplativ. Wer bin ich denn?«, widersprach sie ironisch. »Nein, ich meine allein – mit einer, äh,

Fischerhütte ... Unsinn ... *in* einer Fischerhütte natürlich.« Den Onkel verschwieg sie. Allein in einer Hütte zu hausen, klang irgendwie abenteuerlicher, zumindest außergewöhnlicher als in einem schönen Haus neben einem gestandenen Mannsbild seine Zeit zu genießen.

»Fischerhütte?« Er sprach das Wort aus, als hafteten Milliarden Viren am Holz einer solchen Behausung. »Wollen Sie den Rest Ihres Lebens mit Angeln verbringen, Fische hüten, Wolken schieben ...?«

Die arrogante Art, in der er sprach, gefiel ihr nicht. Sollte auch das zu seiner Strategie gehören, war es in ihrem Fall definitiv die Falsche. »Daneben«, erwiderte sie kühl, »Schäfchenzählen ist mein innigster Wunsch. Und gut, genau genommen handelt es sich auch nicht um eine Fischerhütte, sondern um das Haus des Leuchtturmwärters, meinem Onkel.« Und außerdem gehört die Insel meiner Familie, hätte sie beinahe hinzugefügt, doch dann hielt sie sich zurück. Er sollte nicht meinen, sie wären reich.

Er lehnte sich zurück. Die langen Beine von sich gestreckt, verschränkte er die Hände. Die Spur von Arroganz in seinen Gesichtszügen verstärkte sich, als er leichthin sagte: »Jeder lange Urlaub, und darum scheint es sich bei Ihnen ja zu handeln, tötet Tausende von Gehirnzellen. In Ihrem Alter – pardon – würde ich mir das gut überlegen.«

Eve spürte, wie sich ihre Gereiztheit steigerte. »Das lassen Sie mal meine Sorge sein. Noch sind genügend graue Zellen vorhanden, mich davor zu schützen, von besserwisserischen Männern gemaßregelt zu werden.« *Prima, Eve! Weiter so, dann kannst du ihm gleich die Tür für seinen Abgang öffnen, du dumme Kuh!*

Er zuckte die Schultern. »Nun gut. Jeder, wie er mag.«

»Danke.«

Sie schwiegen einen Moment, während er seine blank geputzten Schuhe betrachtete.

Angespannt wartete Eve auf seine Entscheidung. »Also, was jetzt … möchten Sie nicht doch einen Cognac? Oder vielleicht einen Rotwein?«

»Ich bin mit dem Auto hier«, verwies er sie knapp.

Sie stöhnte innerlich. Wenn jemand die Sache dämlich anfing, dann sie.

Er stand auf und trat ans Fenster. Scheinbar gedankenverloren blickte er hinaus.

Eve schlug ein Bein über das andere und ließ es nervös auf und ab wippen. »Nebenbei – Zeit ist Geld.«

»Gestatten Sie, dass ich ein wenig frische Luft hereinlasse?«

Einen Augenblick verschlug es ihr den Atem. Fand er, dass es hier stank? Sie hatte hinreichend gelüftet. Und nach Schimmel hatte es noch nie gerochen, so beträchtlich waren die Schäden im Haus zum Glück nicht. Abgesehen davon hatte sie eine halbe Stunde zuvor noch frisches Kaffeemehl geröstet und die Türen geöffnet, sodass der aromatische Duft überallhin ziehen konnte. Das erweckte in den meisten ein Gefühl des Wohlbehagens und erleichterte die Verhandlung ungemein. Ob es bei ihm wirkte?

»Äh … das mach ich schon«, erwiderte sie und erhob sich rasch. Die Holzfenster im Wohnzimmer waren alle verzogen, nur sie kannte den Kniff zum Öffnen. Die Holzrahmen waren trocken wie ein Bachbett auf dem Mars – was sich möglicherweise negativ auf den Kaufpreis auswirkte.

Zu spät, er nahm die Sache bereits selbst in die Hand. Der dritte Versuch gelang. Sie sah von der Seite, wie sein Blick die Sicheltanne vor seiner Nase zu durchbohren schien, die Eve noch mit der Großmutter gepflanzt hatte. Der Baum war nicht auf der Stelle eingegangen, wie alle geunkt hatten. Was nach Ian Prestons starrem Blick womöglich nun doch zu befürchten war.

Nervös fixierte sie seinen abgewandten Rücken. »Nebenbei. Es gibt auch andere Interessenten …« *Lüge!* »Der nächste wird in einer Viertelstunde hier sein.« *Lüge, Lüge, Lüge!,* schalt sie sich. Und er wusste es. Konnte sie noch mehr Fehler begehen? Er war der Beste im Umkreis von vierzig Kilometern, und sie wollte ihn! Entweder als Käufer oder als Makler. Und auch das musste ihm wohl bewusst sein.

Es war still wie in der mittelalterlichen Kirche des Dorfes kurz vor der Predigt des Pastors. Der Ruf der Möwen machte die angespannte Ruhe im Zimmer noch unerträglicher. Möwen, die in die Rücken der nach Luft auftauchenden Wale dicke Löcher pickten, um an Nahrung zu kommen, waren ihr noch nie sympathisch gewesen.

Sie zog den engen Rock glatt, zu dem sie sich heute entschieden hatte und der ihre Kurven exzellent betonte. Dann ging sie vorsichtig auf hohen Schuhen zum Kamin – zu Hause trug sie in der Regel nur Socken, doch natürlich nicht, wenn Gäste erwartet wurden. Gerade für diesen besonderen Gast hatte Eve sich in Schale geworfen. Sie bückte sich, um Holz nachzulegen, das schon bereitlag, und war froh, dass die Naht des Rocks hielt. Jetzt rächten sich die Naschereien, denen sie jedes Jahr zur Weihnachtszeit verfiel. Schnell legte sie ein weiteres Scheit auf den Stapel, bevor sie sich langsam wieder aufrichtete. »Haben Sie sich nun entschieden?«, erkundigte sie sich und ärgerte sich, wie belegt ihre Stimme klang.

Er drehte sich langsam um. »Ja. Und nein.«

Sie hob die Brauen. Dann stöckelte sie zum Sessel zurück.

»Ich habe mich für Ihr Haus entschieden, natürlich nur, falls wir uns über den Kaufpreis einigen können.« Seine Miene war undurchdringlich wie das Grau über dem Meer.

Ho, ho, ho! Eve stand erneut auf. »Nun, das klingt doch gut. Darauf muss ich schon mal mit mir selbst anstoßen«, sagte sie hochgestimmt. Jetzt nur keine weiteren Fehler machen. »Einen kleinen Moment bitte, ich bin gleich zurück.« Sie verkniff sich, ihn erneut zu fragen, ob er auch etwas trinken mochte, schließlich war er mit dem Wagen da.

Eine Minute später kam sie zurück mit dem Cognac und sicherheitshalber zwei Gläsern, riesigen

Schwenkern, die sie dann und wann als Blumenvasen missbrauchte. Schweigend drehte sie mit zitternden Händen am Verschluss der Flasche, die sie noch nicht geöffnet hatte. Sie mochte keinen Cognac, machte sich normalerweise nicht viel aus Alkohol. Aber jetzt hieß es, die grauen Zellen zu einer Höchstleistung anzuregen, die die Anstrengung für ihre Dissertation noch überbieten musste. Und ein Schluck Alkohol, hatte der alte Dr. Preston betont, als ihre Großmutter ihn einmal gefragt hatte, ob ein Gläschen Schnaps am Abend ihr schaden könnte, sorgte dafür, dass das Gehirn angeregt wurde.

»Gestatten Sie?« Preston verließ seine Position am Fenster, und ohne ihre Antwort abzuwarten, goss er ihr mit ruhiger Hand ein wenig Cognac ins Glas.

»Zum Wohl! Auf Ihren Kauf dieser Prachtimmobilie«, sagte sie und nahm einen tiefen Zug, womit das riesige Glas, das er mit nur einer kleinen Pfütze Cognac gefüllt hatte, auch schon geleert war. Sie verzog das Gesicht. Selbst ein sündhaft teurer Cognac wie dieser, den ihre Großmutter vom Inhaber des Lebensmittelgeschäfts, Mr. Miller, geschenkt bekommen hatte, schmeckte ihr nicht.

»Es ist noch nichts entschieden.« Er begab sich wieder zum Fenster und sah hinaus.

Gewonnen! Lächelnd betrachtete sie seine nicht unattraktive Rückansicht. »Nun, so in letzter Sekunde werden wir doch keinen Rückzieher machen«, gurrte sie.

»Vielleicht nennen Sie mir einfach einmal Ihre Preisvorstellung?«

»Aber sicher. Wie wäre es mit 1,5?«

»Wie wäre es, wenn wir einmal Punkt für Punkt die Schäden durchgingen, die diesen Preis mehr als lächerlich erscheinen lassen?«, fragte er die Sicheltanne vor seiner Nase.

Sie spürte, wie ihr die Röte in die Wangen schoss. »Nun ... äh ...«

Himmel! Waren sie hier auf dem Trödelmarkt? Um wie viel sollte sie runtergehen? Dieses Haus war kein Plunder, sondern eine der Perlen der Insel – zumindest angesichts der Lage. »Also ... ich ...«

»Mir ist gerade eine Idee gekommen«, wurde sie von *George Clooney* unterbrochen. Bedächtig, beinahe schläfrig, drehte er sich zu ihr um. Breitbeinig, mit verschränkten Armen die Lässigkeit eines Cowboys im Armani-Look verströmend, fragte er: »Wie wäre es, wenn Sie Ihre Pläne, nach Martha's Knee auszuwandern, zurückstellten?«

»Warum *das* denn?« Sie spürte, wie sie der Mut verließ, so jäh, wie die Nebel auf Martha's Knee die Insel verschlangen. »Gefällt Ihnen das Haus jetzt doch nicht? Ist es Ihnen tatsächlich zu teuer?« Sie goss sich erneut vom Cognac ins Glas, ein Schlückchen nur, damit er nicht auf die Idee kam, sie hätte Alkohol nötig.

Er senkte den Blick. »Die Sache mit dem Haus geht klar«, gab er lässig von sich.

Yeah! Sie riss in Gedanken die Arme hoch. Sie hatte es doch geahnt!

»Wenn auch anderthalb Millionen lachhaft sind. Aber für siebenhunderttausend nehme ich es.«

»Sie meinen siebenhunderttausend Pfund?«

»Nein, ich meinte siebenhunderttausend Glasmurmeln«, erwiderte er todernst.

Siebenhunderttausend Pfund! Eve sog scharf die Luft ein. Sie hatte gepokert und nicht im Entferntesten zu hoffen gewagt, dass jemand für die marode Hütte so viel Geld auf den Tisch blättern würde. Wobei das amerikanische Pärchen deutlich mehr geboten hatte.

»Sagen wir neunhunderttausend Glasmurmeln«, versuchte sie freudestrahlend ihr Glück.

»Sagen wir siebenhundertfünfzig.«

Sie hob den linken Zeigefinger. »Pfund, wohlgemerkt?«

»Genau«, er grinste.

Sie nickte und gab sich keine Mühe mehr, ihre kindliche Freude über diese stolze Summe zu unterdrücken. »Ich erkläre mich mit achthunderttausend einverstanden – auch wenn ich sicher bin, dass Sie, wenn Sie es mit einem Mann zu tun gehabt hätten, nicht so billig an eine einwandfreie Immobilie gekommen wären.«

In seinen Augen glitzerte ein Funke der Ironie. »Ich finde, Sie schlagen sich durchaus tapfer. Und außerdem sprachen wir von siebenhundertfünfzigtausend Pfund.«

Sie fuhr sich mit der Zunge über die trockenen Lippen. »Mein Gott, ja, seien Sie doch nicht so kleinlich.« Ihr Finger schoss erneut in die Höhe – eine Angewohnheit längst vergangener Tage. »Aber Kredit ist nicht. Wenn wir zusammenkommen wollen, gilt nur Cash auf den Tisch.«

Seine Mundwinkel verzogen sich geringschätzig. »Kapital ist vorhanden«, sagte er mit träger Stimme. »Und zwar zur Genüge.«

»Reicher Sohn reicher Eltern?« Erschrocken hielt sie inne. *Halt die Klappe, Eve!* Sie wusste doch genau, dass er der Immobilienkönig der Insel war und sich den Gerüchten zufolge aus kleinsten Verhältnissen hochgearbeitet hatte – oder hochgeschlafen, fügte sie biestig in Gedanken hinzu. Sie konnte es sich nicht leisten, einen potenziellen Käufer, genauer den einzigen zurzeit, in die Flucht zu schlagen. Schließlich war gerade Winter, keine gute Zeit für einen Verkauf, wie sie gehört hatte. Außerdem hatte sie keine Lust, etlichen Pseudo-Interessenten, sollten denn tatsächlich welche erscheinen, die Sonntagnachmittags-Langeweile zu vertreiben und Heerscharen Neugieriger durch ihr Heim zu führen.

»Mitnichten!« Er wechselte das Standbein und legte eine Hand an den Fensterflügel.

Eve war sicher, dass er genau wusste, wie attraktiv ihn diese Pose erscheinen ließ.

»In meinem Fall waren es Intelligenz, gepaart mit Talent, unterstützt von Durchsetzungsvermögen und unermüdlicher Schaffenskraft«, gab er zurück.

»Entschuldigen Sie, die Bemerkung war dumm von mir. Das liegt sicher am Cognac, ich bin es nicht gewohnt, zu solch früher Stunde zu trinken«, sagte sie mit ihrem charmantesten Lächeln. »Sie sind Arzt und weder Finanzbeamter noch von der Mafia«, fügte sie sicherheitshalber hinzu. »Für beide Spezies ist mein Haus tabu.«

»Auch Finanzbeamte sind Menschen«, belehrte ihr Interessent sie sachlich. »Aber keine Sorge, ich bin ein solide arbeitender Mann. Genauer gesagt, der zukünftige Arzt der Insel.«

»Sagen Sie, wollen Sie am Ende hier, in diesem Haus, Ihre Praxis errichten?«

Er schüttelte den Kopf. »Nein. Ich möchte die Praxis von meinem Wohnhaus getrennt führen, damit ich besser abschalten kann. Wie Sie sicherlich wissen, ist mein Vater der Arzt in Hornborough und wohnt über der Praxis. Ich habe vor, das zu trennen, auch in der Hoffnung, dass die Leute dann nicht mit jedem Schnupfen am Sonntagnachmittag bei mir aufkreuzen, wie es meine Familie gewohnt ist. Bevor mir mein Vater zu einem Medizinstudium geraten hat, habe ich, wie Sie ja wissen, als Makler gearbeitet. Wenn man in diesem Beruf geschickt ist, kann man einiges verdienen. Ich hoffe, das beruhigt Sie. Allerdings ist dies mein letzter Deal. Ich möchte mich nun ganz auf die Arbeit als Arzt konzentrieren.«

»Wunderbar!«, schnurrte sie. Auch wenn dieser Mann ein Angeber zu sein schien: Er war reich! Ihr Problem mit dem Haus war gelöst!

Da nun alles geklärt war, frage Eve erneut: »Möchten Sie nicht doch auch einen Cognac? Ich könnte Sie ja nach Hause fahren … Ich meine, ich könnte Ihnen ja Taxi-Freddy rufen.« Taxi-Freddy war der 84-jährige Mann für alle Fälle, wenn jemand von A nach B auf der überschaubaren Insel gefahren werden wollte, sofern es ihm zu Fuß nicht oder nicht mehr möglich war.

»In Gottes Namen. Aber nur einen kleinen. Und nein danke, ich fahre selbst. Außerdem hat Freddy heute Nachmittag schon eine Fuhre. Es wird dauern, bis er wieder hier ist.«

Na bitte! Nun hatte ihr Kandidat schon mehrere zusammenhängende Sätze von sich gegeben. Eve füllte das zweite Glas. Schnell kippte sie die Pfütze aus ihrem Glas herunter und schenkte sich erneut von dem goldenen Getränk ein. Sie hasste Cognac in der Tat, aber was tat man nicht alles, um einen Käufer gefügig zu machen. Oder genauer, wenn man den Käufer gefügig gemacht hatte. Man hatte schließlich Grund, zu feiern. »Und jetzt verraten Sie mir doch bitte noch, warum ich meine Pläne zurückstellen sollte – einmal abgesehen von Ihrer Sorge um meine Gehirnzellen.« Was natürlich überhaupt und nie und nimmer in Frage käme. Doch wäre es interessant, zu erfahren, was dieser Mann für Gründe hatte, ihr so etwas vorzuschlagen.

Er nahm den Schwenker entgegen. Bevor er ihn an die Lippen setzte, sah er Eve durchdringend in die Augen, dann ließ er den Blick Zentimeter für Zentimeter an ihrem Körper hinabwandern.

Zu ihrem Ärger ertappte Eve sich dabei, wie sie den Bauch einzog. Das widersprach ganz eindeutig ihren Prinzipien – sie stand zu ihrer weiblichen Figur. Sie stieß die Luft aus, auch wenn es lange her war, dass ein Mann sie so betrachtet hatte. Aber nein, es war ja nicht das erste Mal, dass er Eve so ansah. Auf der Yacht damals hatte er sie ebenfalls so gemustert, warum auch immer.

Um den Anflug von Verlegenheit zu überspielen, nahm sie rasch einen großen Schluck vom Cognac. »Also, raus mit der Sprache!« Sie merkte, dass ihre Stimme heiser klang und es sich in ihrem Kopf leicht drehte. Die Aufregung, was sonst.

Er ließ sich in den Sessel gleiten. »Ehe Sie sich zu dieser Insel aufmachen, um dort Schafe zu zählen …«

»Ich zähle keine Schafe, sondern Bücher«, unterbrach sie ihn sachlich. »Ich meine, ich *schreibe* Bücher … also, ein Buch.« Himmel, der Mann machte sie ganz nervös.

»Liebesroman!«, kam es gelangweilt.

»Dissertation!«, entgegnete sie scharf. »Ich bin Soziologin. Und selbst wenn, ich finde Liebesromane wunderbar.«

»Sie sind eben auch nur eine Frau.«

Sie fuhr im Sessel hoch. »Also bitte! Liebesromane sind Literatur für erwachsene und intelligente Menschen und beileibe nicht nur für Frauen. Ich lese sie mit Begeisterung«, wiederholte sie vehement.

»Wie auch immer, Sie schreiben an einer Doktorarbeit. Das könnten Sie natürlich auch hier«, sagte er schulterzuckend. »Was ich sagen will, ist, dass Sie lieber hier bei mir bleiben sollen und mir für ein Jahr zur Verfügung stehen.«

Beinahe hätte sie sich verschluckt. Sie atmete tief ein und aus, einmal, zweimal, dann war sie in der Lage, zu sprechen: »Klingt wahnsinnig verlockend«, säuselte sie und klimperte affektiert mit den Augen.

»Warten Sie's ab und lassen Sie mich doch erklären.«

Mit einer heftigen Bewegung stellte sie den Cognacschwenker auf den Tisch. Erregt sprang sie auf. »Sagen Sie mal, sind Sie noch recht bei Trost?« Sie feuerte ihren bewährt vernichtenden Blick auf ihn ab. »Verlassen Sie sofort mein Haus!« Etwas theatralisch deutete sie in Richtung Flur. »Hinaus! Auf der Stelle.«

Er reagierte nicht so, wie sie es erwartet hatte, sondern trank in aller Seelenruhe sein Glas leer.

»Ich bin doch nicht eines Ihrer Betthäschen!« Empört ergriff sie die Fernsehzeitung, die sie vergessen hatte, zu entsorgen, denn den Fernseher hatte sie mithilfe des Postboten unter Mühen in den Schuppen getragen. Sie fand, eine Wohnung ohne TV wirkte irgendwie intelligent und kompetent. Wer etwas auf sich hielt, der sah nicht fern. Zumindest die privaten Sender töteten jede vorhandene Gehirnzelle, mehr noch als Nichtstun, da war sie ganz sicher. Trotzdem liebte sie es, einen guten Film zu sehen, aber das musste der potenzielle Käufer ja nicht wissen.

Während sie sich Luft zufächelte, überlegte sie ihren nächsten Schritt – wie entledigte man sich eigentlich eines Neunzig-Kilo-Mannes von mindestens eins achtzig, wenn man selbst eins dreiundsechzig groß war und gerade mal neunundsechzig Kilo wog? Und mit asiatischen Kampfsportarten nichts am Hut hatte?

Was war Eve froh, wenn sie nun endlich nach Martha's Knee ziehen konnte! Auf der einsamen

Insel müsste sie sich nicht mit solchen Fragen befassen. Erstens, weil es dort keine anderen Männer gab, außer Brad, der eine Seele von Mensch war. Und weil zweitens keine andere Menschenseele Zutritt zu dieser Insel hatte. Und dass dieses Verbot geachtet wurde, lag auch an den Schäferhunden, die sich Brad in dritter Generation hielt.

Abwehrend die Hände erhoben, sagte Ian: »Regen Sie sich nicht auf. Bitte! Sie sollen lediglich meine Begleiterin sein, also … äh … genauer gesagt, meine Verlobte. Ich meine, Sie sollen sie spielen. Alles rein platonisch, natürlich. Und das Ganze für höchstens ein Jahr.«

»Was? Warum ich? Ich nehme doch mal an, die Schönen und Reichen unter meinen Geschlechtsgenossinnen rennen Ihnen die Bude ein.« Sie nahm es nicht nur an, sondern sie wusste es, zumindest vom Hörensagen.

»Tun sie, tun sie«, stimmte er lässig zu, »und genau das ist das Problem. Hierbei geht es aber nicht um Schönheit.«

Die Hände zu Fäusten geballt, fixierte Eve aus schmalen Augenschlitzen den attraktiven Mann im sündhaft teuren Anzug. Jeder unzivilisierte Mensch hätte diesem Rüpel jetzt die Cognacflasche über die Rübe gezogen, doch sie war eine Dame. Immer noch.

»Ich brauche jemanden«, fuhr Ian mit ruhiger Stimme fort, »der mich nicht langweilt und es mit meiner Intelligenz aufnehmen kann. Sie scheinen mir die geeignete Person zu sein.«

Aha, er hielt sie für klug. Dagegen ließ sich nichts einwenden. Also trug das Entfernen des Fernsehers doch Früchte! »Ach, ich dachte, ich bin Ihnen nicht gut genug, da ich Liebesromane konsumiere. Außerdem hab ich im Schuppen noch einen Fernseher, das nur zu Ihrer Information«, stichelte sie trotzig.

»So unbedarft, wie Sie sich geben, sind Sie nicht, da bin ich ganz sicher.«

»Also, ich muss doch sehr bitten«, stieß sie entrüstet hervor.

Er hob erneut die Hände. »Ein Scherz, bitte nicht böse sein«, sagte er mit einem Grinsen.

Besänftigt nahm sie wieder in dem Sessel Platz und musterte ihn neugierig, während sie sich einen weiteren Schluck vom Cognac genehmigte. Mittlerweile schmeckte er ihr beinahe. Zeit für eine Gefechtspause.

»Ihnen ist sicherlich schon einiges über mich zu Ohren gekommen. Nun werde ich also ab Januar als Arzt hier im Ort arbeiten. Ich nehme an, Sie wurden streng erzogen? Klosterschule, Moral und so?«

Verdutzt ließ sie die Hand sinken. »Steht mir das auf die Stirn geschrieben?«

»Bei Ihrem Wunsch nach Kontemplation kam mir dieser Gedanke.«

Sie unterdrückte ein Seufzen. »Was ist gegen Moral einzuwenden?«

»Nichts, nichts.«

»Und ab und zu eine Auszeit in aller Stille hat noch niemandem geschadet.«

»Stimmt schon«, kam seine Antwort mit leichter Ungeduld. »Wenn man es nicht übertreibt«, fügte er abwesend hinzu.

Er strich sich durch sein volles schwarzes Haar und schien nach Worten zu suchen.

Jawohl, George Clooney, du bist schön!

Eve versuchte entschlossen, ihre Ungeduld zu bezwingen. Möglicherweise wäre sie ihm in Philosophie überlegen, doch welcher Mann mochte es schon gerne, wenn ihm eine Frau überlegen war, und dann noch in einem sensiblen Fall wie hier? Noch war immerhin der Kaufvertrag nicht unterschrieben.

»Ganz im Ernst. Ich suche jemanden – eine Frau –, um meine zahlreichen langjährigen, pathologischen Verfolgerinnen abzuschütteln. Und … äh …, um ein Zeichen für meine Seriosität zu setzen. Ich will dem Ort beweisen, dass meine wilden Jahre vorbei sind. Sie sollen meine Verlobte werden … spielen, natürlich. Für etwa ein Jahr. Das Haus gibt uns die Möglichkeit dazu, dass jeder sein Leben leben kann – ohne die Nachteile, die eine … äh … Ehe mit sich bringen würde.«

Sie kicherte, wie sie es immer tat, wenn sie nicht weiterwusste. »Was für eine hirnverbrannte Idee.«

Seine Miene zeigte keinerlei Veränderung. »Außergewöhnlich, jedoch nicht hirnverbrannt«, sagte er mit tiefem Ernst. »Natürlich würden Sie angemessen entlohnt werden.«

»Was immer man darunter verstehen will«, erwiderte sie spitz. Der Mann war nicht ganz bei Trost, doch das Spiel begann, sie zu amüsieren.

»Ich werde mir die Sache durch den Kopf gehen lassen.«

»Ich gebe Ihnen eine Minute Zeit.«

Kein Zweifel, er war als Boss auf die Welt gekommen.

Eve hingegen hatte nicht vor, sich mit neunundzwanzig von irgendjemandem Befehle erteilen zu lassen. »Zwei … und ich meine Stunden«, sagte sie, nur so aus Trotz.

»Eineinhalb. Und ich meine Minuten!«

»Okay«, sagte sie – ein wenig zu schnell, wie sie sich erbost eingestand. Einen Moment war sie über sich selbst erstaunt. Noch vor ein paar Augenblicken hätte sie jeden, der ihr die Zustimmung zu einem derart seltsamen Anliegen zutraute, für verrückt erklärt. Und dass sie sich für diesen Irrsinn nicht einmal fünf Minuten Zeit ließ, würde Amy, wenn sie davon erfuhr, wahrscheinlich dazu bewegen, den Geisteszustand ihrer Schwester von professioneller Seite durchchecken zu lassen. Doch irgendwie fühlte Eve sich plötzlich vogelfrei. Und ungewohnt abenteuerlustig.

Wenn Ian Preston auch über die Maßen von sich eingenommen war, es wäre ein einträglicher und ohne Zweifel aufregender Einstieg in ihr neues Aussteigerleben. Ein Jahr war überschaubar. Sie würde die Klingen wetzen, und so gewappnet, wäre der Umgang mit George Clooney ein Kinderspiel.

»Wie alt sind Sie eigentlich?«, unterbrach er ihren Höhenflug.

»Mein Alter geht Sie nichts an.« Sie hob das Glas und trank erneut. Was einen nicht umbrachte, machte einen stark.

Er nestelte an seiner grauen Krawatte. »In diesem Fall durchaus. Ich schätze Sie auf Ende zwanzig. Sie sehen ganz gut aus. Ein bisschen mollig …«

»Ich wiege fünfundfünfzig Kilo«, zischte sie. *Wieder gelogen!*

»Doch das stört mich nicht«, fuhr er ungerührt fort. »Bei anderen gehen Sie noch gut und gern als Mitte zwanzig durch. Ihre Haare sind nicht gefärbt, sie können so bleiben, mir gefallen natürliche Frauen.«

Sie war exakt dreißig – und sie sah *mindestens* fünf Jahre jünger aus. Und sie war attraktiv! Außerdem würde sie sich, sobald dieser Mann ihr Haus verlassen hatte, die Haare rot färben lassen. Sie goss den letzten Rest aus dem Cognacschwenker in ihre Kehle, ungeachtet der Tatsache, dass sie im Begriff stand, den Zustand der Nüchternheit hinter sich zu lassen. »Also gut, für dreitausend im Monat bin ich Ihr Mann …«

Sie musste husten, der Cognac brannte wie Feuer in ihrem Hals. »… Ihre Frau, meine ich.« Du liebe Güte, hätte sie gewusst, dass sie sich quasi mit Alkohol zuschüttete, hätte sie zu Mittag mehr gegessen. Bei dem Mann, der sich ihr gegenüber aufgepflanzt hatte, als beabsichtige er bereits jetzt, ihr Haus nie wieder zu verlassen, galt es, alle Sinne beieinanderzuhalten.

Er setzte sich ihr gegenüber und betrachtete seine Fingernägel. »Sie sind verrückt!«, befand er mit einer Stimme, kühl wie das Lederpolster des Sessels unter seinem Allerwertesten. »Ich hab mein Vermögen nicht gemacht, indem ich mich von geldgierigen Frauen über den Tisch ziehen lasse.«

»Also ich muss doch bitten! Ich bin nicht …«

»Ich biete Ihnen dreihundert, schließlich wohnen Sie während dieser Zeit umsonst in meinem Haus.«

»Fünfhundert«, entgegnete sie widerspenstig, »schließlich sehe ich gut aus, schmatze nicht bei Tisch, bin gewieft in Themen der Politik und des Sports und spreche perfekt Französisch und passables Italienisch. Das Ganze natürlich zuzüglich adäquater Kleidung und diverser Auslagen bei öffentlichen Auftritten. Dass ich nicht über Nacht erblonde, versteht sich. Und noch reden wir hier von meinem Haus!«

Er verschränkte die Arme vor der imposanten Brust und blickte ihr geradewegs in die blauen Augen. »Einverstanden. Fünfhundert Pfund. Das ist mein letztes Wort. Und wie ich bereits betont habe: Ihre Haarfarbe kann bleiben.«

Fünfhundert Pfund bei freier Kost und Logis! Sie hatte Mühe, sich ihre Freude nicht allzu offenkundig anmerken zu lassen. »Plus einhundert als Gefahrenzulage.«

Seine Augen weiteten sich in echter Überraschung. »Gefahrenzulage?«

»Richtig verstanden. Ab und an wird es an Ihrer Seite gefährlich, wenn ich Sie an die Party bei den Amerikanern erinnern darf. Sie haben diesen

Millionär oder Milliardär, wie auch immer, dessen Name mir entfallen ist, beinahe ausgeknockt.«

Ein Lächeln überflog sein Gesicht und veränderte seine Miene auf so hinreißende Art und Weise, dass Eves Augen zu leuchten begannen. »Ach, das war lediglich ein Wangenstreich. Ich hätte ihn leicht k. o. schlagen können, doch ich entsann mich meiner guten Erziehung.«

»*Meine* moralische Erziehung und *meine* Intelligenz«, fügte sie mit hoch erhobenem Zeigefinger hinzu, »hätten mich in dieser Situation mit Worten statt mit Fäusten dagegenhalten lassen.«

»Ich bin sonst ein sehr beherrschter Mann«, antwortete er. Was Eve bezweifelte.

»Aber der Mann hatte nicht nur mich, sondern meine ganze Familie beleidigt«, fuhr er fort. »In einem solchen Fall sind Fäuste manchmal legitim.«

Sie schüttelte heftig den Kopf. »Bei mir gibt es nur verbale Gefechte. In diesem Jahr mit mir werden Sie sich also auf ihre mündliche Schlagfertigkeit beschränken müssen – alles Weitere wäre Vertragsbruch, und somit könnte der Vertrag auf der Stelle annulliert werden.«

»In Ordnung, ich verspreche, meine Fäuste in der Tasche zu behalten. Also fünfhundert Pfund. Einverstanden?«

»Plus einhundert Gefahrenzulage.«

»Sie sind ja härter als alle meine Kunden aus der Vergangenheit.«

»Ich bin eine Frau.«

»Ach …«

»Also?«

»Fünfhundert plus Gefahrenzulage.«

Einen Finger spielerisch an die Stirn gelegt, sagte sie übermütig: »D'accord, mon général!«

»Und zu Ihrer Information: Nach dem Kauf ist dies hier *mein* Haus«, sagte er in exakt dem Ton, den auch ihre Mutter für sie parat gehabt hatte, als Eve ein renitenter Teenager gewesen war.

»Ich wusste sofort, dass Sie kleinlich sind«, seufzte sie aus den Tiefen des Sessels.

Sichtlich um Besonnenheit bemüht, presste *Generalissimo* die Lippen zusammen und lockerte sich die Krawatte. »Und natürlich bestehe ich auf absolute Geheimhaltung.«

»Aber das versteht sich doch von selbst.« Soweit Vivian und Katy sich daran hielten, ihre zwei besten Freundinnen.

Er schien ihren Gedanken erraten zu haben. »Das bezieht die Familie und Freundinnen mit ein.«

»Meine Freundinnen können schweigen.« *Lüge!*

»Das bezweifele ich, es sind Frauen.«

Sie fuhr sich erregt durch die Haare. »Also wenn Sie mir derart frauenfeindlich kommen, können wir das Ganze sofort vergessen.«

»Keine Sorge«, antwortete er in besänftigendem Ton. »Aber es wäre mir schon wichtig, dass wirklich niemand unser Arrangement durchschaut, sonst können wir das alles eh vergessen.«

»Ich werde dafür Sorge tragen«, erwiderte sie ein wenig affektiert.

»Sogenannte öffentliche Auftritte gibt es nur selten. Sie sollen nur da sein. Mich höchstens zu meinen Freunden, die durchweg zivilisierte Menschen sind, begleiten – und das natürlich in nüchternem Zustand«, fügte er, überflüssigerweise, wie sie fand, hinzu, und griff nun selbst energisch nach der Cognacflasche.

»Ich trinke nie, nur in Ausnahmefällen«, sagte sie, lehnte sich über den Tisch und nahm ihm die Flasche aus der Hand.

»Also ist der Verkauf hiermit abgemacht.«

Zu ihrer Freude bemerkte sie an seinem Tonfall, dass er angespannter war, als er nach außen zeigte. Sie kicherte. »Gut, so sei es. Ich halte es immer noch für eine Schnapsidee und ich weiß nicht wo Ihr Problem liegt. Man sollte doch meinen, ein Mann wie Sie wird spielend fertig mit Frauen jeglicher Couleur. Und mit dem Tratsch und Klatsch, der hier unweigerlich entstehen wird, sei es mit mir oder ohne mich.«

Er schnippte einen imaginären Fussel von seinem Jackett. »Ich habe die Angelegenheit durchaus im Griff, doch mit der Zeit wird das einfach lästig. Die Frauen, die sich an mich ranmachen, gehen mir schlicht auf die Nerven.«

Sie konnte nicht anders, sie verfiel in lautes Gelächter. Was für ein Angeber!

»Übrigens gehört Ihre Nachbarin dazu«, überging er ihr Lachen todernst.

»Lucy? Aber die ist verheiratet!«

»Eben.«

Eve schwieg geschockt. Dann sagte sie: »Ich darf Sie beruhigen, dieses Problem, dass die Frauen Ihnen scharenweise hinterherrennen, wird sich von selbst lösen. Schneller, als Sie denken. Mit jeder Minute werden Sie älter und somit unattraktiver – auch wenn Männer Ihres Alters vor dieser Tatsache gern die Augen verschließen. Apropos, ich schätze Sie auf mindestens Mitte vierzig.«

Seine Augen flackerten gefährlich. »Ich bin exakt fünfunddreißig und ich sehe keinen Tag älter aus. Und glauben Sie mir, die Frauen fliegen auf mich wie am ersten Tag.«

Es wurde Zeit, dass der Mann vom Sockel flog. »Kann ich nicht nachvollziehen«, sagte sie mit süffisantem Lächeln.

Er stand auf. Sein Mund hatte sich zu einem schmalen Strich verzogen. Mit grimmigem Blick starrte er auf sie herab: »Auf dieser Ebene wird die Sache aber schwierig, wenn nicht gar völlig unmöglich.«

Betont gleichgültig zuckte sie die Schultern. Das Spiel machte ihr immer mehr Spaß. »An mir soll's nicht liegen, ich bin bekannt für meine Verträglichkeit. Die Zeit ist begrenzt auf ein Jahr, sagten Sie?«

Er nahm nun die Cognacflasche, ließ sich nachlässig im Sessel nieder und benetzte den Boden des Glases mit der edlen Flüssigkeit. Versonnen betrachtete er es mit einem Blick, als hätte er vor sich ein mittelalterliches Gemälde von Meisterhand. Das Glas in großzügigen Kreisen schwenkend, sagte er: »Ein Jahr sollte ausreichen, um zu einem seriösen Ruf zu kommen.«

Sein Ritual, das er damit beendete, indem er die Nase tief in den hohen Schwenker steckte, ehe er endgültig einen wirklich winzigen Schluck trank, reizte sie. »Ich bestehe natürlich auf einer Probezeit von einer Woche, schließlich will man wissen, wen man sich ins Haus holt.«

Wie sie nicht anders erwartet hatte, widersprach er augenblicklich: »Ein einwöchiger Test ist zu wenig, ich schlage vier Wochen vor. Und mit Verlaub – nach dem Kauf des Hauses sind Sie bei *mir* zu Gast.«

Sie schlug die Augen zur Decke. »Ja doch, Sie wiederholen sich. Sie sind der Besitzer, und ich – nun ja, was auch immer«, endete sie versonnen. Es fiel ihr immer schwerer, sich auf dieses verrückte Gespräch zu konzentrieren. »Und damit wir uns richtig verstehen: ein Jahr und keinen Tag länger. Und Sex wird nur in Ihrer Fantasie stattfinden … Ich meine, Sex mit mir.«

In seine Augen schlich sich ein amüsiertes Funkeln – zum zweiten Mal an diesem Nachmittag. »Was sonst.«

Eigentlich hätte sie ihm gern auch Sex mit anderen Frauen in ihrem Haus verboten, doch es war zu befürchten, dass er diese Forderung ignorierte, wenn ihm danach war. »Übrigens, was machen wir, wenn wir uns verlieben sollten?«, fragte Eve, die einfach keine Ruhe geben wollte.

»Wir uns? Ineinander?«

Seine Frage klang so außerordentlich nach jenseits von Gut und Böse, dass sie mit rotem Kopf ein wenig zu rasch protestierte. »Quatsch! Ich meine natürlich in jemand anders, während dieses einen Jahres.«

Er schaute aus dem Fenster. »Das sollte natürlich nicht passieren. Und bei mir wird es das auch nicht.«

»Da sind Sie ganz sicher?«

»Absolut.«

»Also, ich bin mir da bei mir nicht so sicher. Ich vergucke mich leicht.«

»Sieh an«, erwiderte er süffisant. Dann mussten sie beide grinsen.

Sie wurde nun wieder ernst. Ihr strenger Blick schien an ihm abzuprallen wie Wassertropfen auf einer glühenden Herdplatte, darum legte sie eine gewisse Schärfe in ihre Stimme, damit er nicht auf dumme Gedanken kam. »In diesem Haus, einschließlich des Gartens, gehen wir getrennte Wege. Genauer, wir werden uns nach Kräften bemühen, uns so wenig wie möglich in die Arme zu laufen.« … *alle unsere Mühe dareinlegen* … Sie seufzte. Als Doktorandin drückte sie sich reichlich gestelzt aus. »Und«, fuhr sie mit erhobener Stimme fort: »… geputzt wird von wem auch immer, nicht jedoch von mir.«

»Aber kochen können Sie doch? Ich meine, bei dem … äh … Taschengeld ist doch wohl meine Verpflegung mit drin.«

Der alarmierte Klang seiner Stimme ließ sie erneut kichern. »Für mich reicht's. Und ja, ich werde für Sie mitkochen.«

»Ich finde, wir sollten … nun, das lässt sich später noch regeln. Ich bin also mit Ihren Bedingungen einverstanden. Vier Wochen Probezeit und fünfhundert Pfund. Abgemacht?«

»Plus Gefahrenzulage natürlich. Dann wäre das also abgemacht.«

Ohne sein übliches Ritual nahm er den zweiten winzigen Schluck, womit das Glas geleert war.

Beherzt tat Eve es ihm nach und genoss plötzlich das Gefühl, als der Cognac wohlig ihre Kehle hinunterrann. »Barzahlung ohne Quittung und im Voraus.«

»Ich beginne langsam, Ihre unnatürliche Abneigung gegen Finanzbeamte zu verstehen.«

»Papperlapapp!« Sie verschränkte die Arme vor der Brust. Sie hatte bisher so wenig verdient, dass sie mit dieser Sorte Mensch nicht in Berührung gekommen war.

»Normalerweise geht bei mir alles seinen geordneten Gang, und damit meine ich, dass Schwarzarbeit bei mir nicht akzeptiert wird.«

»Wie war das noch mit meinen überkandidelten Moralvorstellungen?«, warf sie kriegerisch ein.

»Na gut, in Ihrem speziellen Fall handelt es sich nicht um ein normales Geschäft ...«

»In *unserem* speziellen Fall«, stellte sie mit sachlicher Stimme richtig.

»Damit meine ich, das Finanzamt würde in *unserem* speziellen Fall keinen Geschäftsvorgang ersehen können. Ich zahle Ihnen ein privates Taschengeld. Niemand darf von unserer Abmachung erfahren, womit ich Sie also um absolutes Schweigen bitte. Ich meine Schweigen gegenüber jeglichen Dritten«, wiederholte er mit eindringlicher Stimme.

»Ich habe Sie durchaus verstanden«, unterbrach sie ihn sanft.

»Und somit dürfte das Geld, das ich Ihnen zukommen lasse, als Taschengeld zu betrachten sein, das natürlich steuerfrei ist.«

»Sind Sie immer so?«

Eine Sekunde wirkte er irritiert. »Wie – so?«

»So überkorrekt?«

»Ich bin nicht überkorrekt!«

»Nun denn. Wollen wir schon heute zur Tat schreiten? Ich meine, wollen Sie gleich heute hier einziehen?«

Er hob ironisch die Brauen – eine Geste, die ihr mittlerweile an ihm nicht fremd war. »So ganz ohne Bett ziehe ich es vor, bei mir zu nächtigen, denn ich nehme nicht an, dass Sie mir das Ihre zur Verfügung stellen oder gar auf der Couch schlafen wollen.«

»Lassen Sie doch diese Scherze«, befahl sie scharf und stand auf. Es wurde Zeit, diese Sitzung zu beenden. »Ich stelle Ihnen meine alte Wohnung, vollständig eingerichtet übrigens, zur Verfügung.« Um den gefährlichen Drehschwindel, der sie postwendend überfiel, in den Griff zu bekommen, hielt sie sich an der Sessellehne fest. Nie wieder Alkohol auf praktisch nüchternen Magen! »Wir sehen uns also … äh, ja, wann dann?« Sie fuhr sich durchs Haar und blickte ihn mit schimmernden Augen an. Sie begann, den Faden zu verlieren. Das Ganze war eindeutig zu viel auf einmal.

»Ich melde mich. Schließlich habe ich auch noch einige Dinge zu regeln. Auch kam mein

Entschluss ein wenig … wie soll ich sagen … spontan. Ich muss mich selbst erst an den Gedanken gewöhnen, plötzlich eine Verlobte zu haben.« Er grinste ihr offen ins Gesicht.

»Eine Verlobte für ein Jahr«, verbesserte sie ihn augenzwinkernd. »Höchstens!«

»Ich sehe, wir sind uns ungewohnt einig.« Er ergriff die Hand, die sie ihm reichte. »Danke, ich finde allein hinaus.«

»Dann mach's mal gut, *Liebster!*« Sie schlug sich die Hand vor den Mund. »T'schuldigung, ich fürchte, ich bin ein bisschen betrunken.«

»Steht Ihnen durchaus gut.« Galant drehte er sich um und ging hinaus.

Eve ließ sich zurück in den Sessel plumpsen.

Du meine Güte!

7

Ian verließ das Haus von Eve wie betäubt, dabei hatte ihn das bisschen Cognac nun wirklich nicht umgehauen. Was für eine Frau!

Er setzte sich ans Steuer und fuhr langsam die wenigen Minuten zum Fährhafen der Insel. Die Fähre, die im dichten Nebel kaum auszumachen war, stand bereits abfahrbereit, und kaum war er hinaufgerumpelt, legte sie ab Richtung Hornborough, das er vierzig Minuten später erreichte. Als er in nördliche Richtung aus dem Ort hinaus die drei Kilometer bis zu seinem Haus chauffierte, war er immer noch wie benommen. Ian parkte den Wagen in der Garage, öffnete die Haustür und betrat sein ultramodernes Glashaus, das auf Stelzen nur wenige Meter vom Ufer entfernt stand und mindestens doppelt so groß war wie sein neues Zuhause.

Wie gewohnt, zog er im Eingang Jackett, Krawatte und Schuhe aus, schlüpfte in die Lederpantoffeln und ging in die makellose, mit rot lackierten Designermöbeln ausgestattete Küche, die die Freude seiner Putzhilfe war. Einerseits weil der Raum so exquisit und geschmackvoll eingerichtet war und große Fenster zur Meerseite hin hatte, andererseits – der Hauptgrund wahrscheinlich –, weil er kaum große Mahlzeiten für sich allein zubereitete. Hier frühstückte er nur, während er abends nach einem Mittagessen in der Stadt in letzter Zeit nur Käse, Joghurt, Obst oder einen Kanten Brot mit einem Zipfel Wurst zu sich nahm – seiner schlanken Linie zuliebe, denn er hatte zugenommen, doch vor allem, weil er mit der Einrichtung seiner Praxis derart beschäftigt war, dass er abends zu faul zum Kochen war.

Mit gewohnten Handgriffen öffnete er den Rotwein, schnitt sich je ein großzügiges Stück Käse und Wurst ab und ging ins Wohnzimmer. Er warf sich auf das schwarze Ledersofa und schwang die Beine über die Rückenlehne.

Nüchtern und Punkt für Punkt ordnend, schlüsselte er dann sein seltsames Verhalten auf. Nach dem zweiten Glas Rotwein und einer halben Stunde später stand die Analyse.

Er befand sich mitnichten in einer Krise, er war lediglich – rein intuitiv – seinem Lebensmuster gefolgt. Ungefähr alle sieben Jahre änderte er radikal seinen Lebensstil. Es handelte sich absolut nicht um ein Dilemma irgendeiner Art. Es hatte alles Methode. Er war ein Mann der Tat. Er war ein Mann, der wusste, was er wollte.

Er war ein Mann, der sich stetig und unbeirrt von den Stürmen des Lebens, die auch ihn bisweilen heimsuchten, einen gemütlichen Wohlstand erarbeitet hatte – dank seiner Intelligenz, seiner Intuition und vor allem dank zielstrebiger, harter Arbeit. Sein bisheriger Job als Makler hatte ihm Wohlstand beschert. Jetzt war es an der Zeit, es auch zu Ansehen zu bringen. Das Medizinstudium vermochte ihn nur selten vor unlösbare Probleme zu stellen.

Nun hatte er also die Arztpraxis gemietet und ein schönes, wenn auch arg renovierungsbedürftiges Haus in Aussicht. Für sein eigenes auf dem Festland gab es bereits mehrere potenzielle Käufer. Nein, das Problem, wenn man es als solches einmal betrachten wollte, war die Verlobung. Was hatte ihn bloß zu dieser hirnrissigen Idee animiert?

Auch darauf fand er eine Antwort.

Das, was ihm bereits seit einiger Zeit auf der Seele brannte, war sein Liebesleben. Für dieses Manko musste ihm sein Unterbewusstsein heute überraschend und skurril eine Art Lösung signalisiert haben. Nicht dass sein Liebesleben nicht stattfand. Irgendwie fehlte diesem einfach die Ordnung, und Ordnung gehörte nun mal zu seinem Leben. Durch die bisherige war eine mit einem netten, wenn auch langweiligen Mann verheiratete Lucy wie ein chaotischer Wirbelwind gefegt. Diese Frau brachte ihn mit ihren Avancen mehr und mehr in Verlegenheit, doch er wollte ein seriöser Allgemeinmediziner sein. Etwas anderes würden die Leute auf Mary's Head auch nicht in ihrer Mitte dulden, davon war er überzeugt. Wie so oft hatte er instinktiv das Richtige getan.

Zufrieden ließ er den trockenen Wein die Kehle hinabrinnen. Er hatte Dinge in Gang gesetzt, die diese fehlende Ordnung wiederherstellen würden. Und zwar nicht nur die äußere. Um Regelung in etwas Diffuses wie Gefühle zu bringen, benötigte man einen Ruhepol. Einerseits, um mit klarem Kopf an die Sache herangehen zu können. Und andererseits, um von diesem aus ungestört die infrage kommende Weiblichkeit zu testen, ohne von Anfang an selbst Opfer zu sein – wie er es ab und an schon hatte erfahren müssen, überlegte er grimmig. Frauen kannten sich in diesem Metier besser aus, sie warfen ihre Fallstricke aus, ohne dass es einem Mann bewusst wurde. Kaum war man darin verfangen, wurde es unmöglich, die Sache mit klarem Kopf zu sondieren. Selbst er hatte seine Schwierigkeiten damit.

Mit anderen Worten: Diesmal würde es umgekehrt ablaufen und er von Anfang an der Jagende sein. Wenn er in einem Jahr die Trennung von seiner »Verlobten« verkünden würde, könnte ihm niemand einen Vorwurf machen, denn alles liefe anständig und in Würde ab. Er würde vorher mit keiner anderen Frau anbändeln, sondern ein ziviles Leben mit einer süßen Verlobten führen. Denn süß war diese Frau ohne Zweifel. Und Lucy konnte er dabei endlich abhängen. Danach stand ihm die Welt offen für die Frau seines Lebens, die sich rasch finden würde, da war er ganz sicher. Wenn sich diese Eve am Ende bloß nicht als Hinterhalt erwies, sinnierte er kritisch. Doch nein, Hinterhalt klang zu negativ. Aber war die Gefühlsfalle, in die er oder gar sie tappen konnte, kein Hinterhalt? Nun, er hatte eben darauf zu achten, dass ihm diese Frau nicht gefährlich wurde.

Träge griff er zur Fernbedienung und stellte das täuschend echt wirkende Bild mit dem Kaminfeuer in seinem Fernseher ein.

Eve Boyle und ihr Haus – *sein* Haus in nächster Zukunft – bildeten die Tarnung, ohne die er, als eine Art Jäger, keinen Treffer landen würde. Sie war zwar ein wenig … Er zögerte, denn ihm fiel nicht sogleich der richtige Ausdruck ein, der ihren Charakter ausmachte … Nun, sie schien zwar nicht zickig wie Lucy, doch eine gewisse Exzentrik, die möglicherweise später in Schrulligkeit kippen konnte, das war deutlich erkennbar. Was ihn natürlich nicht tangierte, schließlich würde er sie in diesem Zustand nicht erleben. Ein Jahr später wäre sie immer noch so hübsch wie heute und sicherlich nicht komplizierter als jetzt schon. Ganz klar, konstatierte er nach dem dritten Glas Rotwein, eine gewisse Attraktivität war ihr nicht abzusprechen. Das wiederum stellte kein Manko dar – jedermann würde verstehen, dass er sich in diese Frau Knall auf Fall verliebt hätte. Das stimmte allerdings nicht, schließlich hatte er Liebe auf den ersten Blick noch nie für möglich gehalten. Lediglich sein Unterbewusstsein war durch sie auf die Sprünge gebracht worden.

Gewiss, es hatte sich wie vom Blitz getroffen gefühlt, als er erkannte, dass es sich um dieselbe Frau handelte, die ihn damals auf der irrsinnig öden Party der Amerikaner bei dem Disput mit dem cholerischen Milliardär beinahe aus dem Konzept gebracht hatte. Und dass sein Herz heute Nachmittag bis zum Hals schlug, lag nur daran, dass er in letzter Zeit ein wenig überarbeitet war. Eve würzte auf der Yacht die gespannte Stille mit ihrem perlenden Lachen, als es zu einem ersten Schlagabtausch – verbaler Art – gekommen war. Dieses melodische Lachen steigerte sich zu einer

Lachsalve, begleitet von ihrem spontanen Applaus, als er den Kerl schlussendlich geohrfeigt hatte, wonach der Gastgeber ihn, Ian Preston, beglückwünschte, statt ihn vor die Tür zu setzen.

Er hatte sich gleich mit ihr bekannt machen wollen, doch sie beäugte ihn, als wolle er sie vergiften, als er ihr anbot, ihr ein Glas Champagner zu holen. Ja, schon von da an hatte sie ihn gereizt. Vor allem, nachdem sie, anstatt sich mit abgewandtem Rücken unverhohlenem Getuschel hinzugeben wie die anderen Gäste, ihn in einem unbeobachteten Moment breit angrinste. Sie sollte nicht meinen, dass er das nicht mitbekommen hatte. Aber all das stand in keinem Zusammenhang mit der Verlobungsidee. Die war der Tatsache geschuldet, dass er alle sieben Jahre folgenschwere Entscheidungen traf – diesmal, eine ihn verfolgende Verehrerin abzuschütteln und etwas Seriosität in sein Leben zu bringen.

Allerdings musste er zugeben, dass ihm der Gedanke, sie von der kleinen Insel verschwinden zu sehen, bevor er diese quasi betrat, gar nicht behagt hatte. Sie – und dieses Schmuckstück von Haus – waren eben die Basis für eine erfolgreiche Jagd auf eine Lebensgefährtin, die für den Rest aller Tage an seiner Seite sein würde. Jawohl, auf seine Spürnase hatte er sich immer schon verlassen können.

Tief befriedigt, dass diese Sache geklärt war, stand er auf, um einige Anrufe zum Verkauf seines eigenen Hauses zu tätigen. Dieser bereitete ihm nun überhaupt keine Sorgen mehr. Wie er feststellte, brauchte er tatsächlich nur mit dem Finger zu schnippen, schon standen drei Interessenten vor seiner Tür, um ihm sein in der Tat außergewöhnlich schönes Haus aus den Händen zu reißen. Und er würde dafür sorgen, dass der Verkauf sich lohnte. Er würde einen derart fetten Gewinn einsacken, der es ihm spielend ermöglichen sollte, Eve Boyles Haus auf Vordermann zu bringen. Die einzigartige Lage ihres Hauses war einfach unvergleichlich. Nie wäre er auf die Idee gekommen, bei Eve Boyle anzufragen, ob sie bereit sei, ihm dieses Kleinod zu verkaufen. Ohnehin hatten die Amerikaner signalisiert, dass sie leider dazu nicht gewillt wäre, selbst ihr exorbitantes Angebot hatte Eve nicht erweichen können. Und da meldete sie sich heute in aller Herrgottsfrühe und bot es ihm als Makler an!

Schon sehr früh hatte er erfahren, dass ihm die besten Dinge im Leben von allein zufielen – was nicht bedeutete, dass er nichts dafür tun musste. Doch als er zu dieser Erkenntnis gelangt war, nahm das Leben für ihn einen deutlich angenehmeren Verlauf.

Die Frau allerdings, die ihn momentan verfolgte, gehörte nicht zu den Dingen, die ihm zu seiner Freude in den Schoß gefallen waren. Dabei hatte er Lucy nie Anlass zu dieser hysterischen Verehrung für ihn gegeben. Er hatte nicht einmal mit ihr geflirtet. Sie war eine Frau, die ihn nicht aus ihren Fängen lassen wollte. Aber dieses Problem wäre nun erst einmal aus dem Weg geräumt – zumindest für das kommende Jahr.

Erleichtert seufzte er auf. Alles würde nun gut werden.

Drei Tage später erschienen drei Männer mit ihren Frauen, die er von früheren Immobiliengeschäften her kannte und die immer für sein Haus geschwärmt hatten. Er lud sie zur gleichen Zeit ein. Wer das höchste Gebot abgab, würde seinen Zuschlag bekommen. Er machte zur Bedingung, dass der größte Teil des Inventars zu übernehmen sei, und man war begeistert darauf eingegangen. Er besaß einen exquisiten Geschmack und hatte mit leichter Hand moderne Möbel mit einigen wenigen Antiquitäten gemischt.

Nach zwei Stunden war alles über die Bühne gegangen, und er trank mit den zukünftigen Besitzern Champagner. Die Frau signalisierte ihm höchst freizügig, dass sie ihn gern zum Mobiliar dazu ersteigert hätte, und er zog seine übliche Show ab, die alles offen ließ und nichts versprach, sodass sie sich weder animiert noch brüskiert fühlen musste.

Beinahe tat es ihm leid, wie mühelos er wieder einmal sein Ziel erreicht hatte. Er trennte sich leichten Herzens von seinen Möbeln. Die Designerstücke erschienen ihm mit einem Mal übertrieben in seinem neuen Heim, das er ohnehin erst in einem Jahr richtig möblieren konnte, wenn seine »Verlobte« das Haus verlassen würde. Das höllisch teure Bett im Schlafzimmer hatte er ursprünglich behalten wollen, dann aber von der Idee Abstand genommen. Seine Verflossenen hatten darin gelegen, wobei es längst nicht so viele gewesen waren, wie er bei Eve Boyle vortäuschte, lediglich zwei Langzeitbeziehungen. Die erste Beziehung endete, weil seine Freundin einen anderen Mann kennen- und lieben gelernt hatte, die andere war an ihrer beider unterschiedlichen Auffassungen von Ehe gescheitert. Er wollte eine Familie, sie lieber Karriere machen.

Außerdem war der zweite Grund, warum er sich neue Möbel anschaffen wollte, eher ein gefühlsbedingter: In seinem taufrischen, wenn auch ungewohnten Hochsitz sollte alles jungfräulich sein, wenn er auf die Pirsch ging.

Mit seinem Laptop, einem ausrangierten Futon, den er einmal für eine Silvesterparty in der Hütte eines Freundes gekauft hatte, und einem faltbaren Kleiderschrank, den er noch verpackt im Keller liegen hatte, machte er sich an einem fast windstillen Tag auf den Weg zu seiner neuen Bleibe.

Eve Boyle schien nicht sonderlich überrascht – er mochte Frauen, die sich blitzschnell auf neue Situationen einstellen konnten. Mit knappen Worten erklärte er ihr, dass er sein Haus bereits am nächsten Tag nach ihrer Vereinbarung quasi zum Neubezug freigegeben hatte und der Kaufvertrag bereits unterschrieben sei. »Und da liegt es doch auf der Hand, dass ich sofort meine neue Hütte beziehe«, sagte er und wies auf sein überschaubares Hab und Gut.

»Wie schön«, erwiderte sie spöttisch, »obwohl es ja streng genommen noch immer meine Hütte ist.«

»Aber wir waren uns doch einig.« Er merkte, dass seine Stimme leicht alarmiert klang und räusperte sich.

»Aber ja doch, entspannen Sie sich.« Ihr Lachen klang aufrichtig. Sie sah heute besonders hübsch aus mit ihrer engen schwarzen Hose und den langen Haaren, die offen in weichen Wellen über ihre Schultern fielen. Auch der schwarze Pullover stand ihr ausgezeichnet und unterstrich das tiefe Rot auf ihren vollen Lippen. Ein mehr als attraktives Schneewittchen!

»Was Sie mit Ihrem Futon machen wollen, ist Ihre Sache. Aber wie Ihnen vielleicht entfallen ist, steht im Schlafzimmer noch mein Bett, ein sehr gutes übrigens. Sie dürfen gern alle Möbel benutzen«, sagte sie leichthin. »Und mein Regal hab ich Ihnen bereits leer geräumt, sodass Sie Platz für Bücher haben. Ich schlage vor, Sie beziehen erst mal Quartier, und dann lade ich Sie zum Mittagessen ein, wenn Sie mögen, ich habe gerade gekocht, und es reicht für uns zwei.«

»Das Angebot nehme ich dankend an.«

Als er sein Schlafzimmer bezogen hatte und ins Wohnzimmer ging, bemerkte er, dass er mit den Gegebenheiten tatsächlich ein Jahr leben konnte. Alles trug eine weibliche Handschrift, aber das würde ihn für diese Zeit nicht sonderlich stören. Bilder, die ihm nicht gefielen, konnte er ja entfernen, wenn er wollte. Allerdings würde er sich einen neuen Sessel zulegen. Eine Freundin von ihm hatte im Sommer ein Möbelgeschäft in Hornborough auf der Main Street eröffnet. Dort würde er sicherlich fündig. Bei ihr konnte er gewiss auch ein gescheites Regalsystem für seine CD-Sammlung erstehen, die er natürlich seinen Nachfolgern nicht überlassen wollte. Selbstverständlich hatte er auch seine Werkzeuge aus dem Deal herausgenommen.

In seiner Freizeit schnitzte Ian leidenschaftlich gern. Genauer gesagt, hatte er dies früher gern getan. Seit Jahren war nichts Neues mehr entstanden, es fehlten einfach Zeit und Muße, denn das Medizinstudium hatte ihm doch einiges abverlangt. Den Job als Makler hatte er nicht einfach aufgegeben, sondern damit sein Studium finanziert. Die Werkzeuge waren ihm von einem alten Freund in Inverness vermacht worden, der sie wegen einer Arthritis in den Händen nicht mehr benutzen konnte. Bei ihm hatte Ian das Schnitzen gelernt und es mit diesem Hobby sogar zu einigem Können gebracht. Seine Werke, die er dann und wann im eigenen Wohnzimmerregal ausgestellt hatte, waren so gut angekommen, dass die Leute sie ihm stets aus den Händen reißen wollten, doch nie verkaufte er welche, er verschenkte höchstens ein paar Figuren.

Das Essen mit Eve war ein Genuss. Sie hatte *Whisky Stroganoff* zubereitet, ein Gericht aus Rinderfilet, Zwiebeln, Champignons, saurer Sahne und Petersilie – das Ganze gekrönt von einem guten Whisky. Dazu reichte sie Reis und als Nachtisch eine Köstlichkeit, die er noch nicht kannte: *Queen Mary's Tart*, ein Gebäck aus Blätterteig, auf das ein Gemisch aus Zucker, Butter, Orangeat, Zitronat, Eiern und Himbeermarmelade gegeben wurde. Dieses wurde dann im Ofen gebacken, bis die Masse fest war. Es schmeckte wirklich zum Niederknien.

Nach dem Essen war Ian erneut nach Hornborough gefahren, wo er sich in dem Geschäft von Claire Hook einen bequemen Sessel bestellt hatte, der in ein paar Tagen geliefert werden würde. Auf der Rückfahrt zur Insel nahm er neben seinen Klamotten noch eine Stehlampe mit, damit er abends ausreichend Licht zum Lesen hatte. Mehr Möbel würde er kaum benötigen, solange Eve noch bei ihm im Haus wohnte. Sie besaß eine recht gute Musikanlage, doch beim Antiquitätenhändler fiel ihm ein altes funktionstüchtiges Radio aus den Sechzigern auf – exakt das gleiche, das früher bei ihnen zu Hause in der Küche so oft lief. Er erstand es ebenfalls, denn zu seinem Leidwesen bemerkte er zu spät, dass er die höllisch teure Design-Anlage nicht aus dem Verkaufspreis herausgenommen hatte. Musik benötigte er wie Bücher zum Leben, wie die Luft zum Atmen. Auf den Fernseher konnte er verzichten. Aber den besaß ja Eve, wie sie ihm erzählt hatte.

Nachdem er wieder zurück auf der Insel war, lud er die Sachen oben in seinen neuen vier Wänden ab und nahm dann das Angebot seiner »Verlobten« an, mit ihr unten einen Kaffee zu trinken.

»Natürlich steht Ihnen alles hier in der Küche zur Verfügung, sodass Sie Ihren Gelüsten – ich meine, den Kochgelüsten – nachkommen können.

Mit anderen Worten: Sie dürfen jederzeit auch mich bekochen.«

»Diesen Gelüsten sollte ich vielleicht tatsächlich mal nachgeben – ich meine, dann und wann jedenfalls.«

»Ich hab vielleicht manchmal keine Zeit, zu kochen, dann müssten Sie selbst mit ran«, warf Eve ein.

»Kein Problem.«

Am selben Tag fuhr er ein drittes Mal mit der Fähre zurück nach Hornborough, um von dort noch einige Sachen in sein neues Heim zu transportieren. Ehe er das letzte Mal mit der Fähre zurückfuhr, stattete er seinen Eltern einen Besuch ab, um ihnen die neue Adresse mitzuteilen. Der Vater war sehr stolz, und auch seine Mutter hatte sich offenbar an den Gedanken gewöhnt, dass ihr Sohn jetzt nicht mehr auf dem Festland wohnte. Sie und ihr Mann hatten Mary's Head immer schon geliebt und früher oft mit Ian oben auf der Hochfläche der Insel wunderbare Picknicks veranstaltet. Dass sein Haus verkauft war, hatte er ihnen erzählt, nicht jedoch, dass er sich auch verlobt hatte. Mit Überraschungen konnte man es auch übertreiben, und seine Eltern waren so viel Aufregung auf einmal nicht gewöhnt, dachte er zu seiner Verteidigung.

Als er spät abends in sein Bett sank, war Ian rundum zufrieden mit seiner Entscheidung. Eines war klar: Diese Eve war nicht nur blitzgescheit und humorvoll, sondern konnte auch wunderbar kochen, ein nicht zu verachtender Vorteil bei einer Verlobten.

8

Am späten Nachmittag des nächsten Tages saßen die beiden im Wohnzimmer nebeneinander auf der riesigen Couch, ein jeder hatte es sich in seinem Eckchen gemütlich gemacht. Eve hatte Kerzen angezündet, das Kaminfeuer brannte, auf dem Tisch standen Kiefernzweige, und in einer alten Holzschale dufteten rote Äpfel. Es war wieder ein wenig Schnee gefallen, und die Heidelandschaft sah aus wie überzuckert. Im Anschluss an den Kaffee genehmigten sie sich einen kleinen Whisky, eine Gewohnheit, die Ian auch hier fortführen wollte.

»Ich fürchte wirklich, dass ich mit dir viel zu viel trinke«, seufzte Eve. Mittlerweile waren sie zum Du übergegangen.

»Mach dir keine Sorgen, du wirst schon keine Gewohnheitstrinkerin, wenn du dir abends einmal ein Gläschen genehmigst.«

»Sagst du.«

»Gut. Dann liegen wir also bis zum Wochenende trocken. Abgemacht?«

»Abgemacht.« Eve hob ihr Glas. »Also nochmals auf gutes Gelingen.« Sie prostete ihm zu.

»Nicht dass du denkst, das mache ich immer so – ich meine, mit einem Mann mein Haus teilen, den ich kaum kenne, und dann aller Welt von meinem *Liebsten* vorschwärmen.«

»Aber nein«, wiegelte er grinsend ab. »Du bist wie ich. Die Dinge fallen dir einfach in den Schoß, und du nutzt die Chance.«

»Und dass du's weißt: Auf dein Angebot zur *Verlobung*, damit du dir die Weiber vom Hals hältst, gehe ich nicht etwa wegen des Geldes ein ...«

Seine linke Braue zuckte unmerklich. »Ach, nicht?«

»Sondern nur, weil es sich schlussendlich mit meinen Grundsätzen deckt – ich bin im Grunde eine Gegnerin der Ehe. Ich bin überzeugt, Beziehungen funktionieren nicht auf Dauer, da muss man sich lästige Verehrer vom Hals halten.«

Ian nickte bedächtig. »Sieh an! Du bist eine kluge Frau, meine Ahnung hat mich nicht getrogen.« Sein gedankenverlorener Blick wanderte zum Fenster, hinüber zu der anderen Landzunge.

Eve holte tief Luft. »Die Ehe ist die Hölle und raubt einer emanzipierten Frau jegliche Selbstständigkeit.«

Er stand auf und durchmaß mit großen Schritten das Wohnzimmer, sieben vor, sieben zurück – wie ein frisch Inhaftierter, der noch Jahre, wenn nicht gar Jahrzehnte in seiner Zelle vor sich hatte. »Ganz genau. Eine Ehe zieht die Kraft des Mannes aus jeder seiner Poren, sodass er über kurz oder lang einem menschlichen Wrack gleicht.«

Eve schwang die Beine auf den gegenüberliegenden Sessel. »Sie unterdrückt die Kreativität der Frau«, setzte sie noch einen drauf.

Ihr Pseudo-Verlobter-Gefährte-Ehemann in spe – wer wusste es schon so genau? – wanderte unaufhörlich durch den Raum und warf nun seinerseits ein: »Und sie weicht unmerklich das zentrale Nervensystem des Mannes auf.« Abrupt beendete er sodann seine Wanderung und wandte sich erneut Eve zu. In seinem attraktiven Gesicht mischte sich Überraschung mit Zufriedenheit. »Ich sehe, in dieser Frage sind wir uns einig – wenn auch vom jeweils anderen Standpunkt aus betrachtet. Natürlich würde auch ich liebend gern auf lange Sicht eine Lebensgefährtin finden, jedoch ohne die Fesseln der Ehe. Ich finde, aus diesem Alter bin ich raus.«

»Nun, das würd ich nicht behaupten«, widersprach Eve stirnrunzelnd, »doch es macht die Sache leichter.«

»Exakt.«

Sie nickten sich einvernehmlich zu und lauschten in friedvollem Schweigen dem Knistern des Kaminfeuers. »Weißt du, es ist so angenehm, dass ich hier mit dir auch einmal schweigen kann. Es ist eine so überaus angenehme Stille, kameradschaftlich und wohlig zugleich, so entspannt, wie ich sie bisher selten und erst recht nicht im Beisein einer Frau erlebt habe«, sagte er da, und Eve wurde vor Freude ganz rot.

»Es scheint, als ob sich das vor uns liegende eine Jahr harmonisch, wenn nicht gar bisweilen sogar ganz angenehm gestalten wird. Ich fühle mich sehr wohl hier.«

»Na, das ist doch fein«, antwortete Eve mit trockenem Mund.

»Du besitzt ein Händchen für Dekoration, die in ihrer zurückhaltenden Auswahl meinen puristischen Geschmack nicht beleidigt. Du kochst vorzüglich, und die Unterhaltung mit dir langweilt mich keine Sekunde.«

»Und das, obwohl ich Liebesromane konsumiere«, sagte sie spöttisch. Doch seine Worte taten ihr sehr wohl.

»Übrigens, ich finde, jetzt ist der geeignete Moment, meinen Hauseinzug *würdevoll* zu feiern. Ich hab oben noch eine Flasche Champagner. Sie müsste noch kalt genug sein.«

»Da sag ich doch nicht Nein.«

Er holte die Flasche, goss die Gläser voll, und dann prosteten sie sich zu.

»Ich finde, wir geben ein super Verlobungspaar ab.«

»Du sprichst mir aus der Seele. Es lebe die Liebe!«

»Möge sie lange zwischen uns bestehen.«

Eve verschluckte sich beinahe bei seinen Worten. Ob er begriff, was er da von sich gegeben hatte? Egal, es war jedenfalls nett.

Eve, die mittags vor Aufregung nicht viel gegessen und das Glas nun ziemlich rasch geleert hatte, das er sogleich wieder füllte, merkte nach einer Viertelstunde, wie sich ihr alles im Kopf drehte.

»Seit du hier bist, trinke ich zu viel«, sagte sie kichernd. »Dabei schmeckt mir Alkohol gar nicht besonders, jedenfalls kein Sekt. Und eigentlich auch kein Cognac«, fügte sie in Erinnerung an seinen ersten Besuch bei ihr hinzu. »Aber deinen Schampus kann man durchaus trinken.« Sie strich sich über die heiße Stirn und stand auf. »Hups!«

Schwankend hielt sie sich an der Tischkante fest. »Eindeutig genug für heute.«

Bedächtig ging sie ans Fenster, um es zu öffnen. Da sah sie einen Wagen den schmalen Weg heraufbrausen.

»Nanu, Besuch?«, fragte Ian, der nun auch am Fenster stand und den Wagen ebenfalls sah. »Ist das etwa Lucy? Ich meine, Mrs. Parker?«

»Schon möglich.«

»Verdammt!«

Sie traten hastig zurück, und Eve legte beschwichtigend eine Hand auf seinen Arm. »Wenn sie eine Verehrerin von dir ist, wie du angedeutet hast, dann bin ich ab sofort deine Verlobte … oder Lebensabschnitts … äh …« Sie schob sich die Brille auf die Nase, die auf dem Wohnzimmertisch lag, und ging erneut ans Fenster, wo sie sich am Fensterbrett festhalten musste. Das Zimmer schwankte, sie musste vorsichtig sein, in der Tat war sie Alkohol in diesen Mengen nicht gewohnt. »Tatsächlich. Lucy.« Sie wandte sich zu ihm um.

Ein Flackern erschien in seinen dunklen Augen. »Du bist ab sofort meine Verlobte.«

Es klingelte.

»Können wir sie nicht einfach vor der Tür stehen lassen?« Seine Stimme klang fast schon ängstlich, als ob Banditen Einlass begehrten.

Eve grinste. »Hoho, da kennst du aber Lucy schlecht. Die bringt es fertig und rennt ums ganze Haus, nur um zu sehen, was hier los ist und dann eine Fensterscheibe einzuschmeißen, um bei mir – bei uns – einzusteigen. Außerdem hast du deinen Wagen vor der Tür geparkt – was ihren Ehrgeiz, ins Haus zu kommen, garantiert noch mehr anstacheln wird. Möchte wetten, dein Autokennzeichen kennt sie?«

»Ja, leider«, erwiderte Ian dumpf. »Also, Eve, verplapper dich bloß nicht! Wir sind verlobt – das kam recht kurzfristig, und ich bin gerade bei dir eingezogen.«

»Was ja auch nicht gelogen ist. Das mit dem Einzug, mein ich.« Eve holte ein paar Mal tief Luft. Der Nebel in ihrem Kopf lichtete sich, wenn auch nur unmerklich. »Lucy ist nicht doof«, gab sie, nun mit klarer Stimme, zu bedenken. »Sie wird sich wundern über unsere plötzliche Liebe, und erst recht über die Blitzverlobung.«

»Nicht unbedingt, ich bin einer von der schnellen Truppe.«

»Davon bin ich überzeugt.«

Die Türglocke erklang fordernd ein zweites Mal.

»Sie geht einfach nicht«, flüsterte er in einem Ton, in dem blankes Entsetzen lag.

»Vorhang auf!«, flötete Eve leise. Sie fühlte sich wunderbar. Schauspielerin war sie schon seit Langem in ihrer Fantasie. Und sie würde jeden Cent verwetten, dass sie eine gute sein würde. Zumindest jetzt, getragen von dem vorzüglichen Champagner.

Ihr Verlobter griff ihr unter die Arme, als sie leicht taumelte. »Geht's?«, erkundigte er sich, doch in seiner Stimme schwang eher Panik denn Besorgnis. »Mach jetzt bloß keinen Fehler!«, befahl er gehetzt.

Eve hob gebieterisch die Hand. »Auf Eve, die Gute, war und ist Verlass.« Sie drehte sich halb zur Seite. »Spuck mich an«, forderte sie gebieterisch.

Die Panik in seinen wunderbaren dunklen Augen verstärkte sich. »Was zur …?«

»Spuck mir dreimal über die Schulter. Also, tu es«, setzte sie leicht genervt hinterher. »Beeil dich. Deine Lucy könnte ungeduldig werden und das Haus stürmen.«

Er unternahm tatsächlich die trockene Andeutung dieser abergläubischen Aktion, und Eve hoffte nur, dass er die richtige Seite erwischt hatte, so gut kannte sie sich schließlich nicht aus mit den diversen Theaterbräuchen.

Sie griff sich an die Stirn. »Was soll ich sagen, wenn sie fragt, wie wir zwei uns kennengelernt haben?«

»Sag: bei der Party der Millers.«

»Und wenn sie fragt, wann wir heiraten?«

»Das wird sie nicht. Und wenn, dann sagst du, dass wir es kaum erwarten können.«

Die Klingel schellte zum dritten Mal.

Wie gut seine raue Stimme klang! Und wie er zupacken konnte … Schnell straffte sie die Schultern. »Okay. Obwohl ich nach unserer Heirat meinen Namen natürlich weiterhin tragen werde.«

Sein Blick spiegelte blankes Entsetzen. »Eve, bitte!«

Sie befreite sich aus seinem festen Griff und drehte sich schwungvoll herum. Unverzüglich verwandelte sich das Wohnzimmer in ein Karussell, sodass sie mit besonderer Achtsamkeit zur

Tür ging, einen Fuß vor den anderen setzend, damit Ian nicht etwa auf die Idee kam, sie wäre betrunken. Sie hatte lediglich einen leichten Schwips.

Auf dem Weg durch den Flur, der ihr mit einem Mal weiter vorkam als gewöhnlich, öffnete sie im Rücken den Verschluss ihres BHs, schob die Träger durch die Ärmel ihres Pullis und zog das gute Stück dann am Ausschnitt heraus. Schwungvoll warf sie den Büstenhalter an den Garderobenhaken, zufrieden, dass sie sich heute Morgen für ihr teuerstes Spitzenteil entschieden hatte.

Die Türglocke schrillte befehlend, nun schon zum vierten Mal. Eve feuerte ihre Schuhe – nein, sie ging heute nicht auf Socken durchs Haus – in die Ecke neben der Tür und verwuschelte sich das Haar. Sie schürzte die angefeuchteten Lippen, senkte die Augenlider, um sich den Anschein von Verruchtheit zu geben, und öffnete die Tür.

»Hallo, Eve. Ich dachte, ich schau mal rein. Und wie ich sehe, steht da auch Ians Wagen. Was für ein Zufall«, flötete Lucy. »Ich hab ihn ja so lange nicht gesehen!«

Noch nie war die Nachbarin Eve schöner erschienen. Die blonde Mittdreißigerin im sexy Kleid sah einfach umwerfend aus – kindlich-naiv wie Audrey Hepburn und sexy wie Marilyn Monroe.

»Mein … Verlobter …«, Eve schluckte. Wie schwer ihr dieses Wort plötzlich über die Lippen kam! »… ist nicht zu sprechen.«

»Dein Verlobter?« Die tomatenroten Lippen verzogen sich spöttisch. *Audrey* machte einen winzigen Schritt nach vorn.

Eves rechte Hand schoss hervor. Sie stützte sich am Türpfosten ab – einerseits, um der vorpreschenden Sirene Einhalt zu gebieten, andererseits, um dem schwankenden Erdboden nicht haltlos ausgeliefert zu sein. Das letzte Glas war für diese Prüfung zu viel gewesen. »Kann ich ... kann ich etwas ausrichten?«

»Ja. Wir waren gestern verabredet. Er hat mir abgesagt. Kann es sein, dass du der Grund dafür warst?«

»Dein Gefühl hat dich nicht getrogen«, flötete Eve und setzte ihr strahlendstes Lächeln auf.

»Hallo, Lucy.« Ganz unbemerkt war Ian hinzugetreten.

Eve nahm ihn in Augenschein. Die etwas zu starke Kopfbewegung ließ sie erneut schwanken, und sie spürte einen Anflug von Übelkeit. Doch der Anblick ihres Verlobten war es allemal wert. Dieser Mann war der personifizierte Sex! Seine Krawatte hing gelockert über dem Hemd, die oberen Knöpfe hatte er geöffnet. Sein volles Haar hatte auch er in eine verwegene Unordnung gebracht.

Er hauchte Eve einen federleichten Kuss auf den Hals. Sein Atem kitzelte ihren Nacken. Erschauernd fuhr sie zusammen. »Liebster, hier ist Besuch für dich.« Es konnte, so vermutete sie, nur am Alkohol liegen, dass sie mit einem Mal ihre natürliche Scheu vergaß, sich ihm zuwandte und die Lippen auf seine drückte, wobei sie ihrem Oberkörper keinen Millimeter Abstand zu seiner starken Brust erlaubte.

Ians Geistesgegenwart erstaunte sie nicht im Mindesten. Er schreckte nicht vor ihr zurück, sondern umschlang sie mit beiden Händen an der Taille und zog Eve an sich. Sie liebte Männer, die zupacken konnten. Die stürmische Art allerdings, in der er ihren Kuss erwiderte, brachte sie eine Sekunde aus der Fassung. Und wie gut er schmeckte! Er legte ihr einen Arm besitzergreifend um die Schultern. Auch das war nicht unangenehm, befand sie, tief Luft holend, und kuschelte sich eng an ihn. Gott sei Dank gefiel ihr sein Duft.

»Oh … du …« Lucy verstummte sofort wieder.

Ian sah Eve mit einem schmelzenden Blick an, den sie gern für echt gehalten hätte. »Liebes, darf ich dir die Frau meines Freundes vorstellen? Ach, Unsinn, ihr kennt euch natürlich. Lucy, das ist meine Verlobte, Eve.«

Lucys Augen verengten sich. »Deine Verlobte? Seit wann das denn? Vor ein paar Tagen warst du noch solo, wenn ich mich recht entsinne!«

Eve wischte sich über die Stirn. Ihr war verdammt heiß geworden. »Seit heute. Eigentlich wollten wir uns schon früher verloben, aber wir wollten das nicht an die große Glocke hängen.«

Und dann fiel ihr der unechte funkelnde Ring ihrer Großtante ein, den sie zum Glück nur selten trug, sodass Lucy ihn nicht kannte. Sie streckte der schönen Nachbarin die Hand unter die Nase. »Und jetzt entschuldige uns bitte. Was immer auch anliegt, es wird warten müssen. Mein

Verlobter und ich wollen in aller Ruhe unsere Blitzverlobung feiern. Wo, ist sicher unschwer zu erraten.« Albern kichernd, schlug sie Lucy die Tür vor der Nase zu.

Im nächsten Moment spürte Eve, wie die Umgebung erneut gefährlich schwankte, und hielt sich Halt suchend an Ian fest. »Na, wie war ich?« Sie kuschelte sich an ihn und blickte in sein gerötetes Gesicht.

»Nicht schlecht für den Anfang.«

»Wie wär's mit einem Vorschuss – nun, da ich die Premiere so bravourös hinter mich gebracht habe?«

»Du gehst ja ganz schön ran, Liebste!«

Sie zog die Stirn kraus. »Liebste – klingt ziemlich vertraulich.«

»Da müssen wir jetzt durch.«

»Du lenkst ab, Liebster. Wir sprachen eben von meiner Bezahlung.«

»Typisch Frau, dieses Thema als Erstes anzuschneiden.«

»Typisch Mann, von diesem Thema prompt abzulenken.«

Er grinste sie von oben herab an. »Ich sehe, mir stehen harte Zeiten bevor.«

»Da kannst du Gift drauf nehmen, Kumpel«, zwitscherte Eve.

»Dann also, Partner, folge mir, damit wir uns näher kennenlernen.« Sie gingen ins Wohnzimmer, immer noch Arm in Arm, wobei Eve hoffte, dass Ian sie nicht nur stützen wollte, weil ihr Gang ein wenig unsicher war.

»Achtung«, sagte Eve, die zum Wohnzimmerfenster geschaut hatte, in warnendem Ton. »Sie ist noch nicht fort. Wir sollten ihr noch etwas mit auf den Weg geben.«

»Und das wäre?«

»Wir sind ein Paar, ein verliebtes noch dazu, also benehmen wir uns wie eines. Lass deinen Arm um mich gelegt.«

Sie spürte, wie er eine Hand auf ihrem Hinterteil positionierte. Nun ja, sie hatte zwar eigentlich die Taille gemeint, doch auf der anderen Seite war die Wärme seiner Hand auch auf diesem Körperteil recht angenehm. Sie legte ihrerseits die Hand um seine Taille. Eve hatte Mühe, ein Kichern zu unterdrücken, als sie fest umschlungen stehenblieben und sie aus den Augenwinkeln sehen konnte, dass ihre Rechnung aufgegangen war. Beinahe fühlte sie sich wie ein Teenager.

Lucy, die vor dem Wohnzimmerfenster stehen geblieben war, schaute ungeniert in den Raum hinein, und als Ian ihr mit der freien Hand zuwinkte, fuhr sie zurück.

Eve schmiegte sich, falls das überhaupt noch möglich war, noch näher an Ian. Lächelnd hob nun auch sie die Hand und winkte der neugierigen Nachbarin zu. Lucy drehte sich abrupt um und trollte sich.

»Puh, das wäre fürs Erste geschafft«, murmelte Ian. »Hoffentlich lässt sie mich jetzt ein für alle Mal in Ruhe.«

»Träum weiter, Liebster!«

Er nahm die Hand von Eves Hinterteil und trat zum Tisch. Fragend hob er die Flasche Champagner hoch. »Und? Wollen wir den vorläufigen Sieg feiern?«

Eve schüttelte den Kopf. »Für mich im Moment nichts mehr, danke. Ich muss erst mal was essen.« Sie öffnete das Fenster und lehnte sich tief atmend hinaus.

»Du hast deine Sache wirklich super gemeistert«, lobte er sie und goss sich Champagner nach.

»Deine Lucy ist echt hartnäckig. Wir werden auch weiter unser Bestes geben müssen, wenn wir sie von dir fernhalten wollen. Und ich fürchte fast, selbst unser junges Glück wird Frauen wie sie niemals davon abhalten, dich weiter zu belästigen. Es sei denn, du schlägst sie allesamt k. o.«, frotzelte Eve.

Ian stellte sich erneut neben sie. »Wie war das doch mit dem Kämpfen allein mit Worten?«

Sie machte eine wegwerfende Handbewegung. »Es gibt Situationen im Leben, da muss man zu härteren Bandagen greifen.«

»Soso.«

Einen Moment war sie geneigt, sich erneut an ihn zu kuscheln. »Ich muss dir übrigens was gestehen«, sagte sie dann mit ihrer sanftesten Stimme.

»Das Dach ist undicht.«

Geschockt starrte sie nach oben. »Wie hast du das erraten?«

»Tut nichts zur Sache.« Er schmunzelte. »Welche Leiche hast du noch im Keller versteckt?«

»Eine Wasserleiche. Der Keller ist so feucht, dass du dort Pilze züchten kannst.«

»Dacht ich's mir doch. Schätze mal, dein Geständnis umfasst nicht nur so lächerliche Nebensächlichkeiten?«

Ihr Atem ging ganz flach. »Nein. Es ist weitaus schlimmer.«

Ian wurde eine Spur blasser. »Spuck's aus«, bat er gefasst.

»Ich ...«, sie stockte, denn was sie zu sagen hatte, war nicht leicht über die Lippen zu bringen. Doch bei *George Clooney* schien es ratsam, das Jahr mit ihm reinen Herzens zu beginnen: »Vorhin, da ... da hab ich gelogen.«

»Sieh an.«

»Das ... die Sache ...« Erneut hielt sie inne. Die Sache mit der Ehe hatte sie sagen wollen, doch dann verließ sie in allerletzter Sekunde der Mut. »Die Sache mit unserem Abkommen. Bist du wirklich sicher, dass es eine gute Idee war?«

Er nahm einen Schluck und blickte Eve aus zusammengekniffenen Augen an. »Das war ganz sicher nicht das, was du ursprünglich sagen wolltest, aber lassen wir es auf sich beruhen. Aber ja, ich bin sicher, dass es eine gute Idee war. Und immer noch ist.«

Eve stieß einen tiefen Seufzer aus. »Gut. Puh.«

»Wir werden das Kind schon schaukeln – mit beiderseitigem gutem Willen.«

»Wir werden uns alle Mühe geben müssen.«

»Kein Problem«, erwiderte er cool. »Oder etwa für dich?«

»Aber nein.«

Ian rieb sich die Hände. »Wie wär's jetzt mit einem kleinen Spaziergang? Ich denke, den können wir beide gebrauchen. Das kühlt das Mütchen nach der überstandenen Aufregung.«

»Wunderbar. Wie gesagt, ich bin so viel Alkohol nicht gewöhnt.«

»Aber dein kleiner Schwips steht dir gut.«

»Danke fürs Kompliment, *Liebling*.«

Sie grinsten sich an. Dann gingen sie in den Flur, zogen sich ihre Jacken an und verließen in schönster Eintracht das Haus.

9

Christopher verließ sein Haus, dick eingepackt in seinen Parka, mit Mütze und Schal. Er war glücklich. Oder beinahe. Ganz glücklich konnte er nicht sein, denn Amy war auf den Tag genau ein Jahr fort, und er hatte immer noch nichts von ihr gehört. Noch immer hatte er keinen blassen Schimmer, wie er sie finden konnte, und aus Eve hatte er nichts herausbekommen. Nicht einmal übers Internet war er weitergekommen. Er hatte sogar mehrfach ihre Eltern angerufen, doch die entschuldigten sich immer, dass Amy ihnen ein Schweigeversprechen abgenommen hätte – so leid es ihnen auch tue, fügten sie stets hinzu. Es war bereits über ein Vierteljahr her, seit er das letzte Mal nach ihr gefragt hatte. Heute Abend wollte er es erneut versuchen. Er hatte nie die Zuversicht verloren, dass sie wiederkehren würde. Zurück zu ihm. Allein dieser Gedanke hatte ihn während des letzten Jahres getragen und gestärkt, ihm Hoffnung und Mut gemacht in jenen Tagen, in denen alles schieflief. Wenn dieser Abend allerdings ohne ein Zeichen von ihr vorüberging, dann würde er alle Kraftreserven zusammenkratzen müssen, um noch weiter auf eine Versöhnung zu hoffen.

Der eiskalte Wind traf auf sein Gesicht wie kleine Pfeilspitzen. Der Winteranfang hatte der kleinen Insel Stürme beschert, wie sie selbst die Alten noch nicht erlebt hatten. Und die Wetterausbrüche wurden mit jedem Jahr heftiger. Christopher war froh, nicht mehr gezwungen zu sein, bei Wind und Wetter auf hohe See zu müssen.

Er fühlte sich halbwegs glücklich mit seinen neuen Aufgaben. Den Gedanken an ein Fischrestaurant hatte er aufgegeben und bei der Naturpark-Verwaltung eine Festanstellung als Ranger ergattert, die einzige, die ausgeschrieben gewesen war. Eigentlich hatte ein anderer Bewerber das Glück gehabt, aber sich dann doch für eine Stelle auf dem Festland entschieden. Christopher hatte den Beamten von der Naturpark-Verwaltung mit seinem Wissen über die Flora und Fauna der Insel überzeugen und die Stelle im Sommer sofort antreten können.

Die Arbeit mit den Gästen bereitete ihm unbändige Freude, zudem war er gern draußen in der Natur. Und das Beste: Er konnte ohne Probleme seine beiden Berufe unter einen Hut bringen: Die Zeiten, die er mit den Gästen verbrachte, denen er kurze Filme über die Natur und ihre Besonderheiten auf der Insel vorführte, kollidierten nicht mit seinen Wal- und Delphin-Beobachtungen, die er interessierten Touristen ab und zu anbot. Eigens dafür hatte er ein kleines gebrauchtes Boot erstanden, auf dem er Snacks zu Tee und Kaffee reichte, damit die vierstündige Fahrt auf See nicht langweilig wurde. Diese Fahrten veranstaltete Christopher natürlich nur bei ruhiger See, und es hatte sich bereits im Sommer gezeigt, dass er damit großen Anklang fand. Jedenfalls war jede angebotene Fahrt ausgebucht gewesen, und die Gäste hatten sich danach herzlich bei ihm für die kundigen Ausführungen bedankt.

Nächste Woche war bereits der erste Advent. Schon jetzt näherten sich die Temperaturen dem Gefrierpunkt. Nachdem es gestern so still gewesen war, hatte heute Morgen ein Sturm von ungeheurer Stärke eingesetzt.

Christopher dachte daran, wie ungemütlich das alte Haus gewesen war. Kein Wunder, dass Amy die Geduld verloren hatte. Die Heizung hatte schon seit Langem nur noch dann und wann funktioniert, Warmwasser selten für eine gefüllte Wanne gereicht. Und die Küche war so vernachlässigt gewesen, dass jeder sie nur ungern betreten hatte. Aber nun wartete die große Überraschung auf Amy. Er spürte, wie sich sein Herzschlag beschleunigte.

Er spazierte hinüber zu seiner Schwägerin. Eve hatte ihn wieder einmal zu einem Sonntagsbraten eingeladen. Sie kümmerte sich ein wenig um ihn, allerdings nur, was das Essen anbelangte, wohlgemerkt. Sie verstanden sich wieder recht gut, nachdem sie ihm irgendwann seinen Auftritt verziehen hatte. Doch bei der Suche nach Amy hatte sie ihm bisher nicht geholfen.

»Das würde sie mir nie verzeihen, bitte versteh das doch, Christopher. Außerdem muss sie von sich aus wieder herkommen«, sagte sie jedes Mal.

»Du hast ja recht«, lenkte er dann ein.

»Du musst einfach noch ein wenig Geduld haben«, hatte sie ihn mit immer weniger Aufmunterung in der Stimme gebeten.

Dennoch war er entgegen allem, was er erlebt hatte, guten Mutes, dass seine Frau eines Tages den Weg zurück zu ihm finden würde. Warum, wusste der Himmel.

Er konnte ja verstehen, dass Eve jetzt eisern zu ihrer Schwester hielt. Ein wenig erstaunt war er zwar schon gewesen, als sie ihm von ihrer Verlobung erzählt hatte. Doch dieser neue Doktor schien sympathisch zu sein. Und Frauen schlugen ja oftmals spontan eine Richtung ein, die ein Mann nicht immer nachvollziehen konnte.

Er klopfte an, denn seit Neuestem hielt sie ihre Eingangstür geschlossen. Als sie ihm öffnete, betrat er das hübsche Haus, in dem es nach Lammbraten mit grünen Bohnen duftete, seinem Lieblingsgericht – neben Fisch in allen Variationen. »Komm herein, ich skype gerade mit Amy«, sagte sie hastig. Skypen – eine wundervolle Erfindung, fand er, obwohl er selbst noch nie videotelefoniert hatte. Er kannte niemanden, mit dem er auf diese Art kommunizieren könnte. Sicher, E-Mails zu schreiben, gelang ihm mittlerweile, aber damit endeten auch schon seine Computerkenntnisse.

Eve setzte sich wieder an den Tisch mit dem Laptop. »Ja, Amy, ihm geht es gut.« Eves Blick streifte ihn, und ihm fuhr ein Schauer über den Rücken. »Er ist gerade reingekommen. Willst du nicht endlich mal mit ihm reden?«

Christopher blieb fast das Herz stehen. In der Luft lag eine Spannung, die ihn beinahe veranlasst hätte, den Raum sofort zu verlassen.

»Hey«, unterbrach da Eves Stimme seinen Blackout. »Amy fragt, ob du Lust hast, mit ihr zu reden.«

Christopher fühlte sich wie erschlagen. Es dauerte gefühlt eine Viertelstunde, bis er merkte, dass er an der Reihe war und etwas sagen musste. »Ja … ja, Herrgott, natürlich«, brachte er schwer hervor.

»Dann lass ich euch beide mal allein.« Auch Eves Stimme klang belegt. Sie stand auf. »Ich bin draußen. Du … ihr … könnt ganz in Ruhe reden. Ich bin in der Küche, wenn ihr fertig seid.«

Sie verließ den Raum, und Christopher hechtete zum Tisch. Als er endlich in Amys Gesicht sah, blieb ihm fast das Herz stehen. Sie schauten sich an und schwiegen, doch zumindest las er keine Ablehnung in ihren Augen. Ein guter Anfang.

»Hallo, Liebling. Wie schön, dich zu sehen«, brachte er schließlich hervor.

»Schön, dich zu sehen, Christopher.«

Wie vertraut und gut ihre Stimme klang. Entdeckte er nicht sogar ein Lächeln in ihrer Miene? »Ist lange her, dass wir uns gesehen haben. Es … es ist wundervoll, dich jetzt so … vor mir zu haben«, murmelte er und wunderte sich, dass er nicht vor Aufregung tot umfiel.

»Auf den Tag ein Jahr, ich weiß.«

Sah er richtig? Täuschte er sich, weil er es so gern wollte? Aber nein, ihre Augen strahlten tatsächlich! Ganz sicher vor Freude. Oder war das eine Träne? Er wusste es nicht.

Er schluckte. Seine Hände hielt er verkrampft zwischen den Beinen, damit er ihr Zittern unter Kontrolle brachte. »Ich … ich hoffe, es geht dir gut?«

»Ja, in der Tat.« Jetzt lächelte sie tatsächlich. »Und, wie geht's dir?«

»Oh … gut … Na ja, eigentlich nicht so gut. Ich meine, wenn du hier wärst, dann ginge es mir *wirklich* gut«, stammelte er und fuhr dann hastig fort, damit sie nur ja nicht auf die Idee kam, das Gespräch zu beenden, ehe es so recht begonnen hatte: »Weißt du, ich hab viel nachgedacht über uns. Und … und du hattest recht, mit allem, was du gesagt hast. Ich … ich möchte dir sagen, dass ich mein Leben komplett geändert habe. Und wenn du zurückkommen würdest, hätte ich eine Riesenüberraschung für dich. Ich …«

»Ich hab auch über uns nachgedacht, Christopher. Und ich finde, dass du in vielem *so* recht hattest«, unterbrach sie ihn lachend.

Oh. Mein. Gott! Seine Frau klang richtig glücklich, er hatte sich nicht getäuscht! Sein Herz holperte wieder einmal in demselben unruhigen Rhythmus wie so oft. Doch diesmal nicht vor Anstrengung, sondern vor Glück.

»Wenn … wenn's dir recht ist und du wirklich willst, dann würde ich einfach zurückkommen und … und wir versuchen es noch mal. Was hältst du davon?«

Christopher wusste vor Seligkeit nicht zu antworten. Er nickte nur stumm.

»Freut dich das?«, fragte Amy jetzt mit sanfter Stimme.

Nie war sie ihm schöner erschienen als jetzt. Sie war braun gebrannt, und ihre Augen strahlten so wie früher. Er liebte diese Frau fast noch mehr als damals. »N-natürlich! Oh, Amy, wenn du wüsstest, wie sehr«, brachte er keuchend hervor. »Ich hab eine Riesenüberraschung für dich, die wird dich wirklich freuen. Und ... und ich hab einen neuen Job. Oder eigentlich zwei ... und ... oh, Amy, ich bin so glücklich. Ich bin sicher, dass du dich, wenn du zurückkommst, genauso freust.«

»Dann schau ich, dass ich so schnell wie möglich bei dir bin. Ich bin ja zurzeit bei meinen Eltern, wie du vielleicht weißt ...«

»Nein, woher sollte ich das wissen?«, warf er verdutzt ein.

»Oh, dann hat Eve also tatsächlich dichtgehalten«, gab Amy mit einem kleinen Lächeln zurück.

»Kein Wort hat sie gesagt. Ich hab ein Jahr lang versucht, dich irgendwie zu erreichen, aber Eve hat geschwiegen wie ein Grab.«

»Dann bin ich in einer Woche bei dir. Ich ... ich liebe dich, Schatz, und freu mich auf dich und deine Überraschungen.«

»Ich mich auch. Mehr, als ich sagen kann. Ich hab dich so vermisst!« Er musste schlucken, denn ihm kamen die Tränen. »Also hat Eve dir auch nichts gesagt? Darüber, wie ich mein Leben geändert hab?«

Amy schüttelte den Kopf, und er hätte ihr am liebsten einen Kuss direkt auf das Display gedrückt. »Ich muss sehen, dass ich für Mama eine Hilfe organisiere. Ich hab ihr in den letzten vier

Wochen hier ausgeholfen. Aber das krieg ich schon hin. Und ja, ich hab dich auch vermisst, mehr als du glaubst. Wir werden alle Zeit der Welt haben, über uns zu reden. Bis dahin mach's gut so lang, mein Liebster. Ich … ich danke dir, dass du mir Zeit gegeben hast. Es ist wunderbar, dass wir jetzt wieder zueinanderfinden.«

»Oder … oder soll ich zu dir fliegen? Ich könnte mir zwei Tage freinehmen, also, wenn du willst.«

»Nein, Schatz, das lass mal sein. Ich bin ja bald bei dir. Ich … ich liebe dich. Sehr sogar. Ich kann's kaum erwarten, dich zu sehen.« Mit einem Lächeln beendete sie die Verbindung.

Christopher wusste nicht, wie lange er noch vor dem schwarzen Bildschirm gesessen hatte, bis er aufstand, um in die Küche zu wanken. Er wusste auch nicht, wie lange sie geredet hatten. Er wusste nur: Alles würde gut. Sie liebten sich noch, und alles würde besser als früher werden.

Als er die Küche betrat, hatte er fast das Gefühl, in Ohnmacht zu fallen, so schwindlig wurde ihm mit einem Mal. Das waren die Auswirkungen der letzten Grippe von vor vier Wochen, von der er sich immer noch nicht restlos erholt hatte. Doktor Preston hatte ihm ans Herz gelegt, die Influenza ernst zu nehmen, die mit hohem Fieber einhergegangen war. Aber, so dachte Christopher, er konnte sich doch jetzt nicht einfach ins Bett legen und über eine Woche lang nichts tun! Unmöglich.

Er fiel auf den Küchenstuhl und holte tief Luft. Wenn Amy zurück war, würde er wieder richtig gesunden. Sie hatte ja immer in solchen Zeiten gezeigt, welch großes Herz sie hatte, und ihn liebevoll umsorgt. Aber seine momentane Schwäche war gewiss auf die vergangenen Minuten zurückzuführen und nicht auf die letzte Influenza.

»Alles gut mit euch beiden, Christopher?«, fragte Eve bang.

Er zog sein Taschentuch aus der Hosentasche und fuhr sich über die Stirn. »Alles gut«, strahlte er. »Amy kommt nächste Woche. Bis dahin hab ich alles gerichtet. Und alles wird wunderschön sein. Ich hab ihr noch nichts gesagt. Oh, und ich bin dir so dankbar, Eve, dass du ihr wirklich nichts verraten hast. Ich bin doch so gespannt auf ihr Gesicht!«

»Glaub mir, das ist mir auch nicht leichtgefallen«, Eve lachte. Auch sie schien überglücklich, kam zu ihm herüber und legte ihm eine Hand auf die Schultern. »Tut mir leid, dass ich dir verschweigen musste, was sie so getrieben hat im vergangenen Jahr.«

»Ich hab's ja verstanden, und es hätte ja auch nichts genützt, im Gegenteil, nehm ich an.«

Eve nickte, trat in den Flur und rief: »Ian, Essen ist fertig.«

Christopher setzte sich an den gedeckten Tisch. Er freute sich die gesamte gemeinsame Mahlzeit über, dass er in diesem Moment nicht allein war. Ohne Scheu berichtete er Ian vom letzten Jahr. Darüber, dass Amy eine Auszeit genommen und was er daraufhin so alles getrieben hatte. Ian reagierte so, dass ihm kein Wort darüber peinlich sein musste.

»Sie wird Augen machen«, sagte Christopher zum wiederholten Mal. Nach dem Kaffee stand er auf und verabschiedete sich von Eve und Ian. »Ich muss weitermachen. Bis Amy nächste Woche kommt, ist ja noch einiges zu tun. Aber das werd ich schon schaffen. Nick hilft mir. Ohne ihn wäre das alles wahrscheinlich unbezahlbar geworden. Ach, was für ein Tag!«

»Wenn du willst, kann ich dir auch mit unter die Arme greifen. Ich bin handwerklich gar nicht mal so ungeschickt, und ich hätte Zeit«, bot da Ian seine Hilfe an.

»Das wäre wirklich klasse! Danke, ich nehm das Angebot gern an.«

»Dann komm ich heute Nachmittag vorbei?«

»Gern. Du weißt ja, wo du mich findest.«

Damit verabschiedete sich Christopher und ging selig hinüber zu seinem Haus.

Drei Tage später machte er sich am frühen Nachmittag auf zu Nick, der mit ihm noch einmal die letzten Arbeiten durchgehen wollte, denn bald würde es ganz schön eng, Amy kam bald zurück. Er zog die Mütze tiefer in die Stirn und den Parka am Hals fest zu, denn der steife Nordostwind drang durch jede Faser. Christopher lief über die schmale, von hohen Heidebüschen gesäumte Zufahrtsstraße am Haus von Lucy vorbei.

Mit leicht gesenktem Kopf und hochgezogenen Schultern wandte er sich dem Städtchen zu, das wie ausgestorben schien. Selbst auf der Harbour Street war jetzt keine Menschenseele unterwegs.

Normalerweise spazierten dort immer ein paar Leute umher, saßen einfach auf den Bänken und beobachteten im Hafen, wie Schiffe einliefen oder die Fähre anlegte. Die Kneipe, in die er früher nach jeder Fahrt einkehrte, lag beinahe verlassen da, nur das sanfte Licht aus den zwei Fenstern verkündete, dass geöffnet war. Auch die Fähre lag still, was höchst selten vorkam, außer an solch stürmischen Tagen wie heute. Christopher lief rascher und hatte bald den Fähranleger hinter sich gebracht. Nur noch wenige Meter bis zum Ort hinter dem Hafen, wo sich die Polizeistelle befand.

Er lächelte in sich hinein. Ja, Amy würde glücklich sein. Neben der einen großen Überraschung konnte er jetzt sogar mit zwei beruflichen Standbeinen aufwarten, mit denen er gutes Geld verdiente. Und es hatte sich in der Saison bereits gezeigt, wie viel Spaß ihm beides machte. Ja, er war über und über glücklich, wie sich alles gefügt hatte, vielmehr noch fügen würde. Er hatte es doch gewusst!

Vor sich entdeckte er neben Nicks Auto vor der Polizeistation noch einen weiteren Wagen, den er kannte. Nicks Schwester Hilly mit ihren zwei Kindern war zu Besuch, wie schön! Christopher wusste um die große Familie von Nick und staunte immer wieder über deren Zusammenhalt. Er störte nicht, auch wenn Hilly da war, wie Nick ihm oft genug versichert hatte.

Hilly war bei jedem Wetter unterwegs und wollte ihrem Bruder sicher lediglich mal wieder einen frisch gebackenen Kuchen vorbeibringen, da Nick sich in der letzten Zeit ja so wenig hatte sehen lassen. Was natürlich an der Schufterei für Christopher gelegen hatte. Doch er würde sich irgendwann revanchieren. Jetzt freute er sich erst einmal auf das lebhafte Zusammensein mit den vieren.

Er ließ den Blick nach links zum Meer schweifen. Hier gab es keine Mauern wie am Hafen, die die Straße vor den Naturgewalten schützten, sondern nur ein einfaches Geländer. Gut, dass Nick darauf achtete, dass an Tagen wie diesen Schilder und Absperrgitter aufgestellt wurden, die vor möglichen Gefahren wie auf die Straße krachenden Wellenbrechern warnen und schützen sollten. Die Insel konnte sich keinen besseren Polizisten wünschen. Dieser Mann war nicht nur mutig und stark, sondern auch besonnen und fürsorglich.

Wieder erschien ein glückliches Lächeln auf Christophers Gesicht. Er konnte sich keinen besseren Ort für ein schönes Leben vorstellen als diese Insel.

Nach langer Zeit war er wieder in Einklang mit sich und dem Universum.

10

Wie üblich um diese Zeit studierte Nick seine Unterlagen. Die Tageszeitung war ausgelesen, und er hatte bereits die dritte Schachpartie mit seinem Assistenten Benny beendet. Die vierte wollten sie beginnen, wenn sich der Besuch verabschiedet hatte. Das Mittagessen, Fischsemmeln von der Kneipe am Hafen, war köstlich gewesen, und nun saß man bei starkem Tee mit Sahne und Zucker beisammen und harrte der Dinge, die da kommen wollten. Nur das Brausen des Sturmes und das Krachen der Wellen auf die Mole waren zu hören.

Abgesehen vom Wetter, war es auf der Insel ruhiger als sonst schon um diese Jahreszeit. Wenn überhaupt, dann gab es für sie am späten Abend zu tun, nachdem die ersten Fischer oder Handwerker genug getrunken hatten und aus Frust oder Langeweile eine Rauferei anfingen. Manchmal rückte Nick auch mit seinem Erste-Hilfe-Koffer aus, um einem Leichtverletzten zu helfen oder kleinere Verletzungen zu behandeln, für die man nicht Dr. Preston vom Festland herbemühen wollte, mit denen man jedoch nicht allein fertig wurde.

Im Sommer war mehr zu tun, denn dann waren mehr Touristen auf der Insel. Sie mussten ab und zu schon mal ausrücken, weil ein Gast vom Plateau von Mary's Head oder dem Sumpfgebiet im Osten der Insel einen Hilferuf übers Handy absetzte, wenn er oder sie den Heimweg nicht fand – was nicht selten am überreichlich genossenen Alkohol lag.

Nick sah hinaus und entdeckte Christopher, der sich vor einer Weile glücklich telefonisch angekündigt hatte und nun auf dem Weg zu ihm war. Ein paar Meter davor stand der Wagen seiner Schwester Hilly, aus der soeben Anne, die Vierjährige, stieg. Hilly war damit beschäftigt, seine jüngste Nichte, das sechs Monate alte Baby Cathrin, aus dem Kindersitz zu hieven. Nick stand gerade auf, um ihr entgegenzugehen, da klingelte das Telefon. Da sich sein Assistent Benny auf der Toilette befand, nahm Nick das Gespräch entgegen. Er hatte sich gerade gemeldet, da ertönte ein Schrei seiner Schwester.

Er blickte hinaus. Vor Entsetzen blieb ihm fast die Luft weg.

Anne hatte sich vom Wagen entfernt und war in Windeseile auf die Mole zugesaust, wo die heftigen Wellen immer wieder die Straße überfluteten. Ohne ein Wort knallte er den Hörer auf die Gabel und stürzte hinaus.

Zu spät. Mit Entsetzen stellte er fest, dass das Meer die Vierjährige bereits verschluckt hatte.

Hilly, mit dem Baby auf dem Arm, hatte ebenfalls den sicheren Bereich der Absperrung hinter sich gelassen, von wo aus sie nun genauso Gefahr lief, von den Wellen mitgerissen zu werden.

Seine Gedanken überschlugen sich, da sah er, wie Christopher sich im Laufen den Parka vom Körper riss und ins Meer sprang.

Nick stürzte an die Mole, während er Hilly zuschrie, sich in Sicherheit zu bringen. Er riss den Rettungsring aus der Halterung und starrte in die aufgewühlten Wassermassen. Nichts. Kein Zeichen von Anne oder Christopher! Er schrie und überlegte, ob er hinterherhechten sollte, doch dann sah er Christopher auftauchen, das Mädchen in seinen hocherhobenen Armen.

Nick warf ihm den Rettungsring zu. Zu seiner Erleichterung gelang es Christopher, den Ring zu ergreifen und ihn Anne überzustreifen. Schon schwamm der Retter auf die Stufen zu, die von der Mole hinunter in die See führten.

Zeitgleich hechtete Nick zu den Stufen und betete, dass er nicht wegen der Wellen auf den glitschigen Steinen den Halt verlor und fortgerissen wurde. Doch alles ging gut. Christopher musste Bärenkräfte haben. Er hievte das Mädchen empor, Nick ergriff es, dann gelang es ihnen, sich auf die Mole zu retten.

Christopher wankte aus der Gefahrenzone und sank dann keuchend auf die Pflastersteine. Nick trug das schreiende Bündel zu Hilly, die ihre Jüngste wieder zurück ins Auto gesetzt hatte, da kam Benny mit zwei Rettungsdecken aus der Polizeistation, von denen er eine über die zitternde Anne breitete. Die andere Decke reichte er Nick, der Christopher aufhalf und ihm die Decke über die Schultern legte. Immer noch geschockt, begaben sich alle zur Polizeistation, wo sie sich aufwärmen konnten.

Dann geschah alles beinahe gleichzeitig.

Anne wurde von Hilly ausgezogen und, fest in eine trockene Decke gewickelt, vor den Heizstrahler gesetzt, nachdem sie Christopher umarmt und geküsst hatte, wobei sie herzerweichend schluchzte. Benny half dem Retter aus den völlig durchnässten Sachen und legte ihm dann eine trockene Decke um. Alle sprachen durcheinander, während das Telefon permanent klingelte.

Endlich nahm Nick den Hörer, den er immer wieder aufgenommen und dann sofort wieder aufgelegt hatte, und meldete sich genervt. Wie gewöhnlich handelte es sich um keinen Notfall, nur eine schmerzhafte Quetschung einer Hand, die Bekanntschaft mit einer zufallenden Autotür gemacht hatte. Er lauschte, da bemerkte er, wie Christopher plötzlich nach vorn kippte und auf dem Stuhl zusammensackte.

»Ein Notfall! Ich rufe zurück.« Mit diesen Worten knallte er den Hörer erneut auf die Gabel.

Er konnte soeben noch den Körper seines Freundes auffangen, der im Begriff stand, vom Stuhl zu rutschen. Sein Herz begann erneut zu rasen, als er den Bewusstlosen auf den Boden bettete. *Lieber Himmel!* Laut rief er Christophers Namen und rüttelte an seiner Schulter. Keine Reaktion. Er überstreckte seinen Kopf nach hinten und neigte sich über dessen Mund.

Nichts. Weder ein Atemhauch noch eine Atembewegung des Brustkorbs. Er legte seine zwei

Finger an die Halsschlagader – nichts! Er fühlte einfach kein Leben!

»Benny, den Defi, schnell!«, befahl er mit schneidender Stimme.

Unverzüglich brachte der ihm das Gerät. Wenn die zu rettende Person unterkühlt oder feucht war, durfte er es nicht benutzen, durchzuckte es Nick. Aber Christopher war noch nicht so unterkühlt. Benny war ein guter Assistent und machte sich unverzüglich daran, Christopher die nassen Hosen auszuziehen und den Leblosen warm in eine weitere Decke einzupacken.

In der kleinen, warmen Stube war es totenstill geworden. Nick brach der Schweiß aus. »Hilly, nimm die Kinder und fahr nach Haus«, befahl er, während er mit geübten Griffen den Defibrillator einsetzte. »Und du, Benny, ruf Dr. Preston auf dem Handy an. Die Nummer ist eingespeichert.«

Während er sprach, behielt er das Gerät im Auge. Es diagnostizierte selbstständig das vorliegende Problem und gab genaue Anweisungen. Immer noch nichts. Keine Atmung, keine Bewegung des Brustkorbs.

Er wusste, dass die Zeit gegen ihn arbeitete. Alle seine Bewegungen führte er rasch und dennoch hoch konzentriert aus. Aufrecht kniete er neben Christopher, die Schultern senkrecht über dem Brustbein. Rhythmisch versuchte er, zu reanimieren, wobei er nach jedem Druck mit den Händen den Brustkorb vollständig entlastete. Einmal spürte er, dass er Christopher eine Rippe brach, doch das war nicht schlimm. Eine Rippe konnte heilen.

Nachdem er das erste Mal dreißig Druckmassagen gezählt hatte, bemerkte Nick immer noch keine Reaktion. Er überstreckte Christophers Kopf, um die Atemwege freizubekommen. Dann verschloss er ihm mit Daumen und Zeigefinger die Nase und atmete langsam in dessen Mund aus. Nach zwei Beatmungen drückte Nick unverzüglich wieder dreißig Mal auf den Brustkorb, dann nahm er erneut zwei Beatmungen vor.

Benny, der bemerkte, wie Nick der Schweiß übers Gesicht rann, löste ihn ab und arbeitete konzentriert weiter.

Nick war froh, dass Hilly mittlerweile die Polizeistation verlassen hatte. Er wischte sich rasch den Schweiß aus den Augen, dann löste er nach zwei Minuten Benny ab.

Erneut kontrollierte er die Atmung – kein Lebenszeichen.

Nichts um sich herum nahm er mehr wahr. Nur die Massage war wichtig. Nicht zu langsam, nicht zu zaghaft. Eins, zwei, drei …

Er wusste nicht, wie lange Dr. Ian Preston gebraucht hatte, doch es konnten keine fünf Minuten gewesen sein. Der Arzt spritzte Christopher ein Mittel, doch es schien nichts zu nützen. Es gab einfach kein Lebenszeichen. Nun half auch Ian mit der Druckmassage und der Mund-zu-Mund-Beatmung. Mittlerweile war der Rettungshubschrauber aus Hornborough gelandet. Nach über dreißig Minuten, auf die Nick bestanden hatte, gaben die Männer erschüttert auf. Der Schweiß rann ihnen aus allen Poren.

Völlig entkräftet hockte Nick auf den Fersen und blickte tränenverschleiert auf seinen Freund hinab.

Christopher, sein bester Freund – er, der seiner Zukunft so glücklich wie noch nie entgegengesehen hatte – er, der das Leben seines geliebten Patenkindes gerettet hatte, war tot.

11

Es war tiefschwarze Nacht, als Amy an diesem Abend am Busbahnhof in Hornborough mit dem letzten Bus aus Edinburgh ankam. Unwillkürlich schaute sie sich suchend um, doch natürlich war da niemand, der sie erwartete. Nach Christophers Gespräch hatte sie entgegen ihrer Ankündigung nicht lange gewartet, sondern gleich am nächsten Tag die Abreise in Angriff genommen. Ihre Mutter hatte Verständnis gezeigt. Spontan wie schon des Öfteren im vergangenen Jahr, hatte Amy in London einen Zwischenstopp eingelegt und sich die Stadt ihrer Träume angesehen. Immer schon wollte sie die Hauptstadt an der Themse einmal besuchen, und jetzt war die Gelegenheit dazu da, denn in nächster Zeit würde sie erst einmal nirgendwohin mehr reisen. Wie sehr freute sie sich auf die Insel und vor allem natürlich auf Christopher!

Ach, ihr Liebling! Wie zärtlich seine Stimme gewesen war! Ja, sie hatten viel Zeit gehabt, über ihre Ehe nachzudenken. Bevor die Schwester so unverhofft Christopher ans Telefon rief, war Amy nicht einmal sicher gewesen, wie sie sich entscheiden sollte. Aber Tatsache war, dass die Sehnsucht nach ihrem Mann in den letzten Wochen stetig wuchs. Und natürlich hätte sie ihn am Abend angerufen. Das Telefonat mit Eve hatte nur die Wartezeit verkürzt.

Christopher würde Augen machen, wenn sie so plötzlich vor der Tür stand. Sie freute sich jetzt schon darauf und hatte von ihrem ursprünglichen Plan abgesehen, noch einen Tag länger in London zu verbringen. Am Nachmittag nahm sie spontan die Umbuchung vor und nun stand sie hier.

Vier Tage zu früh, das würde eine Überraschung werden! Seit dem letzten Telefonat hatte sie weder mit Christopher noch mit Eve gesprochen. Und die beiden hätten sie sowieso nicht erreichen können, da ihr Akku vom Handy völlig leer war und sie das Aufladekabel in all der Aufregung auf Ibiza liegengelassen hatte. Sie nahm den Trolley, setzte die Reisetasche obenauf und ging zum Taxistand, da dieser Bus nicht bis zum Fähranleger gefahren war. Die restlichen Sachen würden die Eltern ihr nachschicken, so lautete die Vereinbarung.

Der Flug nach Edinburgh war fürchterlich gewesen. Manchmal meinte sie, dass jetzt ihr letztes Stündchen geschlagen hatte, so heftig setzten ihr die Turbulenzen zu. Ein Wunder, dass das Flugzeug hatte landen dürfen. Noch immer brüllte der Orkan in unverminderter Stärke. Sie zog den Gürtel ihres Mantels enger und schlug den Kragen hoch. Es lagen bereits einige Zentimeter Schnee, und obwohl die Straßen freigeräumt waren, musste die Fahrbahn eisglatt sein. Sie hatte Glück und erwischte sogleich einen Wagen. »Zur Fähre nach Sister's Rock bitte.«

»Da würde ich jetzt auch gern hin. Ist aber bei dem Sauwetter nicht grad die beste Zeit zum Reisen, Lady«, brummte der Taxifahrer, ein Einheimischer, wie man deutlich am typischen Dialekt erkannte, der in ihren Ohren jetzt wunderbar vertraut klang. »Und ich werd mächtig auf die Tube drücken müssen, wenn Sie die letzte Fähre 'rüber erwischen wollen – sollte die bei dem Wetter überhaupt ablegen.«

Er hatte die Worte kaum ausgesprochen, als der Wagen auch schon mit einem heftigen Satz nach vorn und mit einer fast schon eleganten Schleuderbewegung auf die andere Straßenseite preschte, wo die wilde Fahrt ihren Lauf nahm.

Amy lehnte sich erschöpft zurück. Einerseits war sie müde, andererseits aufgekratzt vor Erregung. Wie Christopher wohl reagierte? Würden sie sich tatsächlich in die Arme fallen, wie sie es sich in ihren Träumen ausgemalt hatte – nicht mehr reden, sondern sich nur noch lieben?

Wenn sie Pech hatte, musste sie noch eine Nacht in irgendeinem Hotel verbringen und konnte ihn erst morgen überraschen. Doch die Fähre fuhr normalerweise bei Wind und Wetter. Da musste es schon mehr als heftig stürmen, ehe sie eingestellt wurde.

Der Sturm blies mit unverminderter Stärke winzige Eiskristalle ans Fenster, und die Scheibenwischer des Taxis konnten nur annähernd für freie Sicht auf die vereisten Straßen sorgen.

»Darf man fragen, was Sie in dieser unwirtlichen Zeit auf die Insel verschlägt?«

Amy erwiderte den Blick des Mannes im Rückspiegel. Die Pudelmütze des Fahrers bedeckte seine wilde dunkle Mähne nur unvollständig, und an seinem vorderen Schneidezahn fehlte eine Ecke. Doch die Augen in dem unrasierten Gesicht schauten nicht nur voller Neugierde, sondern auch mit echter Anteilnahme.

»Die Liebe«, murmelte sie. Und Sehnsucht und Einsamkeit, fügte sie insgeheim hinzu. Sie hatte vielleicht überreagiert vor einem Jahr. Und dennoch war die lange Trennung genau das Richtige, um sich darüber endlich klar zu werden, wie viel sie verlören, wenn sie sich auf immer trennten.

»Liebe, aha. Klingt, als ob Sie länger bleiben würden.«

»Davon geh ich aus«, gab sie lächelnd zurück.

»Schön, wenn einen jemand erwartet.«

»Ja, aber ich bin zu früh, es wird eine Überraschung. Ich konnte einfach nicht länger warten«, fügte sie mehr zu sich selbst hinzu.

Der Mann stieß einen unverständlichen Laut aus. »Klingt, als würden Sie mächtig viel Glück für die nächste Zeit haben.«

»Kann ich nur hoffen.«

»Sister's Rock nimmt alle auf – wir werden auch für Sie ein passendes Plätzchen parat haben«, sagte er feierlich.

Amy lächelte. Die einfachen Worte des Mannes spendeten ihrer Seele Trost. Sie lehnte den Kopf an das durchlöcherte Lederpolster und schloss die Augen.

In einträchtigem Schweigen setzten sie die wilde Jagd fort. Nach fünfzehn Minuten hatten sie ihr Ziel erreicht. Die Fähre stand tatsächlich abfahrbereit, und mithilfe des Taxifahrers, der ihr mit dem Gepäck zur Hand ging, erreichte sie in letzter Sekunde das Schiff.

»Viel Glück, Mädchen, du wirst es schon schaffen.« Der Mann, der einen guten Kopf kleiner als Amy war, ergriff ihre Hand und schüttelte sie kräftig. »Der Herr wird dich schützen.« Er legte zwei Finger grüßend an seine Mütze, drehte sich um und verschwand mit seinem Wagen.

Ein guter Anfang, befand Amy. Der Mann hatte sie »Mädchen« genannt, was einem, selbst wenn man erst in den Dreißigern war, noch immer das Herz erwärmte. Beinahe hätte sie vor sich hin gesummt. Der Fahrer hatte ihr das Gefühl gegeben, sie wäre noch so jung wie damals, als sie Christopher zum ersten Mal begegnet war. Den Mann, dem sie kaum vier Wochen nach dem legendären Geburtstagsfest, an dem sie mit ihm auf dem Tisch getanzt hatte, das Versprechen gab, ihn zu heiraten. Was sie dann auch einlöste.

Jetzt war sie also zweiunddreißig – in den besten Jahren, wie ihre Mutter ihr immer versicherte. Jung genug, um etwas Neues zu starten, denn sie glaubte nicht, dass ihre Freundin Annabell wieder mit ihr gemeinsam arbeiten würde, wahrscheinlich hatte sie mittlerweile eine neue Geschäftspartnerin. Egal. Einen Neuanfang zu wagen – was für ein reizvoller Gedanke. Christopher hatte so lebendig, so glücklich geklungen und nun tatsächlich endlich einen Neuanfang gewagt, und sie konnte es kaum erwarten, zu erfahren, worum es sich dabei handelte.

Mittlerweile war dichter Nebel aufgezogen, sodass sie erst im letzten Moment die Silhouetten der vordersten grauen Häuser hatte auftauchen sehen. Beinahe kamen Amy die Tränen. Alles schien tatsächlich vollkommen unverändert, natürlich, ein Jahr war nicht lang. Und dennoch kam ihr der Ort beinahe fremd vor. Die Trauer bei ihrer Abreise und der Frust der Monate davor schienen wie ausgelöscht. Sie war wieder die junge, glückliche und unternehmungslustige Frau, den Kopf voller Träume, einer glücklichen Zukunft mit einem liebenswerten Mann entgegenblickend. Denn liebenswert war Christopher immer gewesen, das wurde ihr schon sehr früh während ihrer Auszeit wieder bewusst.

Sie presste die Lippen aufeinander und war froh, dass keiner sie beachtete. Zum Glück hatte sie auf der Fähre niemanden getroffen, den sie kannte, denn sie war momentan so voller Emotionen und aufgeregter Erwartung, dass sie kein normales Gespräch hätte führen können. Der Sturm hatte sich nicht gelegt, sondern im Gegenteil noch zugenommen, und so war die Fahrt einfach nur grauenvoll gewesen. Sie seufzte erleichtert, als die Fähre endlich anlegte.

Freddy noch anzutreffen, war jetzt, um kurz vor zwölf, natürlich hoffnungslos. Und so wünschte sie sich, es wäre jemand da gewesen, der sie mit dem Auto hätte mitnehmen können. Hilfsbereit, wie man auf der Insel war, hätte man sie daheim abgesetzt, auch wenn man am anderen Ende der Insel wohnte. Doch ehe Amy sich versah, waren die wenigen unbekannten Mitreisenden in ihre Autos gestiegen, und so stand sie ein wenig verloren auf der eisigen Straße.

Einen Moment lang war sie geneigt, Christopher anzurufen. Oder wenigsten Eve. Das wäre natürlich das Vernünftigste. Aber dann würde es doch nicht die Überraschung sein, die sie sich vorgestellt hatte. So entschied sie, trotz der Unbilden der Natur zu Fuß nach Hause zu marschieren. Sie brauchte nur der Harbour Street zu folgen, dann den gewundenen Pfad einzuschlagen und endlich geradewegs in Richtung Leuchtturm zu laufen.

Amy zog die Mütze noch tiefer in die Stirn, den langen Schal fest um den Hals und die Handschuhe bis über die Ärmel. Den Trolley in der einen und die vollgepackte Reisetasche in der anderen Hand, setzte sie sich in Bewegung und blinzelte durch das Schneegestöber nach vorn. Die grauen Häuser, das altertümliche Kopfsteinpflaster, der sanfte Schimmer der alten Gaslaternen, die nun elektrifiziert waren – das alles wirkte wie ein Bild aus alter Zeit.

Wieder verfiel sie auf der Stelle dem Charme der kleinen Inselstadt. Ihr Blick ging nach rechts in die Main Street, die wie alle anderen verlassen da lag, allein erhellt von den Lichtern in den Geschäften. Bald würde sie den Ortsrand erreicht haben, wo die Heidelandschaft begann und die

Landzunge, auf der sich das kleine Haus befand, das sie mit ihrem Mann bewohnt und das er nun wohl modernisiert hatte. Diese verlockende Aussicht motivierte sie auf der Stelle. Sie erreichte bald den Abzweig der Millers, deren Haus in tiefem Dunkel lag. Amy schaute nach links und sah, dass bei Eve noch Licht brannte. Ihr Herz, das angesichts der ungewohnten Anstrengung ohnehin schon trommelte, pochte noch heftiger. Wie gern sie jetzt hinübergegangen wäre! Aber dazu war es ihr einfach zu spät, außerdem wollte sie ja zu Christopher, dem sie bald in die Arme fallen würde.

Als sie sich jedoch ihrem alten Zuhause näherte, sah sie durch die dicke Nebelwand, die unverhofft wieder so schnell gekommen war, wie sie auch wieder verschwand, dass das Haus ebenfalls komplett unbeleuchtet war. Kein Problem, dachte Amy lächelnd.

Wer hätte je gedacht, dass sie diese Nebelbänke noch einmal wiedersehen würde? Sie jedenfalls nicht, jedenfalls nicht am Anfang. Sie war dermaßen frustriert gewesen, dass sie sich kaum hatte vorstellen können, jemals hierher zurückzukehren. Wie sehr sie sich täuschte. Nach und nach überwogen die schönen Erinnerungen, löste sich der angesammelte Frust, begann die Sehnsucht erneut in ihr zu keimen. Und als Christopher so unverhofft mit ihr geredet hatte, war sie für ihn entbrannt wie vor ihrer Hochzeit. Wie glücklich sie sich schätzen konnten, dass sie wieder zueinandergefunden hatten! Sie freute sich unbändig auf die Zukunft.

Der Nebel wurde immer dichter, man sah kaum die Hand vor Augen, doch ihr altes Haus war nicht zu verfehlen. War es tatsächlich immer schon so klein gewesen? Hatte es früher schon einen dermaßen verwahrlosten Eindruck gemacht? Ja, ganz sicher. Es war immer noch unverkennbar, dass es sich um nicht viel mehr als eine heruntergekommene Hütte handelte. Sie seufzte. Hoffentlich sah es drinnen besser aus. Mit dem Gepäck in der Hand stieß sie die Tür auf, die unverschlossen war.

Das Haus empfing sie mit Eiseskälte – so, wie sie es verlassen hatte – und die Enttäuschung kroch in ihr hoch wie eine züngelnde Schlange. Sie ließ das Gepäck fallen.

Na, da war sie ja auf Christophers Überraschung gespannt.

Sie wollte Licht machen, doch das funktionierte nicht. Nun, es ging auch ohne, sicher ein Stromausfall. Jeder Winkel hier war ihr vertraut. Sie schlich leise nach oben, die Stufen knarrten wie eh und je, doch das Schlafzimmer war zu ihrer großen Enttäuschung leer. Kein Christopher weit und breit. Die Betten waren nicht gemacht, und selbst in der Dunkelheit wirkte alles schäbig und verstaubt. Die halb zugezogenen Gardinen schienen lange nicht bewegt, und dann fiel ihr auf, dass auch der noch ziemlich neue Teppich fehlte.

Sie ging wieder hinunter und bezwang ihren Missmut. Wer wusste, was er sich hatte einfallen lassen. Nur keine Panik.

Etwas entmutigt machte sie sich daran, im Erdgeschoss kurz die düsteren Räume zu inspizieren.

Nur das Licht des Mondes, das durch die zwei Fenster hereinfiel und vom Schnee reflektiert wurde, erhellte ihr Zuhause, das weniger denn je einem solchen glich.

Nachdem sie alle Räume durchstreift hatte und sicher sein konnte, dass Christopher nicht in irgendeiner Ecke lag und ihrer Hilfe bedurfte, ging Amy wieder nach oben, bewaffnet mit ihrem Schlafanzug aus dem Koffer. Sie raffte alle Decken zusammen, derer sie habhaft werden konnte, dann stieg sie ins Bett und mummelte sich ein. Zum ersten Mal traten ihr nun doch die Tränen in die Augen. Was war nur los hier? Sie schluckte heftig. Zeit zum Heulen war morgen noch genug. Nach wenigen Minuten schlief sie erschöpft ein.

12

Als Amy erwachte, war es bereits neun Uhr, wie sie mit einem Blick auf die Armbanduhr feststellte. Irgendetwas hatte sie geweckt. Ein Motorengeräusch, aber nicht das eines normalen Autos.

Stöhnend hievte sie sich aus dem Bett. Sie fühlte sich nicht wie Anfang dreißig, sondern mindestens zehn Jahre älter. Alles an ihrem Körper tat weh, obwohl sie dank der Decken nicht gefroren hatte. Sie stand auf, dehnte sich, zog sich die Pantoffeln und die Sachen vom Vortag an, ging die Treppe hinunter, öffnete neugierig die Tür und trat ins gleißende Morgenlicht.

Sie hatte kaum einen Fuß auf den verschneiten Abtreter gesetzt, da drang aufgeregtes Rufen an ihr Ohr. Verdutzt hob Amy blinzelnd den Kopf. Die Sonne, die ihr voll ins Gesicht schien, blendete sie wie ein Parabolspiegel. In ihrer Schläfrigkeit war sie unfähig, zu realisieren, was vor sich ging. Sie bemerkte nur, dass etwas Riesiges auf sie zuflog.

Amy schnappte nach Luft ... Erstens, weil sie solch einen Schrecken bekam, und zweitens, weil kräftige Männerhände ihr die Taille abschnürten, so eisern, wie sie ihren Oberkörper umschlangen, um sie gleichzeitig mit Schwung zur Seite zu reißen. Einen kleinen Schreckenslaut von sich gebend, plumpste sie in den Schnee, genauer gesagt, halb in staubigen Pulverschnee und halb auf einen festen Männerkörper.

Diese Aktion – seltsam schon für sich allein – wurde begleitet von wahnwitzigem Getöse und gellendem Geschrei aus kräftigen Männerkehlen. Erneut flog der große Schatten an ihr vorbei.

Ihre Augen wurden kreisrund, und ihre Lippen öffneten sich. »M-meine Güte«, stammelte sie.

»Verdammte Scheiße!«

Sie wurde auf die Beine gezogen – in der Tat äußerst unsanft, zumindest ungraziös, wie sie unwillig konstatierte.

Die Männerarme, die sie immer noch umschlungen hielten, unwirsch fortstoßend, drehte sie sich um. Endlich erkannte sie in vollem Ausmaß, was geschehen war. Und zum ersten Mal trat das ein, was ihr noch nie passiert war: Sie fiel in Ohnmacht.

Sanfte Hände, die ihre Wangen leicht tätschelten, ließen Amy erwachen.

»Mannomann, du hast uns vielleicht einen Schrecken eingejagt«, sagte jemand mit rauer Stimme sehr nah an ihrem Ohr.

Die Stimme klang seltsam vertraut. Amy öffnete verwirrt die Augen. »Was war denn das?«

»Man nennt es eine Abrissbirne. Und dazu noch eine sehr, sehr dicke Abrissbirne«, kam die heisere Antwort.

Als sie sah, dass die Abrissbirne auch hier erledigt hatte, was eine Abrissbirne nun mal erledigen musste, entwich ihr ein entsetztes, völlig undamenhaftes Fluchen. Es war dennoch verzeihlich, wenn man bedachte, was diese morgendliche Aktion für sie bedeutete: Man hatte ihr Heim, das zwar vorher schon nicht viel taugte, in einer Weise zerstört, die es nun völlig unbewohnbar machte!

»Ja, seid ihr denn von allen guten Geistern verlassen?«, schrie sie und deutete mit dem linken Arm hinter sich zu dem, was man vorher einmal als »Haus« hatte bezeichnen können. Jetzt war es nur mehr ein Haufen Steine. Und Bretter, die wahrscheinlich nicht einmal zum Verfeuern taugten.

»Es … es ist ja, Gott sei Dank, nichts passiert. Wer hätte denn ahnen können, dass du schon heute hier eintriffst, wo du doch erst nächste Woche kommen wolltest, wie deine Eltern gesagt haben!« Mit diesen Worten zog Nick sich die dicke Jacke aus und legte sie ihr über die Schultern. Sie zog sie an und spürte dankbar, wie sich wieder Wärme in ihrem Körper ausbreitete.

»Ach du Scheiße«, murmelte sie. »Aber … die zwei wussten doch, dass ich früher gefahren bin, um Christopher zu überraschen. Wo …«, überrascht sah sie in Nicks schöne Augen, »wo steckt der Kerl überhaupt?«

Und was machte Nick hier?, überlegte sie. Und wieso zerstörte er ihr Heim? Amy atmete tief ein und aus, um ihren wilden Herzschlag unter Kontrolle zu bekommen.

Was für ein Schreck in der Morgenstunde. Erst stellte sich das verschönerte Zuhause, das sie erwartet hatte, als Bruchbude alter Güte heraus, dann gab es von ihrem eigenen Mann keine Spur, und als Krönung wurde sie beinahe von einer Abrissbirne niedergestreckt, die dazu gemacht worden war, Beton in Stücke zu zerbröseln.

»Den Willkommensgruß habe ich mir anders vorgestellt. Das glaubt einem ja kein Mensch, dass ich beinahe von einer Abrissbirne plattgemacht worden wäre!« Zu viel für die frühe Morgenstunde, fand Amy, wo sie doch normalerweise vor zehn nicht ansprechbar war. Sie schloss genervt die Augen. »Jetzt sag mir endlich, wo Christopher ist«, brachte sie schließlich seufzend hervor.

»Komm, steh erst einmal auf«, bat Nick mit warmer Stimme.

Obwohl sie eine leise Unruhe verspürte, machte sie sich noch nicht allzu viele Sorgen. Lag das Haus auch in Stücken, Nicks Arm gab ihr Halt nach diesem Schock.

»Warte, ich hole eben mein Gepäck«, sagte sie, doch dann blieb sie wie angewurzelt stehen. »Geht ja nicht«, fügte sie hinzu, »liegt ja jetzt unter einem Berg Schutt.«

»Lass nur, die Jungs buddeln dir die Sachen wieder aus«, sagte er leise, als er ihr Gesicht sah. »Warte hier.«

»Ich hatte auch nicht vor, abzuhauen.«

Nick ging zu den Männern.

Amy war völlig durcheinander. Was, zum Teufel, war mit Christopher los? Traute er sich nicht, ihr unter die Augen zu treten? Was war seine Überraschung? Doch hoffentlich kein Haufen Schulden.

»Komm erst mal mit, wir haben es nicht weit.« Schon stand Nick wieder neben ihr.

»Wohin jetzt?«, fragte Amy, als er sie vom Grundstück führte, vorbei an der Mauer, die das Haus gegen den Meereswind abgeschirmt hatte.

Und dann sah sie es.

Abrupt blieb sie stehen. »Das ... ist aber ... Ist das etwa die Überraschung, von der Christopher gesprochen hat?«

»Das ist das Haus, das er für dich ... für euch gebaut hat.«

Amy schlug die Hände vor den Mund. Ihre Augen begannen zu leuchten. »Das hat der Schlawiner mir also verheimlicht! Wie schafft man so was in einem Jahr?«

»Es ist ein Fertighaus. Er hat sein Boot verkauft und davon das Haus bauen lassen.«

»Jetzt sag schon, wo steckt er?« Sie konnte vor Glück kein weiteres Wort herausbringen. Himmel, war das ein wundervolles Haus! Nicht zu groß, modern, aus hellem Stein, mit viel Glas. Die hohen Fenster ermöglichten einen ungehinderten Blick aufs Meer. Christopher hatte sogar an eine grüne Haustür gedacht, welche sie sich immer gewünscht hatte. Gestern hatte sie es in dem Nebel natürlich überhaupt nicht sehen können. Das Haus lag außerdem hinter der Mauer ziemlich verborgen. »Also los, sag endlich: Wo steckt mein Mann?«

»Komm erst einmal rein.«

Zu ihrer Überraschung ging Nick auf das Haus zu und schloss die Tür auf.

Amy folgte ihm und mit jedem Schritt wurde ihr banger ums Herz. Erst jetzt wurde ihr der Klang seiner Stimme bewusst. Hier stimmte etwas nicht. Hier stimmte etwas ganz und gar nicht. »Nick, was ist los? So red doch!«, rief sie laut.

Er zog sie ins Haus. In dem quadratischen, lichtdurchfluteten Flur standen ein gemütlicher Sessel mit Schottenkaro, davor ein nostalgischer Fußschemel – ebenso ein von Christopher belächelter Wunsch. Er hatte sich alles gemerkt, wie wundervoll!

»Du solltest dich hinsetzen, Amy«, bat Nick mit ernster Miene.

Sie blieb stehen und fühlte, wie ihr trotz der warmen Jacke und der Wärme im Haus die Kälte in die Glieder schoss. »Bitte«, flüsterte sie und merkte, wie jämmerlich ihre Stimme mit einem Mal klang.

Nick drückte sie sanft in den Sessel und hockte sich vor sie. »Amy, es tut mir wahnsinnig leid, dass ich dir das jetzt sagen muss. Christopher ist ... Er ist gestorben.«

Amy vernahm Nicks Stimme durch den bleiernen Nebel, der sich in ihrem Hirn breitmachte. Nicks nächste Worte erreichten nicht ihren Verstand.

Nur das eine hallte in ihrem Kopf wider: Christopher war tot. Ihr Liebster war tot. Er, mit dem sie ein neues Leben hatte beginnen wollen. Alles war vorbei.

»... und wir haben alles versucht, dich zu erreichen. Deine Eltern sagten, dass du noch ein paar

Tage in London verbringen wolltest, aber das genaue Datum deiner Rückkehr kannten sie auch nicht. Und dein Handy war aus.«

»Der Akku war leer«, antwortete sie mechanisch. Und dann war es mit ihrer Fassung vorbei.

Sie wusste nicht, wie lange sie so dagesessen hatte. Irgendwann kam Eve vorbei, um sie zu trösten. Und irgendwann hatte Amy sich so weit gefasst, dass sie aufstehen und Abschied von Christopher nehmen konnte.

Die folgenden Tage verbrachte Amy in einer Art Dämmerzustand. Die Beerdigung ging vorüber, einfach alles zog an ihr vorbei, ohne dass sie später hätte sagen können, wie sie die schrecklichen Tage nach der Todesnachricht überlebt hatte.

Nick schilderte ihr immer wieder den Hergang des Unglücks. Auf der ganzen Insel wurde Christopher als Held gefeiert. Seine betagten Eltern, zu denen er ein eher distanziertes Verhältnis gehabt hatte, reisten aus Glasgow an, wo sie bei einer Verwandten unterkamen, und Amy hatte die ganze Zeit panische Angst, dass sie nicht einmal die Stunden der Beerdigung überstehen würden, so verhärmt und geschockt sahen sie aus.

Auch ihre Eltern kamen und halfen, während Amy die meiste Zeit oben im Schlafzimmer verbrachte, das ihr Mann voller Liebe eingerichtet hatte. Ihm war wirklich nichts entgangen: dass sie weiße Gardinen vor dem Schlafzimmerfenster mochte, von einem Holzfußboden mit einem dicken, weichen Teppich darauf gesprochen hatte.

Vor dem Fenster war ein Sessel mit einem kleinen Tischchen platziert. Selbst ihre Lieblingsfarbe hatte er beim Einrichten nicht vergessen, die sich in dem roten Teppich wiederfand.

Amys Eltern blieben eine Woche, dann versicherte sie ihnen, dass sie allein zurechtkäme. Eve war ja auch noch da. Als sie nebeneinander am Grab standen, wusste Amy, dass ihre Schwester jemand war, dem sie blind vertrauen und bei dem sie immer Zuflucht finden konnte. Jetzt kam es ihr beinahe seltsam vor, dass sie sich einmal derart entfremdet hatten.

Auch Nick gehörte zu den Freunden, die sich liebevoll um sie kümmerten. Er und Eve halfen ihr, sich an das neue Haus zu gewöhnen, wenngleich Christopher bereits alle anstehenden Behördengänge erledigt hatte.

Irgendwann lichtete sich der düstere Schleier über Amys Wahrnehmung. Doch wer meinte, dass es ihr nun besser ging, der täuschte sich. Sie ahnte, dass erst jetzt die schlimmste Zeit begann. Den einzigen Trost fand sie in dem Gedanken, dass es ihr und ihrem Christopher noch vergönnt gewesen war, sich miteinander zu versöhnen. Sie hätte alles darum gegeben, ihm jetzt um den Hals fallen und ihm aus ganzer Seele für das wunderbare Geschenk danken zu können, das er ihr nach all dem Kummer schließlich doch bereitet hatte.

13

Es war Mitte Februar, als Amy eines Morgens später als in den vergangenen Wochen erwachte. Sie öffnete die Augen und blickte aus dem Fenster, dessen Vorhänge sie offen gelassen hatte. Das Meer lag heute ruhig da wie eine graphitgraue Schieferplatte. Der Himmel war wolkenverhangen und das Licht, das von draußen ins Zimmer fiel, wirkte trotz des Schnees, der diesen Winter reichlich gefallen war, angenehm gedämpft. Alles war still, genau wie Amy es liebte. Dass dieses wunderschöne Haus tatsächlich ihr gehören sollte! Sie konnte es immer noch nicht richtig glauben.

Zum ersten Mal seit Langem fühlte sie sich ausgeruht, beinahe erfrischt. In der himmlisch weichen, von Christopher ausgesuchten Bettwäsche hatte sie wunderbar geschlafen. Dass sie von der Morgensonne geweckt wurde und gleich nach dem Aufwachen vom Bett aus aufs Meer schauen konnte, wie sie es sich immer gewünscht hatte, war wunderbar. Von hier aus sah man sogar auf den Sund und die Landzunge, wo Eve wohnte. Das Wohnzimmer lag in Richtung Süden, wo man direkt auf den Leuchtturm blickte. In der Küche, die nach Osten angelegt war, konnte das Licht ungehindert den Raum durchfluten. Christopher hatte gewusst, wie sehr sie Morgensonne liebte. In der großzügigen Küche fand Amy auch genügend Platz, ihre winzigen Taschen herzustellen – ein Hobby, das sie im letzten Jahr für sich entdeckt hatte.

Von Eve erfuhr sie, dass es neue Nachbarn gab. Sie waren gerade erst eingezogen, nachdem man sich des alten, verfallenen Turms aus dem sechzehnten Jahrhundert angenommen und ihn restauriert hatte. Vor einem Jahr, als Amy weggegangen war, hatte sie gehört, dass es wohl jemanden gab, der diesen Turm in seinen alten, schönen Zustand zurückverwandeln wollte, doch sie hatte noch keinen der neu Zugezogenen kennengelernt.

Wie froh sie war, dass es Eve gab! Die Schwestern verstanden sich mittlerweile wieder so gut wie früher. Da Christopher durch seine zwei Jobs im Sommer gut verdient hatte, war noch genügend Bargeld übrig geblieben, sodass Amy sich mit der Suche nach einer neuen Anstellung Zeit lassen konnte. Sie konnte sich noch nicht endgültig entscheiden, ob sie wieder selbstständig sein wollte, denn das vergangene Jahr im Altenheim hatte ihr ebenfalls gut gefallen, sie arbeitete gern im Team. Andererseits schätzte sie natürlich die Freiheit der Selbstständigkeit, und wie sie inzwischen in Erfahrung gebracht hatte, wäre Annabell auch wieder bereit, sich mit ihr zusammenzutun. Aber noch war Zeit. Amy besaß einfach noch keinen Nerv, Entscheidungen zu treffen. Sie musste nicht planen, nicht denken, sondern nur ihre

Trauer überwinden – wahrlich die größte Herausforderung, die das Leben mit einem Mal an sie stellte. Nick war ihr dabei ein guter Freund. Er würde heute zu Besuch kommen, sie freute sich darauf.

Sie überlegte, ob sie einen Kuchen backen sollte. Sie würde die Zutaten besorgen, und dann konnte man nur hoffen, dass der neue Ofen das hielt, was er versprach. Christopher hatte an der Ausstattung wahrlich nicht gespart, alles war so, wie sie es sich immer erträumt hatte.

Nach dem Frühstück zog Amy sich warm an, um einen Spaziergang in den Ort zu machen und einige Kleinigkeiten einzukaufen, denn das alte Auto hatte sie in Glasgow verkauft.

Doch dann lockte sie das Meer, und sie wandte sich nach links in Richtung des neuen, alten Turms, neugierig, wer ihre direkten Nachbarn wohl waren. Sicherlich ein Ehepaar, das den Turm nur in den Ferien bewohnte, dachte sie. Eine große Familie konnte es kaum sein, dazu war er zu klein.

Tief sog sie die frische Meeresbrise ein, als könnte sie ihren Kummer einfach wegatmen. Eigentlich war es ein wundervoller Tag. Der Schnee leuchtete in strahlendem Weiß und verzauberte die Landschaft, die in dem diesigen Winterlicht beinahe unwirklich erschien. Die Gräser waren von einer dicken Schicht Pulverschnee überzogen und die Heidebüsche beinahe vollkommen darunter versteckt. Es schneite nicht oft auf der Insel, doch wenn, genossen sie es alle sehr.

Im Turm brannte in der unteren Etage Licht. Neugierig stapfte Amy näher, da sah sie eine Gestalt am Fenster auftauchen.

Ein Mann!

Ihre Blicke begegneten sich, und sie winkte ihm freundlich zu. Einen Moment war sie geneigt, an der schweren Tür zu klingeln, um sich vorzustellen, doch dann hielt sie der mürrische Eindruck, den der Mann machte, von ihrem Vorhaben ab. Sie schätzte den Fremden auf ungefähr vierzig, mit seinem Rauschebart und dem vollen, leicht gewellten hellbraunen Haar sah er wie Nikolaus persönlich aus. Doch der neue Nachbar war heute anscheinend grummelig – sie würde einen anderen Tag für ihr erstes Gespräch wählen.

Gemächlich umrundete sie den Turm und spazierte weiter in Richtung Dorf. In einem kleinen Laden am Hafen kaufte sie frischen Kaffee und Tee, Backzutaten sowie einen Teekuchen für alle Fälle, dann wanderte sie zurück. Den Rest des Tages bis zum Nachmittag verbrachte Amy mit Backen – der Kuchen gelang sogar –, Lesen und Telefonieren, denn Christopher hatte auch für einen neuen Festnetzanschluss gesorgt. Er hatte sich wahrscheinlich noch genau an ihre »Telefonitis« erinnert, wie er ihre Vorliebe, stundenlang mit Freunden zu telefonieren, obwohl man sich doch auf der Insel binnen einer halben Stunde zu Fuß erreichen konnte, immer nannte.

Um vier zündete Amy Kerzen an, die sie gekauft hatte, und ließ den Blick noch einmal über den Esstisch schweifen. Ja, es war alles da. Den

Kamin im Wohnzimmer hatte sie bereits mit Holz bestückt. Nach dem Kaffee konnten sie sich hinübersetzen und das Feuer genießen, sofern Nick keinen Dienst und noch ein wenig Zeit hatte.

Schon klopfte es an der Tür. Amy betrachtete sich ein letztes Mal im Spiegel. Tatsächlich war sie ein wenig aufgeregt, aber das war ja auch kein Wunder. Erst der Schock mit Christopher, danach die mit Trauer, Unruhe und Arbeit zum Ablenken gefüllten Wochen. Das alles hatte natürlich Spuren hinterlassen. Dennoch war ihr sonnenklar, dass sie auch immer noch sehr an Nick hing. Er war zwar Christophers bester Freund gewesen, doch sie hatte es stets vermieden, mit den beiden allein etwas zu unternehmen. In der Regel waren andere Freunde dabei gewesen. Und ohne Christopher hatte sie sich schon gar nicht mit ihm getroffen.

Sie setzte ein nettes Willkommenslächeln auf und riss die Tür auf. »Hallo, komm doch rein«, begrüßte sie den Gast aufgeregt.

»Aber gern.« Prompt hielt er ihr einen Blumenstrauß unter die Nase, den Amy verdattert entgegennahm. Seine Augen glänzten, und seine Wangen waren von der Kälte gerötet. Er trug jenen undefinierbaren Duft eines Winterspaziergangs herein, der sich aufs Köstlichste mit dem Kaffeearoma vereinte, das aus der Küche in den Flur strömte.

»Bitte, leg doch ab.« Amy reichte ihm den Bügel und ging voraus in die Küche.

Die weißen Möbel, die hellen Gardinen am Fenster, die sie zur Seite gezogen hatte, das bequeme grün-weiße Küchensofa, alles machte einen einladenden Eindruck. Sie hätte diesen Raum nicht hübscher einrichten können.

»Hm, es riecht so gut, dass man fast glauben könnte, du hättest selbst gebacken.«

»Ja, ich bin auch mächtig stolz auf mich. Ich war eigentlich noch nie eine exzellente Kuchenbäckerin.«

»Dafür aber eine vortreffliche Köchin.«

Amy lachte. »Die Zeit hat entweder deine Erinnerungen geschönt oder du machst mir ein faules Kompliment. Ich war und bin eine grottenschlechte Köchin. Frag mich nicht warum, ich geb mir jedenfalls immer alle Mühe.«

»Stimmt, jetzt erinnere ich mich.«

»Du hast mich verwechselt, gib's ruhig zu.« Amy war froh, dass es ihnen gelang, das Gespräch leicht und eher oberflächlich zu halten, jedenfalls für den Anfang. So genossen sie den leckeren Kuchen und den exzellenten Kaffee in entspannter Atmosphäre.

Pappsatt lehnte sie sich später zurück in den bequemen Birkensessel. Seufzend legte sie die Hände über den Bauch. »So, und jetzt erzähl. Wie geht's dir?«

»Ach, ganz gut. Die Frage ist, wie es dir geht.« Er blickte ihr forschend ins Gesicht, und sie errötete leicht. »Hm, auch erstaunlich gut soweit. Kannst dir ja denken, dass es nicht ganz leicht ist, aber … ich muss damit fertigwerden. Wird schon.« Amy schaute aus dem Fenster und zwirbelte die Fransen der Tischdecke. »Ich muss akzeptieren, dass mein Leben, wie es mal war, vorbei ist. Christopher und ich, wir haben in den letzten Monaten einige Aufregung überstanden, aber uns in letzter Sekunde versöhnt, damit muss ich zufrieden sein. Ich muss jetzt und hier einfach nur wieder zu mir selbst finden.«

Nick legte eine Hand auf ihre. »Ihr beiden hättet wieder zusammengefunden, da bin ich mir ganz sicher. Und mit diesem Haus hat er etwas ganz Wundervolles geschaffen.«

Rasch entzog sie ihm ihre Hand und stand auf, weil ihr die Tränen kamen. »Wie wär es mit einer Tasse Tee? Ich habe Oolong-Tee gekauft, den magst du doch so gerne.«

Er nickte. »Wunderbar.«

Er schaute ihr zu, wie sie den Tee bereitete, dann gab sie alles auf ein Tablett. Im Wohnzimmer wollte sie den Kamin anzünden, da nahm Nick ihr die Streichhölzer ab. »Lass mich das machen. Erinnerst du dich nicht mehr, dass ich als Junge ein kleiner Pyromane war?«

Sie lächelte. »Und ob.«

Als der Kamin geschlossen war, schaute ihr Nick vom Sessel aus zu, wie sie den Tee eingoss. »Du musst wissen, Amy, dass ich immer für dich da bin.«

Sie reichte ihm eine Tasse und setzte sich zu ihm. »Das weiß ich doch.«

Er schwieg eine Sekunde, dann sagte er mit heiserer Stimme: »Meine Gefühle für dich sind heute noch die gleichen wie früher. Und wenn es jetzt auch noch zu früh für dich ist, um … naja, dich auf eine neue Beziehung einzulassen, so sollst du das doch wissen.«

Amy nickte stumm. Es war tatsächlich noch zu früh für irgendetwas. »Was ist mit deinem Job? Liebst du ihn immer noch so wie früher? Reichen dir die wenigen Vergehen und Unfälle auf der Insel, oder hast du vor, irgendwann auf dem Festland zu arbeiten?« Sie war selbst erstaunt über ihre Fragen. So persönlich hatten sie zwei sich in all den Jahren nicht unterhalten.

»Festland?«, wiederholte Nick verdutzt. Dann lachte er. »Gott bewahre, nein. Hier zu sein reicht mir völlig. Ich bin Polizist geworden und beschütze jetzt die Einwohner von Sister's Rock.«

»Dein alter Jugendtraum, wenn ich mich recht erinnere.«

»Ganz recht.«

»Hätte nie gedacht, dass du den verwirklichst.«

»Ich auch nicht. Aber ich hab mich schließlich in diese Richtung entschieden.«

»Und? Bist du glücklich? Ich meine, mit dem, was du tust.«

»Sehr«, er nickte bedächtig. »Die Leute auf der Insel und die Touris fordern mich nicht sonderlich, sodass ich nachts eigentlich ruhig schlafen kann – wie der Rest der Einwohner hier hoffentlich auch. Mit den paar Unruhestiftern, die sich ab und zu die Kante geben oder in staubtrockenen Sommern irgendwo Feuer entzünden, werden Benny und ich spielend fertig.«

»Na, da bin ich aber beruhigt.«

»Ich hab von einem früheren Ausbilder angeboten bekommen, mich zum Kriminalkommissar ausbilden zu lassen. Da hab ich wirklich überlegt. Aber ich bin zu dem Schluss gekommen, dass ich im Grunde für immer auf unserer Insel bleiben will.«

»So wie ich«, Amy nickte. »Die letzten Wochen auf Ibiza hab ich auch einen Moment geschwankt, ob ich nicht dort bleiben will. Hilfsbedürftige gibt's dort genauso wie hier. Aber als ich nach Schottland und Mary's Head zurückkehrte, merkte ich, dass ich nie wieder fortwill.«

»Es ist toll, wenn man entdeckt, wo sein endgültiger Platz im Leben ist. Es gibt nichts Schlimmeres als das Gefühl, dass es nie genug ist und hinter jeder Biegung das Glück lauert, nur nicht dort, wo man sich selbst gerade befindet. Ich hatte eine Freundin, wie dir vielleicht nicht entgangen ist, und die war genauso: nie zufrieden, nie in der Lage, sich endgültig für etwas oder jemanden zu entscheiden. Furchtbar.«

»Du sprichst von Claire, ich weiß.«

»Ja. Ich hab mich nicht von ihr getrennt, weil's eine andere gab, sondern weil sie nie wusste, ob ihr warm oder kalt ist – heute hü, morgen hott – und ob es außer mir nicht doch noch bessere männliche Exemplare gibt.«

Amy hatte schon damals, vor zwei Jahren, geahnt, wie sehr er unter dieser Frau litt. Sie war eine Schönheit vom Festland gewesen. Fast ein Jahr lang, so hatte er ihr erzählt, kämpfte er vergeblich um Claire. »Hast du später noch einmal von ihr gehört?«

Sein Mund wurde schmal, und auf seiner Stirn erschien eine steile Falte. »Ja, vor einem Vierteljahr traf ich ihre Freundin. Claire lebt jetzt in London. Als Model oder so was, frag mich nicht. Sie ist immer noch solo.«

»Kein Problem oder Anreiz für dich?«

Er hob beide Arme abwehrend in die Höhe. »Himmel, nein. Wenn ich einmal Schluss gemacht habe, ist es wirklich aus und vorbei.« Er stand auf. »Ich muss mich jetzt leider verabschieden. Hab heute Nachtschicht. Benny hat mich kurzfristig gebeten, mit ihm zu tauschen. Ich konnte es ihm schlecht abschlagen, da er für mich auch ab und zu einspringt«, sagte Nick mit Bedauern in der Stimme. »Es gibt zwar nichts zu tun, doch ich muss trotzdem auf die Wache. Ehe ich's vergesse: Würdest du mich am kommenden Samstag zur Wohnungseinweihung von Paul begleiten? Er hat sich entschieden, jetzt doch auf der Insel zu leben, du kennst ihn ja sicher noch von früher.«

Einen Moment überlegte Amy. Eigentlich bevorzugte sie momentan eher die Stille, doch ein Abend unter Freunden musste ja nicht ausufern. Wenn es zu lebhaft würde, konnte sie immer noch heimgehen. »Ist das der Bruder, der nach Amerika auswandern wollte, um dort als Surflehrer zu leben?«

»Genau der. Seine Frau Gwenny und er haben sich dann doch entschieden, hierzubleiben.«

»Gern, da sag ich nicht Nein.«

»Wunderbar, dann bis spätestens Samstag. Ich hol dich kurz nach sieben ab, wenn's dir recht ist. Wenn was ist – du weißt ja, wo ich wohne.«

»Klingt gut.« Beim Abschied schloss er sie in seine Arme, sie ließ es geschehen.

»Alles wird gut, glaub mir«, raunte er in ihr Ohr.

Erneut stiegen ihr Tränen in die Augen, und sie nickte wortlos. Sie spürte seine muskulöse Brust, atmete seinen Duft, liebte ihn immer noch – den Duft. Sie war ihr nicht unangenehm, diese Umarmung. Zu ihrer Erleichterung nahm sie wahr, dass ihr Herz dennoch nicht rotierte wie einst vor Jahren. Sie sehnte sich momentan nach nichts anderem als Geborgenheit und die verspürte Amy in seiner Nähe.

»Wenn Probleme auftauchen sollten – du hast's ja nicht weit bis zu mir. Du kannst mich jederzeit rufen.«

Sie lächelte angesichts des fürsorglichen Kusses, den er ihr auf die Stirn drückte. »Das sagtest du bereits. Außerdem rechne ich nicht mit Problemen bei diesem superneuen, wundervollen Haus.«

»Ganz sicher nicht, schließlich hab ich Christopher beim Innenausbau geholfen«, entgegnete er schmunzelnd.

Unten vor der Haustür wandte er sich noch einmal zu ihr um und winkte. Zum ersten Mal seit Christophers Tod verspürte Amy Ruhe und Frieden in ihrem Herzen.

14

Wieder einmal saßen Eve und Ian im Wohnzimmer. Eve genoss wie immer das gemütliche Beisammensein.

Als Ian hinunter ins Wohnzimmer kam, wo wie üblich Tee und Teekuchen auf ihn warteten, und er eine Mappe auf den Tisch legte, wusste Eve, dass sie es hinter sich bringen musste. Es konnte sich nur um den Kaufvertrag handeln, und obwohl es ihr nicht leichtfiel, musste sie zu einer Entscheidung kommen. Sie wollte ihr Haus doch nicht verkaufen, so einfach war das. Den Notartermin hatte sie lange genug hinausgezögert, nun musste sie ihrem vorgetäuschten Verlobten endlich reinen Wein einschenken.

Ian warf einen Kugelschreiber auf den Tisch und schob ihr die Papiere zu. »Ich hab hier den Kaufvertrag ausgearbeitet. Wir sollten ihn endlich unterschreiben, damit alles seinen geregelten Gang geht.«

Eve schluckte. »Oh, Ian, ich muss dir was beichten.«

»Ja?«

»Ja. Sieh mal, ich hätte nie gedacht, dass Amy tatsächlich wieder auf die Insel zurückkehrt. Ich fühlte mich einsam und wollte irgendwoanders neu anfangen. Und … außerdem hätte ich mir nicht eine der notwendigen Renovierungen leisten können«, fügte sie hinzu. »Aber jetzt, wo sie wieder hier ist ... Um es kurz zu machen: Ich muss von meinem Entschluss, dir das Haus zu verkaufen, leider zurücktreten.« Es war heraus. Sie holte tief Luft und faltete die Hände im Schoß.

Er schwieg einen Moment. »Das überrascht mich jetzt wirklich. Aber ich kann dich natürlich verstehen.« Er überlegte kurz, fragte aber dann: »Sag, hättest du ... etwas dagegen, wenn ich hier wohnen bleibe, bis ich was geeignetes Neues gefunden habe?«

»Aber iwo!«, rief Eve, selig, dass er ihren neuen Entschluss offenbar so unkompliziert aufgenommen hatte.

»Vergiss den Kaufvertrag, dann werden wir eben einen Mietvertrag aufsetzen.«

»Das machen wir. Danke, dass du's mir so leicht machst.«

»Was tut man nicht alles, um seiner Verlobten zu helfen.« Er stutzte. »Aber unser Abkommen bezüglich der Verlobung steht doch hoffentlich noch?«

»Aber sicher.«

»Dann also auf gutes Gelingen.«

Sie widmeten sich ihrem Nachmittagstee und schwiegen einvernehmlich. Eve war froh, dass alles so einfach über die Bühne gegangen war. Und außerdem freute sie sich auf das weitere Zusammenleben mit Ian, denn irgendwie war es das ja, auch wenn sie größtenteils ihrer eigenen Wege gingen. »Ach, das ist momentan so eine richtige Übergangszeit«, sagte sie schließlich gedankenverloren mehr zu sich selbst.

»Ja, genau, finde ich auch. Meinen alten Job und das Studium hab ich hinter mir, jetzt beginnt etwas völlig Neues, beruflich wie privat.«

»Da haben wir ja eine Gemeinsamkeit«, Eve lächelte. »Ich kämpfe jetzt schon so lange mit dieser Dissertation und hab endlich viel Zeit dafür. Meine Arbeit im Institut ruht, und ich kann mir meinen Tag komplett eigenständig einrichten. Niemand will was von mir – außer du vielleicht dann und wann«, fügte sie rasch ein. »Ein schöner Zustand, finde ich.«

»Stimmt. Wobei es bei mir eigentlich ganz gegensätzlich ist. Mein Studium und mein Job als Makler haben mir wirklich viel Eigenständigkeit abverlangt, aber im nächsten Jahr mit der neuen Praxis muss ich mich disziplinieren und mir gut überlegen, ob ich am Abend einen draufmache oder brav pünktlich ins Bett gehe.«

»Ich glaube, deine Patienten werden dich schon diese Disziplin lehren.« Eve zwinkerte.

»Ich fürchte, da hast du recht. Wie bist du eigentlich auf die Idee gekommen, Soziologie zu studieren?«, erkundigte er sich lächelnd, und Eve merkte, dass er ernsthaft an ihrer Antwort interessiert war.

»Ich hatte schon immer Interesse für gesellschaftliche Themen. Ich arbeite gern im Team und ich merkte sehr früh, dass mir logisch-analytisches Denken und auch die Fähigkeit, Zusammenhänge herzustellen, leichtfielen. Da lag dieses Berufsziel nahe.«

»Es ist schön, wenn man relativ früh weiß, wie der berufliche Werdegang aussehen könnte. Bei mir hat sich das erst im Laufe der Zeit herausgestellt.«

»Gab's ein besonderes Ereignis, nach dem du unbedingt Arzt werden wolltest? Oder lag es einfach daran, dass dein Vater denselben Beruf ausübte?«

»So einfach war das nicht. Eigentlich wollte ich anfangs nicht in seine Fußstapfen treten. Im Gegenteil, ich bedauerte ihn sogar öfter, wenn er viel zu tun hatte. Zuerst wollte ich nur Geld verdienen und das Leben genießen. Das hat mir der Makler-Beruf gebracht.« Ian hielt inne und nahm einen Schluck Tee.

Eve schwieg, froh, dass er endlich einmal privatere Dinge preisgab. Sie wusste, dass es ihrer Mutter oft schwerfiel, derartige Dinge aus ihrem Mann herauszukitzeln.

»Aber es gab tatsächlich so etwas wie eine Initialzündung«, gestand er. »Es war ein windiger und nasser Herbsttag. Mein Vater hatte sich an einem Samstagnachmittag ausnahmsweise einmal mit einem Freund in einem Café getroffen. Sie unterhielten sich, und da geschah vor dem Schaufenster ein fürchterlicher Unfall. Mein Vater eilte hinaus und versorgte die Verunglückten, bevor Rettung eintraf – was in diesem Fall wohl etwas lang dauerte. Jedenfalls zog er sich eine Lungenentzündung zu, von der er sich nur schwer erholte.

Anfangs hatten wir echt Angst um ihn. Als ich ihn im Krankenhaus besuchte und in sein aschfahles Gesicht sah, durchzuckte mich der Gedanke, was wohl wäre, wenn wir ihn verlieren würden. Ich war sicher, dass er nicht nur uns fehlen würde, sondern sehr vielen anderen, und dass er uns allen in guter und sicherlich langer Erinnerung bleiben würde. Mir wurde klar, dass das bei mir mit meinem damaligen Beruf garantiert nicht der Fall sein würde. Ein paar Leute würden höchstens denken, dass ich ihnen zu einer hübschen Immobilie verholfen oder sie zum Glück nicht über den Tisch gezogen hätte. Das, fand ich, war nicht viel. Noch im Krankenhaus, natürlich erst, als es meinem Vater wieder besser ging, kamen er und ich wie von allein auf unsere Berufe zu sprechen, und ich teilte all meine Gedanken mit ihm.«

»Wie schön! Es hat ihm sicher gutgetan, dass du ihm vor Augen geführt hast, von vielen Menschen geschätzt und geliebt zu werden«, fügte Eve ein.

»Ja, ich glaub schon. Und diplomatisch, wie mein Vater immer ist«, sagte Ian schmunzelnd, »führte er mich auf den Weg, den ich dann später einschlug.«

»Und du hast es nie bereut?«

»Nein, natürlich nicht, wäre ja auch verfrüht. Ich freu mich auf die Arbeit hier auf der Insel.«

»Dann wollen wir mal hoffen, dass du keinen Inselkoller kriegst. Wir sind hier geboren, doch selbst uns zieht's anfangs von der Insel fort, damit wir im Leben mal etwas anderes zu sehen bekommen.«

»Logisch. Aber ich hab mir die Hörner bereits abgestoßen und werde ganz bestimmt gut mit mir allein fertig.«

Eve verkniff sich ein Lächeln. Ob das stimmte, dass er gut allein klarkam? Er schien ihr eher extrovertiert. Aber wie leicht täuschte man sich … »Wir werden sehen.«

»So, ich muss jetzt in die Praxis. Ich bekomme heute das Röntgengerät geliefert«, erklärte er nicht ohne Stolz. »Wie sieht's aus, willst du vielleicht mitkommen und dir die Räume mal ansehen?«, schlug er vor.

Freudig willigte sie ein.

»Die Lage ist optimal. Genau auf der Main Street«, stellte er mehr als zufrieden fest. »Ich hoffe auf viele Kunden.«

»Patienten meinst du wohl«, verbesserte sie ihn grinsend. Zu ihrem Vergnügen bemerkte sie, wie er rot wurde.

»Ach, klar, entschuldige. Ich scheine immer noch im Maklerberuf verfangen zu sein.«

»Trotzdem wünsch ich dir viele Patienten. Sie müssen sich ja nicht gleich todkrank zu dir hinschleppen.«

»Viele kleine Erkältungen tun's für den Anfang auch«, er nickte. »Dann also los.«

Zu Fuß machten sie sich wenig später auf den Weg. Der Himmel war wolkenverhangen und verschmolz in der Ferne mit der See, sodass es keinen Anfang und kein Ende zu geben schien. Feines Schneegestöber erfüllte die Luft und schien nie wieder aufzuhören. Tief zogen die zwei sich die Mützen ins Gesicht und erfreuten sich an der Pracht.

Das Gassengewirr nahm sie auf, und der Wind war hier nicht mehr so zu spüren. Irgendwann fanden sich wie von selbst ihre Hände. Eve genoss die Wärme seiner Finger. Sie fror kein bisschen, und die Feuchtigkeit konnte ihr hier und jetzt nicht das Mindeste antun. Die kleinen Läden waren hell erleuchtet, doch es gab um diese Zeit nicht viele Käufer. Die zwei waren fast allein unterwegs, und Eve genoss jede Minute. Und ihre Feinfühligkeit zeigte ihr, dass es Ian ebenso erging.

Die Praxis in einem alten Steinhaus mit einer grünen Tür und kleinen Fenstern, deren glänzende Scheiben aus altem Glas in allen Regenbogenfarben schillerten, schien bereits komplett eingerichtet. Doch Ian erklärte, was noch alles fehlte. »Zum Glück hab ich schon eine Krankenschwester und eine Rezeptionistin eingestellt. Die beiden sind schon lange befreundet, da kommen sie sich nicht in die Quere.«

»Warum auch, wir Frauen von der Insel sind von Natur aus äußerst gutmütig.«

»Wie man ja an dir sieht.«

Eve nickte. »Wie man an mir sieht. Ganz recht.« Schon fielen sie beide in das Lachen des anderen ein.

Und so vergnügt ging der Tag vorüber. Am frühen Abend kochten sie einmal nicht, sondern gönnten sich ein Abendessen in der kleinen Kneipe am Hafen und hatten sich auch nach Stunden des Beisammenseins noch immer eine Menge zu erzählen.

15

Amy erwachte am Freitagmorgen nach einer ruhigen Nacht. Sie hatte ausgezeichnet geschlafen. Das ferne Geräusch der Wellen und der Wind, der diesmal nicht stürmisch das Dach hatte erzittern lassen, sondern lediglich flüsternd ums Haus gestrichen war, hatten sie am Abend in den Schlaf gewiegt, am Morgen war sie vom Geschrei der Möwen aufgewacht. Sie schloss das Fenster. Zwar war es eiskalt im Schlafzimmer, doch sie genoss die klare Luft. Dank der warmen Winterdecke hatte sie kein bisschen gefroren.

Hier auf der Insel hatte Amy überhaupt keine Angst, dass nachts jemand in ihr Haus einsteigen könnte, schließlich hatte sie einen Polizisten beinahe zum Nachbarn. Und außerdem war hier vor allem im Winter nichts los. Sie hätte die Tür nicht nur tagsüber offen lassen können – in der Großstadt undenkbar –, und sie war fast sicher, dass es auch heute noch Einwohner gab, die ihre Haustür des Nachts nicht verriegelten.

Nach einem leichten Frühstück – Toast, englische Marmelade und Kaffee – duschte sie ausgiebig und zog sich an. Was früher selten vorgekommen war, hatte Amy sich nach dem Tod Christophers zur Gewohnheit gemacht: Sie unternahm Spaziergänge. Allein. Früher war sie sich einsam vorgekommen, wenn sie ohne Begleitung am Strand entlang oder auf den Berg gelaufen wäre, doch momentan gab es dieses Gefühl nicht. Im Augenblick war es selbstverständlich, das zu tun, wonach ihr war.

Sie verließ das Haus und wandte sich sofort in Richtung Nachbarturm. Immer noch bedeckte Schnee den Sandboden und die Zwergbüsche. Alles war in Ruhe erstarrt, die Temperaturen lagen noch mehrere Grad unter dem Gefrierpunkt. Nur die deutlichen Fußspuren im Schnee zeugten davon, dass sich jemand im Turm aufhielt. Und sie würde heute endlich den Mut finden, dort anzuklopfen.

Doch sie hatte kaum die Haustür erreicht, als ihr von der Rückseite des Turms ein Mann entgegenkam. »Können Sie nicht lesen? Die Halbinsel ist privat«, raunzte er sie unfreundlich an.

Hoppla! Amy seufzte innerlich. Er schien keiner von der freundlichen Sorte zu sein, doch sie hatte sich fest vorgenommen, sich als seine neue Nachbarin vorzustellen. »Guten Morgen«, überging sie betont freundlich seine harschen Worte. »Ich wollte mich nur kurz mit Ihnen bekannt machen. Ich bin Amy Walsh, Ihre Nachbarin.«

Der Mann blieb abrupt stehen.

Er sah tatsächlich wie der Nikolaus persönlich aus, durchzuckte es sie. Und wie blau seine Augen durch das Gewusel von Haar und Bart strahlten! Die Cordhose war wie die Jacke weit geschnitten und von undefinierbarer Farbe. Seinen Kopf bedeckten weder ein Hut noch eine Mütze – was bei dem Haarschopf auch wirklich schade gewesen wäre, dachte sie schmunzelnd.

»Oh«, sagte er verhalten und schritt auf sie zu. »Entschuldigen Sie mein schlechtes Benehmen. Eigentlich wäre es ja an mir gewesen, mich vorzustellen. Und ich dachte, ich hätte es hier mit einer neugierigen Touristin zu tun. Sie müssen wissen, ich habe mich nicht umsonst für einen Turm auf einer Insel entschieden. Ich brauche meine Ruhe.«

Amy erwiderte sein offenes Lächeln, das ihn um Einiges umgänglicher erscheinen ließ, und streckte ihm eine Hand zur Begrüßung entgegen. »Kein Problem. Es ist durchaus beruhigend, einen derart vorsorglichen Nachbarn zu haben. Ich kann Ihre Reaktion voll und ganz verstehen«, sagte sie mit ihrer sanftesten Stimme. Bei einem Einsiedler konnte man nicht früh genug damit beginnen, ihn in Sicherheit zu wiegen und ihn nicht dem bedrohlichen Gefühl auszusetzen, ihn mit der eigenen Anwesenheit zu überrollen. »Und ich wollte Sie auch gar nicht lange aufhalten. Ich wünsch Ihnen noch einen schönen Tag.« Mit diesen Worten nickte sie ihm freundlich zu und drehte sich um, fest gewillt, ihren Spaziergang fortzusetzen.

Er reagierte umgehend so, wie sie es sich erhofft hatte. »Aber nein, ich will Sie doch nicht verjagen. Wenn Sie Lust haben – wie wär's, wenn wir unser Kennenlernen bei einer Tasse Tee feiern? Ich heiße übrigens Frank Thornton.«

Sofort blieb Amy stehen. »Freut mich, Mr. Thornton. Da kann ich natürlich nicht Nein sagen«, entgegnete sie mit strahlendem Lächeln. Sie liebte die Abgeschiedenheit ebenso wie Menschen und Gesellschaft, und es gab für sie nichts Wichtigeres, als mit ihrer Umgebung in Einklang zu leben. Ein grantelnder Nachbar hätte da ganz und gar nicht hineingepasst. »Was für eine wunderbare Idee, sich diesen Ort hier auszusuchen, perfekt, wenn man Ruhe sucht. Sind Sie Künstler?«, schickte sie auf gut Glück hinterher. »Für einen Künstler gibt es doch keinen passenderen Wohnsitz.«

»Ja, aber ein ganz und gar unbekannter. Ich war bei der Feuerwehr und habe mich nach einem schweren Unfall für den Beruf des Kunstmalers entschieden, da ich schon immer leidenschaftlich gern Dinge auf Leinwand gebannt habe und mir hier auf der Insel auch Chancen ausmale, meine Werke an Touristen verkaufen zu können. Der alte Turm kam mir da gerade recht. Und jetzt, nach der Restaurierung, kann man darin wieder wunderbar wohnen.« Er öffnete die Tür und klopfte sich, bevor er eintrat, durch energisches Stapfen den Schnee von den Stiefeln.

Amy tat es ihm nach und folgte ihm in den Turm.

Mit einem lauten Krachen fiel die schwere Holztür hinter ihnen ins Schloss. Neugierig sah Amy sich um. Es gab lediglich drei kleine Fenster, doch da die Steine der Wand geweißelt sowie der Holzfußboden weiß lackiert worden waren und ein farbenfroher runder Wollteppich in der Mitte auf dem Boden lag, erschien der Eingang sehr einladend.

»Hier unten sind mein Schlafzimmer, das Bad, die Garderobe und einige meiner Bücher untergebracht«, zählte Frank auf. »Gestatten Sie?« Er nahm ihre Jacke entgegen und hängte diese an einen der zahlreichen Haken, die in der Wand eingelassen waren, wo auch ihre Mütze und die Handschuhe Platz fanden. Alles wirkte sauber, aufgeräumt und gemütlich. Ob er wohl verheiratet war oder mit einer Frau zusammenlebte?, fragte sich Amy im Stillen.

»Zum Glück hat das Bad ein eigenes Fenster. Es ist zwar klein, aber es bietet für mich als Alleinstehenden einen ausreichenden Komfort«, beantwortete Frank umgehend ihre unausgesprochene Frage.

»Wie angenehm warm Sie's hier haben«, entfuhr es Amy.

»Ja, was dachten Sie? Kommen Sie, meine Küche, gleichzeitig auch Wohn- und Esszimmer, befindet sich oben. Vorsichtig sein, die Leiter ist steil«, schickte er mit seiner rauen Stimme, die jetzt gar nicht mehr unfreundlich klang, hinterher.

Franks altmodische Fürsorglichkeit tat ihr gut. »Danke.«

Amy stieg die engen Stufen hinauf, wobei sie die vielen Bilder bestaunte, auf denen in kräftigen Farben Insel um Insel abgebildet war. In der nächsten Etage gab es wiederum drei Fenster, und erneut erstaunte Amy die Helligkeit des runden Raumes, der ihr wie eine Puppenstube vorkam. Die Hälfte der Wand füllten Regale aus, auf denen sich zahllose Bücher stapelten, daneben entdeckte Amy eine umfangreiche CD- und Schallplattensammlung. Vor der Musikanlage stand ein halbrundes Sofa, das etwas höher als normal war, sodass man an dem runden Tisch davor sicher bequem essen konnte. In einer Vase auf dem Tisch standen Kiefernzweige, daneben eine dicke, leuchtend rote Kerze und ein Laptop. Zwei schmale Cocktailsessel mit einem frühlingshaften grünen Bezug, die aus den Fünfzigern zu sein schienen, rundeten das gemütliche Bild ab. Neben einigen kleinen, in die Regale eingelassenen Leuchten bildete eine Stehlampe mit elegantem Schwung, welche die kleine Sitzecke erhellte, die einzige Lichtquelle. Die *Küche* bestand aus zwei Kochplatten, einem schon fast winzigen Kühlschrank und einem Heißwassergerät, das über einem kleinen Ausgussbecken angebracht war.

»Voilà«, Frank breitete die Arme aus. »Die Kernzelle meines Heims.«

»Wie wunderschön. Alles vorhanden, nichts wirkt erdrückend. Wie erstaunlich!«, rief Amy mit begeisterter Stimme.

»Ja, ich bin ein Glückspilz«, entgegnete Frank zufrieden. Er deutete mit der Hand nach oben. »In meinem Atelier komme ich mir wie der König der Welt vor.«

Zu gern hätte sie auch sein Atelier bewundert, doch da er sie nicht zu einem Gang hinauf einlud, wollte Amy nicht darum bitten.

Frank hob zwei Teedosen in die Höhe. »Welchen Tee? Schwarzen oder grünen? Ich hab auch

Rum oder Whisky da, wenn Ihnen danach zumute ist.«

»Schwarzer Tee wäre gut. Aber keinen Alkohol so früh. Danke«, wehrte Amy ab.

»Ganz meine Meinung. Ich trinke nie vor achtzehn Uhr. Man muss auf sich achten, vor allem, wenn man allein lebt. Bitte nehmen Sie doch Platz, wo immer Sie wollen.«

Amy entschied sich für das mit Tweedstoff bezogene Sofa. Während Frank den Heißwasserboiler einschaltete und die Teebeutel in die Kanne gab, genoss sie die fantastische Aussicht. Von hier aus blickte man aufs offene Meer, während die beiden anderen Fenster zum Festland und zur westlichen Landzunge wiesen. »Ein Platz zum Träumen«, schwärmte sie.

»Ja. Hier hab ich endlich die Muße, mich meinen Radio-Freunden, die ich überall auf der Welt habe, zu widmen.« Er drehte sich herum und deutete auf einen Weltempfänger, den sie bisher noch nicht entdeckt hatte. »Wir reden über Funk, sind eine eingeschworene Gemeinschaft. Und wenn ich genug habe, gehe ich ins Internet und chatte mit Gott und der Welt. Das hat mich nach dem Tod meiner Frau am Leben gehalten.«

»Ist sie … ist Ihre Frau schon lange tot?«

»Seit anderthalb Jahren. Ich komme aus London. Sie war wirklich agil, eine aktive Sportlerin. Hat für den Halbmarathon trainiert, eine Grippe nicht richtig auskuriert und zu früh das Training wieder aufgenommen. So wurde eine Entzündung des Herzmuskels nicht rechtzeitig erkannt. Sie starb während des Trainings. Fiel einfach um, niemand konnte sie retten. Es geschah aus heiterem Himmel, und ich fand es anfangs entsetzlich, dass ich mich nicht von ihr habe verabschieden können.« Frank räusperte sich und hielt kurz inne.

Amy befürchtete einen Moment, er könnte die Fassung verlieren, doch dann fuhr er mit ruhiger Stimme fort.

»Meine Freunde aus aller Welt haben mir sehr geholfen, mit dem großen Verlust fertigzuwerden. Cassy und ich waren fast zwanzig Jahre verheiratet und sehr glücklich«, endete er.

Beide schwiegen einen Moment. »Dass Sie eine so lange Ehe führten, eine glückliche noch dazu, ist in der heutigen Zeit nicht selbstverständlich. Ich bin auch Witwe.« Und Amy erzählte nun ihm ihre ganze Geschichte.

»Oha«, sagte er, als sie geendet hatte. »Ja, ich las davon in der Inselpost. Wirklich tragisch.« Das Wasser kochte, und er goss es in die bauchige Teekanne aus blau-weißem Porzellan. In aller Gemütsruhe deckte er den Tisch. »Mögen Sie ein wenig trockenen Kuchen dazu? Ist nicht von mir selbst gebacken, soweit reichen meine Möglichkeiten hier nicht, aber er schmeckt vorzüglich«, bot er lächelnd an.

»Ja, danke, gern.«

Frank ließ sich neben Amy in einen der Cocktailsessel fallen und schenkte wenig später Tee in zwei Tassen.

»Ach, Schluss jetzt mit all den Sorgen!«, rief Amy, nachdem sie einen Schluck köstlichen Tee probiert hatte. »Ich hoffe, nein, ich bin sicher, dass ich mir mein Leben neu einrichten werde, Christopher hätte es so gewollt.«

»In Ihrem neuen Heim wird Ihnen das bestimmt gelingen, davon bin ich überzeugt«, antwortete Frank mit ruhiger Stimme. »Ich finde, in der Ruhe findet man am schnellsten zur richtigen Entscheidung. Noch immer haben sich meine Probleme am leichtesten bewältigen lassen, wenn ich sie für einige Zeit außer Acht ließ. Irgendwann ist dann alles sonnenklar, und ich wundere mich, wieso ich nicht sogleich darauf gekommen bin. Dann weiß ich ganz genau, was zu tun ist. Es kommt mir jedes Mal wie ein Wunder vor«, endete er mit einem Lächeln.

Sie unterhielten sich noch eine Weile, dann stand Amy auf. »Jetzt wird's aber wirklich Zeit für mich. Ich hab Sie viel zu lange aufgehalten. Ich hoffe, Sie halten mich nicht für geschwätzig.«

»Aber um Himmels willen, nein«, widersprach er energisch. »Ich bin die meiste Zeit allein und das in der Regel auch ganz gern. Doch über Besuch freue selbst ich mich immer noch. Vor allem, wenn es jemand so Nettes wie Sie ist«, fügte er galant hinzu. »Übrigens, am Samstag findet im Ort eine Wohnungseinweihung statt. Paul Imrie hat mich eingeladen. Ich fände es schön, wenn Sie mir die Freude machen und mich begleiten würden.« Erwartungsvoll sah er Amy an.

»Ach, da ist Ihnen sein Bruder, unser Polizist Nick Imrie, leider schon zuvorgekommen.« Amy erkannte seine Enttäuschung und fügte hinzu:

»Aber macht ja nichts. Wir treffen uns alle bei Paul und lassen es uns gut gehen.«

Er stand ebenfalls auf. »Sie haben recht. Ich freue mich schon.«

Sie reichte ihm die Hand. »Also dann bis Samstag. Ich freu mich ebenfalls. Und herzlichen Dank für den Tee … und Ihr offenes Ohr. Es tut gut, wenn man sich mal aussprechen kann.«

»Ganz meinerseits.«

Er geleitete sie hinunter, diesmal ging er vor ihr her, und wieder fiel ihr seine Fürsorglichkeit auf. Beschwingt verließ Amy den gemütlichen Turm und bummelte zum Ort. Eigentlich hätte sie Frank einladen können, sie zu begleiten – zurückhaltende Männer wie er benötigten manchmal nur einen kleinen Anstoß. Sicher hätte er nicht Nein gesagt. Lächelnd und in Gedanken versunken ging sie ihres Weges.

16

Zwei Tage später, um kurz vor vier kam Nick nach Hause, ein wenig erschöpft vom Nachtdienst, der ihn mehrmals aus dem leichten Schlaf auf der spartanischen Liege gerissen hatte. Die Leute spielten bei dem Wärmeeinbruch, der über Nacht eingesetzt hatte, ein bisschen verrückt, und er musste wieder einmal all seine Geduld und diplomatischen Fähigkeiten aufwenden, um diverse Streitigkeiten aus der Welt zu räumen, die sich beinahe exakt im Zwei-Stunden-Takt ereignet hatten. Einen Moment überlegte er, ob er zuerst seine Uniform ausziehen sollte, um wie üblich nach dem Dienst zu duschen und einen warmen Pullover und bequeme Hosen anzuziehen. Doch dann steckte er den Hausschlüssel wieder in die Hosentasche. Er wollte sich sofort auf den Weg zu Amy machen.

Gestern Abend war er zu ihr hinübergegangen. Er hatte dienstfrei gehabt, und sie entspannten sich gerade wohlig bei einer Tasse Tee, als er zu einem Einsatz ans Nordende der Insel gerufen wurde. Bei einem Junggesellen-Abschied war es zu einer Schlägerei gekommen, die Benny nicht allein bewältigen konnte oder wollte. Sein Assistent riskierte zwar öfter eine große Klappe, doch wenn es darauf ankam, traute er sich noch nicht allzu viel zu. Ärgerlich! Danach hatte es eine Weile gedauert, bis alles geregelt gewesen war, denn der Wirt bestand auf eine Anzeige. Als er schließlich erneut zu Amy ging, war sie, wie zu erwarten, bereits zu Bett gegangen. Zwar brannte in ihrem Schlafzimmer noch Licht, aber er hatte sie nicht stören wollen.

Bei Amy musste man die Dinge behutsam angehen. Wie schön, dass die Wohnungseinweihung seines Bruders anstand, so ergab sich eine zwanglose Möglichkeit, sich gemeinsam mit ihr unter seine Freunde zu mischen. Sie schien ihm gegenüber immer noch ungewohnt verhalten; in der Tat war er sich nicht sicher, ob sie überhaupt noch Interesse an ihm hatte. Früher hatten sie sich bei jeder Berührung beinahe aneinander verbrannt, doch seither war viel Zeit ins Land gegangen.

Allerdings war nicht ihm, sondern Christopher bei Amy das Glück hold gewesen: Die beiden hatten sich Hals über Kopf ineinander verliebt und schließlich geheiratet. Wie glücklich sein Freund gewesen war und wie stolz! Niemals hätte Nick es übers Herz gebracht, ihm diesen Schatz zu entreißen.

Doch er war ein Optimist. Er würde um Amy werben, ganz einfach. Jetzt, da ein wenig Zeit ins Land gegangen war, durfte er es ja. Er ging es langsam an, schließlich schuldete er das seinem besten Freund.

Nick blickte auf die Uhr und beschloss, sich erst noch kurz hinzulegen. Er konnte schließlich nicht mitten in der Nacht bei Amy auftauchen.

Nach einem kurzen Nickerchen machte er sich auf den Weg zu Amy.

Aus ihrer Küche fiel ein heller Lichtschein auf die Schneefläche vor dem Haus. Wahrscheinlich hatte sie sich selbst gerade einen Kaffee oder Tee aufgebrüht. Und sie hatte frisch gebacken, ein angenehmer Duft drang aus dem leicht geöffneten Küchenfenster und ließ ihm das Wasser im Munde zusammenlaufen. Erwartungsfroh blickte er durch das halb geöffnete Fenster. Doch seine Begrüßungsworte blieben ihm im Halse stecken. Was er sah, ließ ihn auf der Stelle erstarren.

Amy und Frank Thornton!

Dieser joviale Typ, der Maler, saß ihr am Küchentisch gegenüber. Das allein hätte höchstens Nicks Eifersucht erregt, wäre ansonsten jedoch nichts Tragisches. Vor allem nicht, hielte dieser gute Mann eine Tasse Kaffee in den Händen oder eine Kuchengabel.

Dies war jedoch nicht der Fall.

Das Alarmierende an der so offenkundig gemütlichen Runde war das schwarze blitzende Etwas, mit dem er herumwedelte – etwas, das offensichtlich nicht für zierliche Hände gearbeitet war, sondern für die eines Kerls wie Frank, dessen Pranken nun wirklich nicht als fragil gelten konnten. Es handelte sich schlicht um eine Waffe, deren Größe die Gefährlichkeit noch unterstrich.

Und was Nick endgültig die Haare zu Berge stehen ließ, war die Tatsache, dass Frank diese mit beiden Händen umfasst hielt und geradewegs auf Amys Kopf zielte.

Im Bruchteil einer Sekunde verselbständigte sich alles, was Nick auf den jährlichen Seminaren und Schulungen immer wieder eingebläut bekommen und geübt hatte. Sein Handeln hatte sich derart automatisiert, dass er bei einer Bedrohung für Leib und Leben wie in diesem Fall in der Lage war, eiskalt, instinktiv und zugleich überlegt zu handeln.

Er riss seinen Revolver aus dem Halfter, stieß, so leise er konnte, die Tür auf und stürmte in die Küche. »Waffe weg!«, schrie er. »Hände hinter den Kopf!«

Franks Gesichtsausdruck hätte Nick normalerweise zum Lächeln gebracht, so verdutzt, wie der Kerl schaute. Die blassen Augen blickten rund und naiv wie die vom Heiligen Nikolaus höchstpersönlich, der soeben durch den Kamin gefahren kam und den Kindern Geschenke vorbeibrachte. Doch das hier war kein Spiel und erst recht nicht zum Lachen. Das hier war bitterer Ernst.

»Waffe weg, oder ich schieße!«, schrie Nick erneut und zielte exakt auf das Handgelenk von Frank. Es war keine Sekunde zu früh, dass dieser die Waffe auf den Boden fallen ließ, denn einen Wimpernschlag später hätte er seine rechte Pranke bis auf Weiteres nicht mehr benutzen können. »Heb sie auf«, befahl Nick der verdutzten Amy. Eine Sekunde später postierte er sich gegenüber dem Angreifer.

»Nick! Was um alles in der Welt machst du denn da?«, schrie Amy.

»Verdammt, schnapp dir endlich die Pistole«, herrschte er sie an.

»Nick, ich bitte dich! Das … das ist …«

»Nick, es handelt sich …«, begann Frank zur gleichen Zeit, doch weiter kam er nicht.

»Aufstehen«, brüllte Nick und zerrte ihn gleichzeitig vom Stuhl in die Höhe. Mit geübten Griffen war Frank einen Atemzug später mittels Handschellen an den Griff der Ofentür gekettet.

Nick atmete heftig und spürte, wie ihm der Schweiß ausbrach.

»Herrje!«, rief Amy nun verzweifelt.

Endlich wandte er ihr den Kopf zu. Doch statt ihm nun dankbar und erleichtert um den Hals zu fallen, stellte er alle Anzeichen von Erheiterung in ihren Gesichtszügen fest.

»Oh – mein – Gott, Nick!«, prustete sie los. Und dann legte sie den Kopf in den Nacken und lachte, so wie er sie lange nicht hatte lachen sehen.

»Würdest du das bitte unterlassen?«, knurrte er böse. »Der Kerl hat dich soeben mit einer Waffe bedroht, und du stehst da und wieherst wie ein Pferd.« Eigentlich hätte er sie viel lieber in den Arm genommen und nach dem überstandenen Schreck getröstet, doch irgendwie kamen ihm die unfreundlichen Worte leichter über die Lippen. Ihr Heiterkeitsausbruch schien ihn zu einem Trottel zu degradieren!

In Amys Augen glitzerte es. »Nick, du Superpolizist, sieh dir die Waffe doch einmal etwas genauer an.«

Er schickte einen finsteren Blick in Richtung Frank, der mit einer beinahe stoischen Ruhe die Szenerie beobachtete.

Nick bückte sich. Noch bevor er die Waffe berührt hatte, sah er die Bescherung. »Das … das … Ach, du Scheiße«, brachte er mit heiserer Stimme hervor und starrte auf die Wasserlache.

»Das ist eine Wasserpistole, exakt. Und die einzige Munition, die ich auf Amy abfeuern wollte, ist reines Inselquellwasser«, mischte sich endlich Frank ein. »Wir haben das gute Stück heute auf unserem Spaziergang am Strand gefunden und mitgenommen.«

Amy trat auf Nick zu und nahm ihn in den Arm. Ihm wurde heiß – weniger aus Glück als aus Scham, denn ihre Geste hatte etwas deprimierend Mütterliches an sich.

Er befreite sich aus der engen Umarmung. »Sowas Dämliches ist mir in meinem ganzen Leben noch nicht passiert! Ich … Frank, ich bitte Sie, meine Reaktion zu entschuldigen. Aber es sah einfach täuschend echt aus auf … auf die Entfernung«, schickte er hinterher.

»Einen Moment hab ich aber auch befürchtet, Sie würden mir unverzüglich die Rübe wegpusten«, antwortete Frank.

»Es … Ich bitte wirklich um Entschuldigung.«

»Angenommen«, brummte Frank gemütlich. »Und jetzt wäre ich Ihnen sehr verbunden, wenn Sie mich von der dämlichen Ofenstange befreien würden.«

Nicks Gesicht, das soeben noch orangerot wie die Kürbisse im Herbst war, verlor abrupt an Farbe. »Mist, ich … ich hab keine Schlüssel, um Sie zu befreien. Die … die liegen sicher im Büro –

schließlich stellen sich Festnahmen selten als … als Komödie wie in diesem Fall heraus«, brachte er steif hervor. »Ich hole sie. Bin gleich zurück.« Mit diesen Worten stürzte er aus Amys Haus auf demselben Weg, auf dem er es betreten hatte, sogar fast noch flotter.

»So ein verfluchter Mist!«, schimpfte er vor sich hin. Jetzt konnte er nur zusehen, dass Benny nicht mitbekam, wie er die Schlüssel aus dem Safe holte.

Doch auch diesmal hatte er kein Glück.

»Was suchst du denn? Kann ich behilflich sein?«, fragte sein Assistent, der einen Kopf größer war als Nick, beflissen und blickte den Chef beinahe unterwürfig an. Seitdem Nick den Schlägern in der Nacht Beine gemacht hatte, sodass sie sich den nächsten Radau wohl ganz genau überlegten, war er in Bennys Achtung noch gestiegen.

»Nein, schon gut, lös du nur dein Kreuzworträtsel weiter.«

»Mach ich ja gar nicht – und das weißt du auch ganz genau. Ich bin immer noch dran, meinen Bericht vom Wochenende zu Ende zu schreiben«, brummte Benny.

»Scheiße! Wo ist denn der verdammte Safeschlüssel?«, raunzte Nick.

»Keine Ahnung. Hast du den nicht letztes Mal eingesteckt?«

»Quatsch!«

»Tja, dann wollen wir ihn mal suchen«, Benny kratzte sich am Kopf. »Wozu brauchst du den denn?«

»Ich muss an die Schlüssel für die Handschellen.«

»Willst du deine Braut ans Bett fesseln?«

Nick verdrehte genervt die Augen. »Wenn's das doch nur wäre.« Er riss sämtliche Schubladen auf und durchwühlte sie.

Es dauerte geschlagene zehn Minuten, bis die beiden den Schlüssel zwischen einem Bündel unaufgeräumter Akten fanden. »Und die da werden heute noch abgelegt. Wehe, die liegen hier morgen noch genauso ungeordnet«, bellte Nick. Seine Laune war mittlerweile im Keller.

Wenn Amy sich wie ein normaler Mensch benahm und alles herausposaunte, dann war er *die* Lachnummer bei der Wohnungseröffnung. Na, da kam Freude auf. Wie er Paul kannte, hatte der die gesamte Einwohnerschaft der Insel eingeladen. Ihm war jetzt schon übel.

»Tut mir leid, hat doch was länger gedauert«, sagte er verlegen, als er wieder bei Amy ankam. Er eilte sofort zu Frank, um den Armen endlich von seinen Fesseln zu befreien. Als das geschafft war, zog er sich die Jacke aus, und alle nahmen einträchtig am Tisch Platz.

»Kaffee gefällig?«, fragte Amy gut gelaunt.

»Auf jeden Fall«, murmelte Nick mit einem schrägen Grinsen.

Frank hob als Erster die Tasse. »Ich glaub, das ist ein Grund, dass wir auf unsere Freundschaft anstoßen sollten, was meint ihr?«

Nick und Amy willigten ein, und die drei stießen an, nachdem die Männer sich die Hand gegeben hatten. »Ich verspreche, nur noch im Falle tatsächlichen Aktionsbedarfes zu handeln«, Nick prostete den beiden anderen feierlich zu. »Schätze mal, es wäre vermessen, wenn ich darum bitte, dass ihr dieses … Intermezzo vertraulich behandelt?«, fragte er, nachdem er die Kaffeetasse beinahe in einem Zug geleert hatte.

Die Stille, die nun eintrat, hatte etwas Knisterndes.

»Sicher nicht vermessen, aber vielleicht naiv«, kicherte Amy.

»Von mir wird hier auf der Insel niemand auch nur ein Sterbenswörtchen erfahren. Versprochen«, sagte Frank.

»Von mir auch nicht. Ebenfalls versprochen«, stimmte Amy grinsend ein. »Obwohl ich es ehrlich gesagt schade finde. Es hatte doch auch etwas Beruhigendes, zu wissen, dass auf deine prompte Reaktion Verlass ist. Und im Falle von einem Schwips meinerseits kann ich auch nicht zu hundert Prozent versprechen, dass mein Mund tatsächlich auf ewig verschlossen bleiben wird. Ich bin doch schließlich nur eine kleine geschwätzige Frau.«

Nick schickte einen finsteren Blick in ihre Richtung.

»Und ich bitte um die Erlaubnis, diesen drolligen Vorfall wenigstens einigen meiner Freunde außerhalb der Insel kundtun zu dürfen«, meldete sich Frank augenzwinkernd.

Amy entschlüpfte ein Glucksen, sie schlug sich die Hand vor den Mund. »Frank besitzt einen hochmodernen Weltempfänger«, prustete sie los, »und ist sehr aktiv im Internet-Chat.«

Nick ließ den Kopf gespielt erledigt auf die Brust fallen. »Okay, okay – ich sehe ein, ich bin an meinem Dilemma selbst schuld. Macht, was ihr wollt«, gab er seufzend klein bei.

Und dann vertieften sie ihre Freundschaft und widmeten sich ausgelassen dem köstlichen Kaffee.

17

Es war Mittag, und Eve stand in der Küche. Die Haustür ging, und Ian betrat die lang gestreckte Diele. Sie musste lächeln und ihr war bewusst, dass es nicht nur der verführerisch-würzige Duft des Schmorgerichts war, der sie innerlich erfreute.

Sie goss die Kartoffeln ab, jetzt noch rasch einen kleinen Bohnensalat dazu, und fertig war das Essen. Eve hatte sich wieder einmal selbst übertroffen.

Sie vernahm, wie Ian in die kleine Seitenkammer ging, die sie als Garderobe und gleichzeitig zum Waschen von grobem Gemüse oder Eintopfen von Blumen nutzte, da der Raum über ein altmodisches, ausladendes Spülbecken verfügte. Hier zog er immer seine dicken Stiefel aus und schlüpfte in die schwarzen Lederpantoffeln. Doch heute kam er nicht, wie er es in den letzten Tagen gehalten hatte, zuerst in die Küche – oder das Wohnzimmer, wenn sie sich dort aufhielt –, sondern ging sogleich nach oben.

»Möchtest du mitessen, Ian?«, rief sie durch die offene Küchentür. »Ich hab eine schöne Lammschulter im Topf.«

»Ja, danke, ich komme gleich, ich will mich nur umziehen.«

Eve hob erstaunt die Augenbrauen. »Gut. Wir essen in der Küche.« Er war spazieren gegangen – war er so nass geworden oder durchgeschwitzt? Kaum vorstellbar bei dem zwar ungemütlichen Wetter, das dennoch nicht so feucht war, dass es einen derart durchnässte. Der Schnee war heute Morgen nach einem Wärmeeinbruch leider völlig geschmolzen.

Dann kam ihr ein weiterer Gedanke. Lucy! Er war bei Lucy gewesen. Wollte er womöglich noch schnell duschen? Eve kniff die Lippen zusammen.

Seit jenem Besuch von Lucy, bei dem sie diesen Schwips gehabt hatte, waren sie und Ian sich nicht wieder nähergekommen, jedenfalls nicht körperlich. Ihr Verhältnis war … angenehm. Sie war gern in seiner Nähe. Und wenn sie sich nicht täuschte, genoss auch er die Stunden mit ihr. An den Abenden hatten sie sich seither regelmäßig zu einem guten Gespräch oder mit Lesestoff an den Kamin gesetzt – den Fernseher hatte sie aus dem Keller befreit, doch er wurde selten genutzt. Sie fand, Verlobte sollten ehrlich zueinander sein und dem anderen nichts vorspielen, außerdem genoss dieser Verlobte gern Sportsendungen, und sie konnte sich endlich dem ein oder anderen Liebesfilm widmen. Es waren unaufgeregte, erholsame Stunden – behaglich für sie beide, da war Eve sich sicher, unaufgeregt jedoch nur für Ian. Sie selbst wurde nicht selten unruhig, wenn er in ihrer Nähe war.

Er hatte nicht wieder versucht, sie zu küssen. Kein Wunder, war es doch ganz offenkundig sein innigster Wunsch, sich von der Weiblichkeit zu erholen. Eve seufzte. Sie war hingerissen von ihm, keine Frage. Wie alle Frauen, und das ging ihm auf die Nerven. Also sollte man es besser vergessen.

Sie hörte wenig später, wie er die Treppe hinunterkam, und zündete die Kerze in dem Leuchter aus Bauernsilber an, den sie neben einigen Bergkiefernzweigen, die in einem bauchigen Steinkrug standen, als einzige Dekoration auf dem Küchentisch hatte.

»Du magst ja ein wenig Knoblauch – ich meine, der gehört einfach zum Lamm. Aber ich hab nicht zu viel genommen, falls du heute Nachmittag noch Termine mit Kunden hast«, tastete sie sich vorsichtig an den Kernpunkt ihres Interesses heran: sein nachmittägliches Tun. Die Praxis stand kurz vor der Eröffnung.

»Mit Kunden nicht, nein. Ich hab den Job als Makler komplett an den Nagel gehängt. Mir steht nicht mehr der Sinn nach Geschäften.«

»Ach so, ich dachte nur, ... weil ... Weißt du eigentlich, dass Lucy und ihr Mann die Insel verlassen wollen?«, fragte sie ihn auf direktem Weg, denn diese – zugegeben gute – Neuigkeit hatte ihr Amy am Morgen mitgeteilt.

Eve bemerkte sein leichtes Zögern.

Als gestern Abend sein Handy klingelte, hatten sie zusammen im Wohnzimmer Kaffee getrunken. Ian war nur aufgestanden und während des Telefonats im Raum geblieben. So wurde Eve zwar Zeugin des Gesprächs, hatte seine Miene aber nicht sehen können, da er ihr den Rücken zuwandte. Dass Ian mit Lucy sprach, hatte Eve an seiner Stimmlage erkannt. Ihr Verdacht bestätigte sich, als Ian gefragt hatte: »Und, wird Joe auch dabei sein?«

Lucys Antwort hatte sie leider nicht mehr hören, sie sich jedoch denken können, als Ian erwiderte: »Okay, du hast recht. Wir sehen uns dann also.«

Das war am Tag zuvor gewesen.

»Ach so! – Du meinst, ich könnte vielleicht ihr Haus kaufen?«, ging ihm jetzt ein Licht auf.

»Warum nicht? Das bietet sich doch eigentlich an«, sagte Eve beherzt.

»Äh … man wird sehen.« Er antwortete so bestimmt, dass sie sich keine weitere Frage mehr erlaubte.

Das Essen verlief diesmal ungewohnt schweigsam. Warum nur befielen Eve wieder jene unangenehmen Vorahnungen, die sie so fürchtete?

Am Nachmittag hörte sie, wie Ian draußen den Wagen anließ und losfuhr. Sie stürzte beinahe in den Flur, um schnell in ihre dicken Winterstiefel zu steigen. Sie konnte nicht anders: Sie musste sich auf den Weg machen und prüfen, ob er zu Lucy wollte. Auch wenn er das Auto nahm und womöglich woanders hinfahren würde, musste sie sehen, ob er vorher bei Lucy anhielt.

Weil Eve schon von Weitem sein Auto vor Lucys Haus stehen sah, schlug ihr Herz noch schneller als nach dem raschen Lauf sowieso schon. Sie hatte ihr Auto zu Hause gelassen, um möglichst nicht entdeckt zu werden, wenn er plötzlich aus Lucys Haus trat. Sicher war er nur hier, um über das Haus zu verhandeln. Als sie fast die Einfahrt erreicht hatte, überlegte sie, ob sie einfach klingeln sollte unter dem Vorwand, die Nachbarin besuchen zu wollen. Sie konnte ja sagen, sie hätte von dem geplanten Umzug gehört. Doch dann sah sie davon ab, schlich aber näher heran. Einen vorsichtigen Blick durch die Fenster konnte sie sich nicht verkneifen.

In Küche und Flur war niemand. Eve schlich um das Haus herum und da entdeckte sie die beiden im Wohnzimmer.

Gerade zur rechten Zeit, durchzuckte es sie zynisch. Denn was sie sah, machte deutlich, dass Ian kaum zum Verhandeln über den Kauf des Hauses hierhergerast war.

Lucy, in ein Nichts aus Seide gehüllt, stand vor ihm und schenkte ihm einen schmachtenden Blick, bevor sie den schwarzen Morgenrock mit den wilden roten Blumen mit eleganter Bewegung zu Boden gleiten ließ. Darunter trug sie allein ihre zarte nackte Gestalt.

Eve schluckte trocken.

Lucy hob einen Arm, legte ihn Ian um den Hals, schlang den anderen Arm um seine Taille und dann küsste sie ihn. Nicht auf die Wange, nicht auf die Stirn, nicht geschwisterlich auf den Mund, nein, sie berührte seine Lippen auf so verführerische Weise, dass Eve angewidert zusammenzuckte.

Danke auch, der Herr. So viel zu der Farce mit deiner Verlobung.

Sie rannte beinahe zurück, doch nicht zu sich nach Hause, sondern zu Amy. Doch die Schwester war nicht da, wie so oft in letzter Zeit. Sicher war sie mit ihrem neuen Schwarm unterwegs, diesem Frank Thornton, der Amy anhimmelte, wie diese ihr verschmitzt erzählt hatte.

Also hechtete Eve wieder zurück. Und dann begann sie, die Koffer zu packen, obwohl es ihr beinahe das Herz brach. Bei einem Mann, der eine Verlobung als Abschreckungsmittel gegen Frauen wie Lucy mit ihr einging und sie dann mit genau dieser Frau betrog, konnte man nur die Flucht ergreifen, wenn man sich in ihn verliebt hatte.

Natürlich hatte er sie nicht betrogen, aber für Eve fühlte es sich so an.

Sie würde ihm den vor Kurzem unterschriebenen Mietvertrag kündigen – was er hoffentlich ohne großes Tamtam akzeptierte. Und so lange würde sie sich auf die Insel der Familie, Martha's Knee, zurückziehen. Ian würde einen Monat Zeit für den Auszug bekommen. So konnte er gewiss eine Wohnung für sich auf der Insel finden, denn schließlich waren keine Touristen da. Und dann wollte sie wieder zurückkehren. In ein ruhiges, friedliches Heim, das kein Mann blockierte. Nein, verunstaltete, fügte sie biestig in Gedanken hinzu.

18

Tief in Gedanken versunken, verstaute Eve ihre Lieblingsbücher und -CDs in einer Kiste und trug diese nach draußen in ihr Auto, wobei sie froh war, dass das Haus im Hinterhof einen überdachten Zugang zur Garage hatte und Ian somit nicht in der Lage war, sie bei ihrer Aktion zu beobachten, sollte sein Schäferstündchen vorzeitig beendet werden. Telefonisch teilte sie Brad, dem Onkel, ihre Ankunft mit. »Und nein, du brauchst keine Lebensmittel einzukaufen, die Gefriertruhen sind voll bis oben hin«, beantwortete er ihre Frage, ob sie ihm etwas mitbringen sollte.

»Übrigens, ich las heute Morgen in der Inselpost, dass du einen Assistenten für dich suchst, weil du dir den Arm gebrochen hast. Sag mal, konntest du da nicht Bescheid geben?«, fragte sie ihn anschließend aufgebracht. »Ich wäre doch sofort gekommen, wenn du mich gefragt hättest.«

»Unsinn, Mädchen. Ich weiß doch, dass du mit deiner Doktorarbeit zu tun hast. Nein, nein, keine Widerrede. Für die paar Wochen werde ich mir eine Hilfe holen.«

»Na, wie du willst«, stimmte Eve zu. Er hatte ja recht. Sie konnte nicht konzentriert arbeiten, wenn sie alle paar Stunden das Wetter aufzeichnen musste. Brad bediente nämlich auch noch die Wetterstation auf der Insel.

Natürlich hatte sie dabei trotzdem ein schlechtes Gewissen, doch wenn man alles genau überdachte, war dies der einzig richtige Weg.

Bevor Eve die Koffer hinunterschleppte, schrieb sie rasch den Brief an Ian. Es war ihr schwer ums Herz, doch es hatte auch keinen Sinn, dieses Spiel weiterzuspielen. Ian war vernarrt in Lucy, die zwar bald den Ort verließ, doch noch lange nicht sein Herz. Und Hornborough, wohin sie mit ihrem Mann ziehen würde, war schließlich nicht aus der Welt. Ein Mann, der eine andere Frau küsste oder sich derart ungestüm von ihr küssen ließ, hatte noch lange nicht mit ihr abgeschlossen.

Er wollte also Ruhe vor den Frauen und der Liebe? Dass sie nicht lachte! Es fiel Eve nicht leicht, von ihm fortzugehen, ohne sich zu verabschieden. Doch das hätte andernfalls bedeutet, dass sie ihm ihre Kündigung persönlich überbringen müsste. Und dazu war sie einfach zu feige. Vier Wochen waren lange genug, er würde nicht auf der Straße stehen. Zudem musste sie bei Abschieden fast immer weinen, und das wollte sie nicht, auf gar keinen Fall vor ihm. Sie würde bestimmt nicht beichten, wie es um sie stand, wie sehr sie sich in ihn verliebt hatte.

Obwohl Eve fast eine halbe Stunde für den Brief benötigte, war sie hinterher erleichtert – wie immer, wenn sie eine Entscheidung getroffen hatte. Natürlich war sie nicht glücklich, aber sie hatte ein Ziel. Die Abgeschiedenheit auf Martha's Knee und ihre Arbeit an der Dissertation würden sie zur Ruhe kommen lassen, da war sie ganz sicher.

Als sie alles erledigt hatte, fuhr sie zuerst zu den Denbys. Das schottisch-pakistanische Ehepaar betrieb in der Stadtmitte schon ewig den Lebensmittelladen. Auch wenn die Gefriertruhen voll waren, würde er sich über etwas Frisches, ein paar Leckereien und Lesefutter freuen. Dann ging es weiter zu Mary's Nose, einer Landzunge, von der aus man Martha's Knee erreichte.

Um halb vier, als die Dämmerung bereits hereinzubrechen begann, herrschte endlich Niedrigwasser. Dann erhob sich eine Sandbank aus dem Meer, die es einem ermöglichte, zu Fuß auf die Insel zu wandern, sofern man nicht Johns Pferdewagen bevorzugte – was natürlich nur dem Leuchtturmwärter und seiner Familie vorbehalten war, und was sie natürlich heute in Anspruch nehmen würde, angesichts ihres Gepäcks. Die Insel durfte von Außenstehenden nicht betreten werden – und die beiden Schäferhunde von Brad achteten stets darauf, dass dieses Verbot auch eingehalten wurde.

John Atlin, der bärtige Einsiedler, der nahe am Strand eine Hütte bewohnte, half Eve bei dem Gepäck und brachte sie dann mit dem Pferdewagen über die Sandbank hinüber zur Insel. John war der Einzige, der mit seinem Gefährt diesen Weg nutzen durfte, und eigentlich musste er im Winter bereits ab fünfzehn Uhr seinen Dienst einstellen. Doch da er und sein Pferd den Weg im Schlaf fanden, machte er bei ihr eine Ausnahme.

Onkel Brad wartete bereits auf dem flachen Felsbrocken, auf dem der Leuchtturm stand, und begrüßte Eve freundlich, und sie spürte, wie sehr er sich über ihr Erscheinen freute. Dass er Schmerzen hatte, erkannte sie auf den ersten Blick, und sie war froh, ihm zur Hand gehen zu können. Schließlich hatte sie um vier dank Johns Hilfe alles im Haus, wobei ihre Ankunft vom Bellen und freudigen Hochspringen der Hunde begleitet wurde. Danach machte sich ihr Chaffeur unverzüglich wieder auf den Heimweg.

Als schließlich Feuer im Kamin brannte, sank Eve zufrieden seufzend in den Sessel am Fenster, von wo man auf die offene See blicken konnte, und trank einen starken, frischen Kaffee. Die Ölheizung hatte Brad bereits am Vormittag eingeschaltet. Eve war angekommen, um hier zu regenerieren. Sie würde die Dissertation beenden, und dann würde ihre alte Vitalität zurückgekehrt sein. Ganz sicher.

19

Ian kehrte zurück, nachdem er Lucy verlassen hatte und danach im Laufschritt durch die Stadt gestürmt war, um sich abzureagieren. Kaum zu Hause, stieg eine derartige Erbitterung über seine »Verlobte« in ihm hoch, dass er beinahe sofort wieder aus dem Haus gerannt wäre.

Eve hatte ihn verlassen! Einfach so!

Sie hatte ihm einen simplen Brief vor die Füße geworfen – wenigstens keine SMS geschickt, was er als noch unverzeihlicher empfunden hätte – und war dann abgehauen. Hatte alle ihre Abmachungen in den Wind geschossen. Er könnte sie erwürgen! Wie ein Stalker rief er sie beinahe stündlich auf dem Handy an, doch Eve drückte ihn jedes Mal weg.

Es ging ja gar nicht in erster Linie um das Haus. Das, was ihn aufregte, war die Tatsache, dass sie es nicht einmal ein Jahr mit ihm ausgehalten hatte. Vertrag war Vertrag! Auch ein mündlicher musste eingehalten werden. Und so schrecklich war er nun wirklich nicht. Außerdem hatte sie immer extrem entspannt in seiner Gegenwart auf ihn gewirkt. Eigentlich sogar heiter. Sie hatten viel miteinander gelacht – und das lag durchaus nicht nur am Weinkonsum; er hatte bemerkt, dass sie selten mehr als ein Glas trank, wenn sie am Wochenende mal eine Flasche Wein öffneten.

Doch diese Frau sollte ihn kennenlernen. So einfach servierte man einen Ian Preston nicht ab. Er würde sie zwingen, dieses Abkommen einzuhalten – er würde sich Mittel und Wege ausdenken, dass sie wenigstens diesen Vertrag einhielt, wenn er schon das Haus los war. Er rief Amy an, die Einzige, die ihm jetzt helfen konnte. Keine fünf Minuten später wusste er, wo ihre Schwester sich befand. Logisch, dass sie auf die Privatinsel »Martha's Knee« gezogen war.

»Aber du kannst da nicht hin, wenn sie es nicht will! Es gibt nicht nur meine Schwester, die sich zu wehren weiß, sondern noch zwei scharfe Hunde, und die kennen kein Pardon«, warnte ihn Amy.

»Egal, ich muss da hin!«

»Dann werden sie dich zerfleischen.«

Stille. Zerfleischen klang nicht gut. »Aber ich muss Eve sprechen«, flehte er beinahe.

Erneute Stille. Dann: »Es gäbe da einen Weg, aber das hast du nicht von mir. Ich bitte dich. Eve bringt mich um, wenn sie erfährt, dass ich meine Hände im Spiel hatte.«

Eine Minute später verriet ihm Amy, welchen Weg es gab, an Eve heranzukommen, ohne von den Hunden oder ihr selbst in Stücke gerissen zu werden. »Danke dir, Amy. Du hast was gut bei mir.«

»Ich nehm dich beim Wort – sollte es dazu kommen, bevor mein Schwesterherz mithilfe der Hunde deinen Skalp am Marterpfahl abzieht.«

»Bau mich nur auf, danke.«

Ians Kiefernknochen malmten, als er sich einen starken Kaffee aufbrühte, wobei er die Hälfte des Pulvers verstreute. Draußen herrschte nasskaltes Wetter, was hervorragend zu seiner Stimmung passte. Er fühlte sich hundsmiserabel. Seine schlechte Laune verstärkte sich noch, als er bemerkte, wie sehr seine Hände zitterten, als er sich die Inselpost vornahm.

Keine zehn Sekunden später hatte er das Tor zum Paradies gefunden, genauer gesagt die Annonce von Eves Onkel, auf die Amy ihn aufmerksam gemacht hatte. Seine Wut unterstützte noch den feurigen Ehrgeiz, der ihn plötzlich überfiel. Er würde sich ins Zeug legen und diesen Brad von seinen Qualitäten überzeugen. Wenn ihm niemand zuvorgekommen war.

Und dann würde die Dame schon sehen.

20

Amy spürte schon länger eine innere Aufregung, es war gar nicht zu leugnen. Sie hatte ein Date! Wie lange war das schon nicht mehr vorgekommen? Und sie würde, wenn man es genau betrachtete, gleich eins mit zwei Männern haben: mit Nick und mit Frank. Beides nette, gestandene Männer. Beides Männer, die sie mochten. Mindestens, denn Nick war eindeutig in sie verliebt. Immer noch. Und Frank ebenfalls, wenn sie das Leuchten in seinen Augen richtig deutete, wann immer sie ihn traf. Aber das hatte ihr neuerdings nicht die Schmetterlinge im Bauch beschert, sondern sie zum nachsichtigen Lächeln gebracht. Frank bedeutete keine Konkurrenz für Nick.

Sie schlüpfte in die wollene hellgraue Hose und den weichen roten Pulli mit dem ovalen Ausschnitt. Dazu das helle Seidentuch – perfekt. Die schwarzen Stiefel mit dem hohen Absatz waren allerdings zu schade für einen Spaziergang im Schneematsch. Sie hatte vor, gemeinsam mit Nick und Frank zur Wohnung von Paul und Gwenny zu Fuß zu gehen, die nicht allzu weit entfernt lag. Und alle drei liebten Abendspaziergänge. Die Ausgehstiefel kamen halt in die Tüte und an die Füße die Winterstiefel.

Amy freute sich, wie gut die beiden Männer sich doch zu verstehen schienen. Ob Nick in dem

Künstler einen Konkurrenten sah, konnte sie nicht sagen. Der Polizist stand jeden Abend bei ihr auf der Matte, wenn er keinen Dienst hatte, und Frank erschien pünktlich wie die Atomuhr nachmittags um vier. Beide behandelten sie mit der zurückhaltenden Aufmerksamkeit eines Gentlemans. Nick half, wo er nur konnte, bei allen Dingen, die Frank nicht zustande brachte, denn dieser hatte kein Händchen für Handwerkliches, wie er ihr mit traurigem Hundeblick verriet. Nick war einfach immer zur Stelle, um ihre wenigen Wünsche zu erfüllen, die das Haus perfekt machten. Er befestigte Bilder an den Wänden, er setzte Glühbirnen in hohe Deckenleuchten und er schlug vor, ihr ein Regal am Bett anzubringen, sodass sie mehr Platz für ihre Bücher hätte. Alles war gut.

Ja, ihre alten Gefühle für Nick waren wieder aufgeflammt, doch sie hütete sich davor, sich in dieses Thema bereits jetzt zu versenken. Der Tod von Christopher lag noch nicht lange zurück.

In diesem Moment betätigte jemand am Eingang den Türklopfer. Kurz darauf trat Nick in den Flur.

»Wir haben noch ein wenig Zeit, bis Frank kommt. Sollen wir uns solange ins Wohnzimmer setzen?«, schlug Amy vor. Sie war fertig angezogen, und Frank hatte zugesichert, sie beide ebenfalls zu begleiten.

»Gern.« Nick wählte das Sofa.

Sie setzte sich neben ihn, da ergriff er ihre Hand. »Liebste Amy«, begann er.

Ihre Augen weiteten sich. Was kam nun?

»Ich weiß, es ist noch viel zu früh – aber ich fürchte, der nächste Anwärter auf dein Herz könnte mir zuvorkommen.«

Sie sog scharf die Luft ein.

»Schau, ich liebe dich, Amy. Ich bin sicher, das weißt du. Ich möchte dich heiraten, und ich möchte immer für dich da sein. Und … nein, bitte sag jetzt nichts«, wehrte er sie ab, als sie erschrocken hochsah. »Natürlich weiß ich, dass das alles viel zu früh ist. Aber ich möchte wissen, ob ich eventuell … eine Chance hätte. Ob ich um so etwas wie Liebe kämpfen darf … und … und … dir wenigstens seelischen Beistand gebe, bis du entscheidest, dass die Trauerzeit vorüber ist«, endete er leise. »Bitte sag mir nur, ob ich eine Chance habe.«

Ernst wandte Amy ihm das Gesicht zu, doch in ihren Augen schimmerte eine tiefe Wärme. »Nick, ich weiß, was du für mich empfindest. Umgekehrt weißt auch du, dass ich immer Gefühle für dich hatte. Und ja, du hast in Zukunft eine Chance bei mir. Aber gib mir Zeit. Ich möchte in aller Stille von Christopher Abschied nehmen und nicht sofort in die Arme des nächsten Mannes fallen. Was ich sagen will, ist: Im Augenblick möchte ich dich als Freund, nicht als Liebhaber. Ich brauche die Zeit. Christopher fehlt mir an allen Ecken und Enden. Er ist tief in meinem Herzen, und –«

»Und da soll er auch bleiben«, beendete Nick den Satz.

»Aber … ich liebe dich auch, das weiß ich. Dennoch brauchen wir beide Zeit.«

»Dann darf ich auf dich warten?«

Seine warme, leise Stimme erweichte ihr Herz. »Aber natürlich. In einigen Monaten werden wir uns finden, davon bin ich überzeugt. Aber vorher brauche ich die Zeit mit Christopher … Ich meine, ich … ich muss mich mit ihm austauschen, mich mit ihm gedanklich bereden, ihn um seine Meinung fragen. Nicht dass du denkst, ich bin verrückt. Ich spreche nicht mit ihm, wenn du das befürchten könntest.«

»Und selbst wenn, wäre es nicht schlimm«, erneut nahm er ihre Hände.

»Seine und meine Seele sind noch verbunden. Ich denke, er braucht auch noch Zeit, um sich endgültig von mir zu verabschieden«, endete Amy mit heiserer Stimme. »Ich hoffe, du verstehst das.«

»Das verstehe ich doch, mein Herz. Ich … liebe dich.«

»Ich dich auch.«

Danach saßen sie still beisammen, ein jeder in seine Gedanken versunken.

Als Frank kam, erkannte Amy sofort, dass er spürte, dass eine Veränderung stattgefunden hatte. Und sie wusste, dass dieser feinfühlige Mann sah, dass der Platz in ihrem Herzen besetzt war. Nicht nur von ihrem verstorbenen Mann, sondern nun auch von Nick.

21

Ian trabte im Haus herum wie ein Tiger im Käfig. Es war kurz vor acht Uhr morgens. Gestern hatte er nicht mehr bei Eves Onkel angerufen, weil er sich erst eine Strategie zurechtlegen musste. Jetzt stand er vor dem alles entscheidenden Anruf. Die Vorarbeit dazu war ein Klacks für ihn gewesen. Nun kam die Schwerarbeit – diesen Mann zu überzeugen, dass Ian Preston jemand war, auf dessen Mitarbeit er keinesfalls auch nur einen Tag länger verzichten konnte.

Er griff zu seinem Kaffeebecher, doch die kalte Brühe schmeckte ihm nicht mehr. Angewidert stellte er ihn zurück. Wie gut, dass er einen Cousin besaß, der die Ausbildung zum Schiffsmotortechniker gemacht hatte – wozu auch immer man diese Ausbildung auf einem Leuchtturm brauchte. Sean hatte ihn in einem Super-Turbo-Schnellkursus ein wenig unterwiesen. Sollte Brad nach dem Zulassungsschein fragen, würde Ian sagen, er hätte ihn vergessen. Aber die wichtigsten Fragen könnte er auf jeden Fall beantworten. Er wollte und er würde die nächsten vier Wochen Leuchtturmwärter-Assistent sein. Sollte Brad ihn dafür nicht einstellen, würde er sich als Hilfskraft jedweder Art anbieten – und sei es zum Linsenputzen. Irgendetwas musste es einfach auf dieser verlassenen Insel für ihn zu tun geben! Und dann würde er in ebenso rasantem Tempo, in dem er in den letzten Stunden zum Schiffsmotortechniker aufgestiegen war, Eve Boyle für sich gewinnen. Sie musste doch gemerkt haben, wie sehr er sich in sie verliebt hatte. Wäre er sonst auf eine so dämliche Idee wie eine Scheinverlobung gekommen?

Jetzt also der finale Anruf bei Brad, dem Onkel von Eve.

Er hatte Glück – der Leuchtturmwärter ging sofort ans Telefon.

Ians Herz sank in bodenlose Tiefen, als er erfahren musste, die Stelle sei schon besetzt. »Oh. Aber ich bin ausgebildeter Schiffsmotortechniker und besitze das Seepatent.« Er wunderte sich, wie leicht ihm die Lüge über die Lippen kam.

»Ich brauche keinen Seefahrer, sondern einen Assistenten für den Leuchtturm.«

»Exakt – und ich bin Ihr Mann dafür.«

»Seit wann arbeiten Sie als Schiffsmotortechniker?«

Ians Adrenalinpegel stieg. Weiterlügen ging nicht. »Na ja, bei Ihnen würde ich meine erste Stelle antreten.« Er fühlte sich wie ein Pennäler. »Aber ich wäre mit Leib und Seele bei der Sache. Ich … Mein größter Wunsch war es stets, einmal Leuchtturmwärter zu sein.«

»Wie alt sind Sie?«

Ian war schon auf dem Sprung zu einer erneuten Lüge, doch dann besann er sich. »Fünfunddreißig.«

»Bisschen spät für den Wunsch.«

»Aber sicher doch nicht zu spät«, stieß Ian hervor. Unangenehm wurde ihm bewusst, wie ihm Schweißperlen auf die Stirn traten. Diese Situation passte so gar nicht zu dem, was er von sich gewohnt war. Saß hier der Tausendsassa, der mit links teure Objekte verscherbelt hatte? Nie im Leben! Hatte es Mr. Boyle hier mit demselben Kerl zu tun, der in der Klinik über Leben und Tod entschieden hatte? Das schon gar nicht! »Ich kann Ihnen versichern, ich würde alles tun, um Sie zufriedenzustellen. Außerdem könnte ich umgehend anfangen.«

»Soso. Aber wie ich schon sagte, die Stelle ist bereits besetzt.«

Ians Enthusiasmus erlosch wie eine Sternschnuppe. »Schade. Da kann man nichts machen. Haben Sie vielen Dank. Auf Wiederhören.« Mit diesen Worten legte er auf.

Er sank aufs Sofa und starrte aus dem Fenster. Es war aus. Aus und vorbei. Die Insel und mit ihr Eve waren gestorben. An den zerfleischenden Hunden kam man nur vorbei, wenn man sie tötete, und das konnte er nicht. Wenn er es dennoch schaffte, bei Nacht und Nebel auf der Insel anzukommen, würde Eve ihn hochkant rauswerfen. Ihm blieb nur noch, seinen Ranzen zu packen und woanders anzuheuern. So ein Mist!

Eine Viertelstunde später, in der er mit geschlossenen Augen auf dem Sofa vor sich hin gejammert hatte, ließ ihn der Hahnenschrei seines Handys hochschnellen. »Preston.«

»Hier Boyle. Ich hab's mir überlegt, Sie können rüberkommen.«

Einen Moment verschlug es Ian die Stimme. »Oh … Super, danke. Ich bin sofort bei Ihnen.«

»Halt, stopp! Ich meine natürlich zuerst zu einem Gespräch. Danach entscheide ich mich fest.«

Ian ballte die Faust. »Logisch«, presste er hervor.

»Wie Sie rüberkommen, wissen Sie?«

»Sicher.« Tatsächlich kannte er noch von früheren Ausflugsfahrten mit seinen Eltern die kleine Schwesterinsel und die eingeschränkten Möglichkeiten, auf sie zu gelangen. Als kleiner Junge hätte er seine rechte Hand dafür gegeben, sie einmal besuchen zu dürfen.

»Ich erwarte Sie heute Nachmittag. Und achten Sie auf die Hunde, falls sie draußen sind.«

»Ja, ich weiß.« Ian hatte die Worte hervorgestoßen und hätte sich am liebsten auf die Zunge gebissen. Musste er sich derart unaufgefordert in die Karten blicken lassen?

Die Quittung kam prompt. »Woher, wenn ich fragen darf?«

»Äh … von Ihrer … Nichte.«

»Was hat die denn damit zu tun?«, erkundigte Brad sich interessiert.

»Nichts, nichts«, erwiderte Ian gequält. Er war nicht nur ein Idiot, er war geradezu schwachsinnig. »Es ist nur so … Mary's Head ist klein, und da … da läuft man sich halt über den Weg. Man kommt ins Gespräch, man lernt sich kennen …«

»Soso«, wiederholte sich Amys und Eves Onkel wortkarg. »Von mir aus ist zwar Eile geboten, aber Sie müssen auf Niedrigwasser warten, sonst kommen Sie nicht rüber. Sie werden also erst heute Nachmittag hier eintreffen. Aber ich bin auch noch um acht heute Abend auf den Beinen.«

»Wunderbar. Dann also bis später.«

»Man sieht sich.« Damit war das Telefonat beendet.

Ian lehnte sich erschöpft zurück. Er spürte, dass seine Hände tatsächlich ein wenig zitterten. Er hatte es also geschafft – jedenfalls den ersten Teil der Hürde genommen.

Erleichtert ausatmend, schwang er sich aus dem Sessel und machte sich sodann pfeifend ans Werk. Da er davon ausging, Eves Onkel von seinen Qualitäten überzeugen zu können, würde er schon mal sein Gepäck mitnehmen. Binnen einer halben Stunde hatte er alles gepackt, was ein Mann für eine einsame Insel benötigt: warme Kleidung, Schnitzwerkzeug, dazu eine Kiste feinstes Erlenholz, ein kleines Radio, das er extra erstanden hatte, denn man wusste ja nie, ob es eins auf der Insel gab, einige Krimis und zwei Flaschen Whisky – eine für sich und eine für Brad Boyle. Um Viertel vor vier war sein Auto auf dem privaten Parkplatz von John Atlin geparkt.

Sein erster Eindruck von Martha's Knee war zwiespältig. Die Insel, von dunklen Riffen umgeben, wirkte wie eine Festung auf ihn. Doch nachdem sie den Felsbuckel, vor dem der Pferdewagen streiken musste, zu Fuß erklommen hatten, wobei John ihm vor allem beim Schleppen seines Gepäcks freundschaftlich Hilfe leistete, fand er die

Umgebung gleich viel einladender. Alles war stellenweise von lichten Waldkiefern bedeckt, zwischen denen man die grasbewachsenen Uferregionen mit ihren von Flechten überzogenen Felsen sehen konnte. Der Schnee war größtenteils geschmolzen, und einzelne Bäume, die wie Gestalten aus einem Fantasy-Film wirkten, gaben schließlich den Blick frei auf den rot-weißen Leuchtturm mit den funkelnden Glasprismen. Ian entdeckte ebenfalls zwei weiße Häuser mit roten Dächern. Das erste, etwas kleinere, dessen winziges Fenster neben dem Eingang als einziges erleuchtet war, lag gleich neben dem Leuchtturm. Das zweite Haus, das sich in circa fünfzig Metern Entfernung vom Leuchtturm befand, lag hingegen in völliger Dunkelheit bis auf das Licht, welches über der Haustür brannte. Von dem Plateau aus betrachtet, strahlte alles eine beinahe paradiesische Ruhe aus, denn der Sturm der letzten Tage hatte sich gelegt und das Meer war heute flach wie ein Spiegel.

Erst als er vor dem Leuchtturm stand und zwei Riesenhunde auf ihn zugeschossen kamen, in der augenscheinlichen Absicht, ihn zu zerfleischen, wusste er, dass dieser Flecken nicht Bullerbü war.

»Sammy! Shelby!«

Die Hunde setzten sich nach dem erstaunlich leisen Befehl blitzartig auf die Hinterpfoten. In einem Meter Abstand fixierten sie Ian, und nur ein Narr hätte die Linie ihrer Schnauzen als Lächeln gedeutet. Er stieß erleichtert die Luft aus.

»Sie sind also Ian Preston, nehme ich an? Herzlich willkommen auf Martha's Knee«, wurde er von Brad Boyle an der Tür begrüßt. Sie wechselten einen festen Händedruck und einen forschen Blick.

Ian erkannte sofort, dass er es hier nicht, wie insgeheim gehofft, mit einem romantischen, weltfremden Träumer zu tun hatte. Trotz des gebrochenen Arms zeugte Brads kantige Gestalt von Kraft und die hellen Augen von scharfem Verstand. »Freut mich, Sie kennenzulernen – und auch, wie gut Ihre Hunde parieren«, sagte er und ärgerte sich im gleichen Moment über sich selbst. Bei der Mission, die er sich vorgenommen hatte, war es fatal, sich wie ein Knirps in Windeln und nicht wie ein gestandener Mann zu benehmen.

»Ja, die brauchen wir hier dringend. Ich dulde keine ungebetenen Gäste«, gab Brad grinsend zurück. »Außerdem sind sie gute Möwen-Jäger. Ich kann die Biester nicht leiden. Hinterlassen nichts als Bakterien vom Festland und bringen das Fieber«, erklärte er kategorisch. »Sammy und Shelby sind darauf abgerichtet, die Nester am Boden zu klauen und aufzufressen. Allerdings muss ich immer aufpassen, dass sie mir dabei nicht zu dick werden.«

»Wenn Sie mögen, dürfen die zwei mich morgens bei meinem Dauerlauf rund um die Insel begleiten, dann können sie kein Fett ansetzen.«

»Tja, mein Junge, dazu muss ich Sie erst einmal einstellen.«

Ian enthielt sich einer Antwort.

»Außerdem werden Sie wohl kaum groß zum Laufen kommen. Arbeit gibt's hier nämlich genug, und das nicht nur am Tag, sondern auch bei Nacht.«

Ian folgte schweigend dem flotten Schritt des Mannes in den verdreckten Gummistiefeln, den es von sich und seinen Qualitäten noch zu überzeugen galt. Noch mehr Fehler, und er konnte unverzüglich kehrt machen und durch den Sund zurück nach Mary's Head laufen, genauer gesagt schwimmen, da mittlerweile die Flut eingesetzt hatte. Statt seines Riesengepäcks hätte er besser einen dicken Rettungsring mitgebracht.

Die beiden Männer betraten das Puppenstubenhäuschen – die Hunde blieben zu Ians Beruhigung draußen und machten es sich in einer Miniatur des Hauses neben der Haustür gemütlich – ein Bild von Frieden und Eintracht.

Von einem langen Flur mit Fenster auf der Schmalseite ging links und rechts je eine Tür ab. Als sie die Jacken ausgezogen hatten, folgte er Brad in die Wohnstube. Und jetzt verstand er, warum er von außen kein Licht hatte erkennen können. Die innen liegenden Fensterläden, die man praktischerweise zur Seite schieben konnte, hatten jeden Lichtschimmer nach außen ferngehalten. Der Raum war klein, aber gemütlich. Er gefiel Ian, der minimalistisch eingerichtete Wohnungen bevorzugte. Drei Wände waren mit Regalen zugebaut, die bis oben hin mit Büchern, Zeitschriften und Videofilmen bestückt waren. In einem Regal hatte Brad einen kleiner Fernseher untergebracht. Auf der anderen Seite hing ein großer Wandteppich, auf dem ein Engel abgebildet war, darunter stand ein Sofa, davor ein niedriger Couchtisch und ein Sessel.

»Dann nehmen Sie mal Platz.« Brad wies auf den Sessel und setzte sich Ian gegenüber auf die Couch. »Also, wollen wir mal loslegen«, begann er ohne Umstände – was Ian gefiel. Ihn hätten lange und breite Einführungen nur gestört.

»Erzählen Sie mir erst mal von sich. Beginnen Sie nicht gerade bei der Geburt, aber doch so ziemlich am Anfang«, forderte Brad, lehnte sich zurück und steckte sich in aller Gemütsruhe eine Zigarette an. »Entschuldigung, möchten Sie auch?«

»Nein, danke.«

Fast eine Stunde später lag sein Leben offen wie ein Buch vor Brad Boyle. Wenn Ian geneigt gewesen war, etwas zu verschweigen, hatte Brad es gerochen und den Finger exakt in die Wunde gelegt. So wusste er natürlich auch, dass Ian kein Schiffsmotorentechniker war.

»Und jetzt bin ich also hier, um mir meinen Herzenswunsch zu erfüllen – ich meine, von Ihnen hoffentlich erfüllt zu bekommen«, schränkte er hastig ein. »Ich möchte Leuchtturmwärter werden«, log Ian mit treuherzigem Augenaufschlag. Gedanklich klopfte er sich stolz auf die Schulter. Ja, er hatte sich tatsächlich ganz gut geschlagen angesichts der Tatsache, dass er sich noch nie in seinem Leben ernsthaft für einen Job hatte vorstellen müssen.

»Mithin haben Sie also richtig Geld gemacht mit Ihrer letzten Tätigkeit«, überging Brad die Bemerkung.

»Kann man so sagen. Hier geht es mir aber nicht ums Geld.« Was stimmte.

»Tja, klingt alles ziemlich interessant.«

Ian seufzte erleichtert auf. Die Sache schien in trockenen Tüchern. »Ganz recht, es war manchmal bunt und nie langweilig.«

»Wenn ich Ihnen auch die Geschichte von Ihrem Herzenswunsch beim besten Willen nicht abnehmen kann. Jedenfalls nicht die mit dem Leuchtturm.«

Der selbst erklärte Leuchtturmfan schluckte trocken und hatte Mühe, seine Bestürzung zu verbergen. Wo zum Teufel hatte er einen Fehler gemacht? Ihm wollte absolut nicht einleuchten, was er falsch gemacht haben könnte. Und zu seinem Ärger fiel ihm im Moment auch nicht die geringste Ausflucht ein, die er anbringen konnte, um diesen Mann von seiner Passion für Leuchttürme zu überzeugen.

»Ich glaube eher, meine schöne Nichte hat etwas mit Ihrer Geschichte zu tun. Und ehe ich nicht ganz genau von Ihnen die Wahrheit erzählt bekommen habe, wird aus unserer Zusammenarbeit nichts werden.« Mit seinen Gletscheraugen schien Brad die tiefsten Winkel von Ians Seele zu erforschen. »Dann dürfen Sie zwar die Nacht hier verbringen, aber es würde sich nicht lohnen, mehr als den Schlafanzug und die Zahnbürste auszupacken.« Gemütlich faltete er die Hände vor seinem nicht vorhandenen Bauch.

Ian blickte wie ein ertapptes Kind zur Seite. Verdammt und zweimal verdammt! »Aber die Arbeit eines Leuchtturmwärters finde ich wirklich interessant«, beharrte er trotzig.

»Mag ja sein.«

Ian verzog verdrießlich die Mundwinkel. Es war lange her, dass ihm ein Wunsch abgeschlagen worden war. Gut, Eve hatte ihren Vertrag gebrochen. Aber normalerweise bekam er, was er wollte. Diese beiden Boyles waren kein leichtes Kaliber. Er presste die Lippen fest aufeinander. Andererseits kam er mit Ausflüchten jetzt nicht weiter. Und er wollte Eve. Er liebte sie, so einfach war das.

»In Ordnung«, gab er sich geschlagen. »Aber ich hab tatsächlich gelernt, was man in einem Leuchtturm alles zu tun hat.«

»Wenn es sich dabei auch nur um einen Schnelllehrgang gehandelt haben kann.«

Dieser Mann musste aber auch immer das letzte Wort behalten! »Einen Tag zum Eingewöhnen werden Sie mir ja wohl zugestehen«, brummte er. Seine Laune war bereits im Keller angelangt, wenn nicht sogar mehr als unterirdisch.

»Also?«

»Eve und ich haben einen Vertrag. Und den hat Ihre Nichte nicht eingehalten. Und ich bin jetzt hier, um diesen Vertragsbruch mit ihr zu klären.«

Brads schmale Augen verwandelten sich in Schlitze, wie man sie von den Turnierhelmen eines Ritters kennt. »Um was für einen Vertrag genau handelt es sich?«

Ian drückte den Rücken durch. »Ich schätze, das geht nur Ihre Nichte und mich etwas an.«

Brad stand auf. »Dann ist unser Gespräch hiermit beendet. Sie können von mir aus drüben in dem Gästezimmer meiner Nichte übernachten. Ich wünsche Ihnen für diese eine Nacht einen angenehmen Aufenthalt.«

Ians Herz begann zu holpern. Alles war schiefgegangen. Aber er würde Eve immerhin noch heute Abend – in wenigen Minuten – zu fassen kriegen! Sehr gut.

»Sie wird heute Nacht nicht nach Hause kommen, aber hier bliebe Ihnen nur die Couch im Wohnzimmer, die will ich Ihnen nicht zumuten. Also kommen Sie.« Abwartend blickte der Leuchtturmwärter auf Ian hinunter.

Der fluchte innerlich, wie er lange nicht geflucht hatte. Diese komplette Aktion war in den Sand gesetzt. Was für ein Mist! Und dieser Mensch vor ihm war reinweg aus Granit. Er begann, ihn unangenehm an seinen Vater in jungen Jahren zu erinnern, und diese Erinnerungen waren nicht berauschend. Aber er wollte nun mal sein Ziel erreichen und Eve jetzt und auf der Stelle von sich und seiner Liebe überzeugen.

»Gut, ich erzähl's«, stieß er zwischen zusammengebissenen Zähnen hervor. »Aber Sie werden mir die Geschichte vielleicht nicht glauben. Und sie womöglich auch nicht verstehen. Es mag Ihnen ziemlich … nun ja … befremdlich erscheinen.«

Brad hob die Brauen, ließ sich breitbeinig in sein Sofa zurücksinken, und Ian legte den Schwur ab, nie wieder im Leben einen derartigen Einstellungstest über sich ergehen zu lassen.

»Das zu beurteilen, überlassen Sie mal mir. Auch ich war einmal jung – obwohl Sie auch nicht mehr zu den Allerjüngsten zählen«, sagte Eves Onkel grinsend.

»Ihre Nichte und ich haben ausgemacht, dass sie mir zur Verführung … zur Verfügung … dass sie ein Jahr für mich …« Innerlich stöhnend, verfluchte Ian die Momente, in denen er Eves Haus und das des Leuchtturmwärters je betreten hatte. »Ich meine, wir haben vereinbart, dass sie an meiner Seite die Verlobte spielt. Für ein Jahr. Das haben wir mit Handschlag besiegelt. Diesen mündlichen Vertrag hat sie jedoch gebrochen, indem sie sich auf und davon gemacht hat. Auf diese Insel.«

»Warum war vereinbart, es zu spielen?«

»Weil ich … Nun, das ist schwierig zu erklären.«

»Mögen Sie sie?«

»Äh … ja.«

»Sehr?«

»Kann man sagen«, gab Ian zu seinem Erstaunen zu. »Ich … ich liebe sie.«

»Liebt sie Sie denn auch?«

»Sie meinen mich?«

»Ich meine Sie.«

»Keine Ahnung. Wir haben uns jedenfalls immer gut verstanden. Meistens.«

»Warum, glauben Sie, hat Eve bei etwas dermaßen Heiklem mitgemacht und Ihnen und den anderen eine Vorstellung als Ihre Verlobte dargeboten?«

»Keine Ahnung«, gab Ian sich geschlagen. Die Sache war gelaufen – bedauerlicherweise nicht in seinem Sinne. Der Mann führte sich auf wie ein

Inquisitor. Welche Gründe Eve gehabt haben könnte, diese Sache mit ihm einzugehen? Was wusste er denn schon? Sollte es wirklich am Geld gelegen haben, so würde er diese Vermutung nicht gerade ihrem Onkel auf die Nase binden. Außerdem, wer wusste es schon? Vielleicht hatte sie ja gar nicht das Geld im Sinn gehabt? Sie war ihm in der letzten Zeit nicht wie eine geldgierige Person erschienen. Vielleicht hatte sie sich gar in ihn verliebt? Wäre doch möglich. Aber dann fiel ihm ein, dass sie in einer Nacht- und Nebelaktion aus seinem Dunstkreis geflüchtet war. Nicht gerade ein Zeichen von Verliebtheit.

»Ich mache Ihnen einen Vorschlag«, unterbrach Brad seine trüben Gedanken.

Die Hoffnung auf einen Sieg – vielleicht nur einen Teilsieg, aber immerhin – begann von Neuem zu keimen. »Ja?«

Brad stemmte sich mit einer Hand vom Sofa hoch. »Sie kommen jetzt mit mir, ich zeige Ihnen das Gästezimmer. Morgen kommt Eve wieder, dann werde ich mit ihr über Sie reden. Was sie dann mit Ihnen machen wird, geht mich nichts an.«

»Tja, dann ...« Ian erhob sich schwerfällig.

»Sollte meine Nichte nichts dagegen haben, können Sie sich als mein zukünftiger Assistent betrachten.«

Ian blieb abrupt stehen.

»Was ist? Sind Sie festgewachsen?«, fragte Brad belustigt von der Tür.

»N-nein. Vielen Dank, Mr. Boyle. Ich versichere Ihnen, ich würde mein Bestes geben.«

»Davon gehe ich aus.«

Ian nahm seine Jacke. Sie verließen das Haus.

»Wie ich sehe, hatten Sie sich bereits auf einen längeren Aufenthalt eingerichtet«, bemerkte Brad mit leisem Spott und deutete auf Ians Gepäck.

Ian räusperte sich und nahm die Reisetasche. Den Koffer und die Kisten mit dem Holz und dem Werkzeug ließ er stehen. »Wenn Sie sich für mich entschieden hätten, wäre mir eine Fahrt erspart geblieben. Sollten Sie sich gegen mich entscheiden …«

»… oder Eve sich gegen Sie entscheiden«, warf Brad trocken ein.

»… wäre es auch egal. Ich meine, dann wäre es egal, wenn ich das Gepäck wieder mitnehmen müsste.«

»Logisch. Für heute können Sie's aber ruhig mit reinnehmen. Es ist Regen angesagt.«

Das Haus, in dem Eve gerade wohnte, war nicht abgeschlossen, was in Anbetracht von Sammys und Shelbys Vitalität und Entschlossenheit auch nicht erforderlich war. Es war innen beinahe baugleich mit dem Leuchtturmwärter-Haus. Aber hier gab es vier Zimmer, zwei auf jeder Seite, und es lagen die Dachbalken frei, was es nach oben hin offener erscheinen ließ.

Brad ging zum Ende des Flurs und öffnete eine der Zimmertüren. »Das hier ist das Gästezimmer, das Bad ist gegenüber. Eves Zimmer ist nebenan. Und hier«, er drehte sich herum und deutete auf das erste Zimmer neben dem Eingang, »… ist die Küche. Bedienen Sie sich. Kaffee, Tee,

Brot und dergleichen sind zur Genüge da. Aber für heute Abend benötigen Sie sowieso nichts. Ich lade Sie ein. Um sechs gibt es Brotzeit. Um sieben beginnt der Dienst. Man sieht sich.« Mit diesen Worten drehte Brad sich um und verschwand.

Ian holte tief Luft und ließ ausatmend die Reisetasche fallen. Was für ein Tag. Er sah auf die Armbanduhr. Es war jetzt Viertel vor sechs. Er hatte gerade noch Zeit, sich ein wenig frisch zu machen. Dann ging es erneut in den Kampf – denn anders konnte er das Beisammensein mit diesem Mann wohl nicht nennen.

Als er sein restliches Gepäck hereingeholt, sich in aller Schnelle gewaschen und das Hemd gegen einen Pullover ausgetauscht hatte, fühlte er sich gleich viel besser. Die Schlacht war ja gar nicht gänzlich verloren. Sie begann, wenn er es recht besah, erst morgen, wenn Eve zurückkehren würde.

Was machte sie nur heute Nacht auf der Nachbarinsel? Dass sie mit der Fähre bis zum Festland gefahren war, konnte er sich nicht vorstellen. Aber vielleicht hatte sie bereits der Inselkoller überfallen. Das geschähe ihr recht. Ob sie einen Mann besucht hatte?, fiel Ian plötzlich siedend heiß ein. Vielleicht gab es da einen Kerl. Er beschloss, das unbekannte und ungute Gefühl von Eifersucht zu ignorieren, das ihn plötzlich übermannte. Morgen würde man weitersehen.

Als er das Leuchtturmwärter-Haus betrat, war er beinahe wieder er selbst. Und als er es exakt eine Stunde später wieder verließ, glaubte er zumindest, dass er wenigstens der Arbeit als Brads Assistent gewachsen sein würde, denn sie hatten sich fast nur über die Arbeit auf der Insel unterhalten.

Guten Mutes folgte er Brad, der ihn zu einem Rundgang eingeladen hatte, die Eisentreppe hinauf auf den Leuchtturm. Brad öffnete eine Klappe, und schon standen sie in der gläsernen Laterne des Turms, vierzehn Meter über dem Meer. Im Westen war neben Mary's Head das Festland auch bei gutem Wetter kaum auszumachen. Im Osten lag lediglich eine weitere sumpfige, unbewohnte Vogelinsel, deren Zugang aus Naturschutzgründen untersagt war, ansonsten nur die Weite des Ozeans. Hier auf Martha's Knee gab es neben den beiden Häusern und dem Turm noch eine Werkstatt, die stationäre Funkanlage, den Wetterstand und ein Windkraftrad neben dem Schuppen mit der Solaranlage und dem Stromaggregat, die die Insel mit Strom versorgten.

»Ich hoffe, Sie sind in der Lage, die Wolkenformationen Cirrus Cirrocumulus von Altocumulus Lenticularis zu unterscheiden.«

»Und auch Altostratus von Nimbostratus oder …«

»Schon gut, schon gut, ich glaub Ihnen ja«, brummte Brad. »Als Erstes müssen wir die Wasserpumpe reparieren.«

»Kein Problem«, sagte Ian schnell.

»Und dann müssten wir«, fuhr Brad mehr zu sich selbst fort, »immer gesetzt den Fall, Eve stimmt zu«, fügte er grimmig ein, »Seile zwischen den Häusern und dem Turm spannen. Zum

Festhalten, damit Eve und Sie Landei nicht weggeweht werden, denn die Stürme in diesem Jahr sind nicht von schlechten Eltern. Früher wurden die Kinder immer an Wäscheleinen eingebunden«, grinste er.

Er schwieg, und Ian hütete sich, die Stille zu unterbrechen. Wäscheleinen, um ihn auf den Beinen zu halten! Himmel noch mal! Es war gut, dass niemand von der Chose hier mitbekam. Mit Ausnahme natürlich von Eve.

»Wenn Sie von Eve aus ebenfalls bleiben dürfen, haben Sie Glück«, fuhr Brad fort. »Ich wollte morgen mit dem Satellitentelefon im Supermarkt die Lebensmittel für den nächsten Monat bestellen, denn wir haben hier keinen Handyempfang. Einmal im Monat landet der Helikopter hier auf der Insel. John Atlin, Sie haben ihn ja bereits kennengelernt, wäre überfordert, müsste er ständig zu uns rübergefahren kommen und alles an Land schleppen.«

»Super«, erwiderte Ian, dessen Hoffnung weiter wuchs.

»Gut, dass Sie Arzt sind, man kann nie wissen. Ihre Zähne sind in Ordnung?«

»Alles perfekt.«

»Gut. Nicht dass Sie mir im ungelegensten Moment zum Zahnarzt müssten.«

»Sieht nicht danach aus. Ich könnte mit ihnen im Zirkus auftreten und eine Dame an ihrem Haarschopf durch die Luft wirbeln.«

»Solche Spielereien werden hier nicht von Ihnen verlangt.«

»Verstehe«, Ian nickte grinsend. »Und Sie, Mr. Boyle? Wie oft kommen Sie an Land und unter Menschen?«

»Alle halbe Jahre steig ich in den Heli und lasse mich rüber zum Festland fliegen. Am ersten Tag verbarrikadiere ich mich im Hotelzimmer, esse Pizza und sehe fern. Am zweiten gehe ich zum Arzt, um mich gründlich untersuchen zu lassen. Und am dritten hole ich meinen Pick-up aus meiner angemieteten Garage und besuche meine Freunde. Dann fahre ich kreuz und quer durch die Gegend. Das geht natürlich nur, wenn ich mich auf meinen Assistenten verlassen kann«, sagte er streng, »was im letzten Jahr leider nicht der Fall war.«

Ian versicherte, als Arzt seine Ferientermine so legen zu können, wie er wollte.

»Übrigens, Ihre Holzkiste können Sie gern im Schuppen unterbringen. Da finden Sie auch Motorsägen und Schwemmholz.«

»Haben Sie die Stühle in der Küche von Eve gemacht?«, fragte Ian überrascht. Brad nickte. »Kompliment. Die sind wirklich schön.«

»Ja. Ist mein Hobby. Irgendwas muss man ja auf so einer Insel mit sich anfangen, wenn die Arbeit getan ist. Und Sie? Sie scheinen ja auch gern mit Holz zu arbeiten.«

»Ja, so ist es. Ich schnitze.«

»Das ist schön. So, und jetzt lassen Sie uns unsere Arbeit tun.«

Und das taten sie dann auch. Zum Ende sagte Brad: »So, morgen früh sind Sie an der Reihe.«

»Ich freu mich drauf. Ich wünsche eine gute Nacht, ohne besondere Vorkommnisse«, verabschiedete sich Ian.

»Gute Nacht. Das Frühstück macht sich jeder selbst«, schickte Brad noch hinterher.

»In Ordnung.«

Ian trollte sich. Eigentlich hatte er gedacht, dass dieser Job ihn kaum fordern würde, und sich auf die freie Zeit zum Schnitzen gefreut. Doch wie Brad angedeutet hatte, gab es haufenweise zu tun. Unter anderem musste alle drei Stunden die Wetterlage an die Zentrale der Küstenwache gefunkt werden. Wolkenbild, Temperatur, Windstärke und Luftfeuchtigkeit waren unverzichtbare Informationen für die Kapitäne und Piloten, die den Sund anpeilten. Und die Ausbesserungsarbeiten an den Häusern und dem Turm waren auch nicht zu unterschätzen. Aber natürlich fürchtete er sich nicht davor. Das Einzige, wovor er sich fürchtete, war, dass Eve ihn heimschicken würde.

Am nächsten Morgen erwachte er gegen sechs. Er hatte prächtig geschlafen und sollte sich eigentlich ausgeruht und fit fühlen. Doch er bemerkte sofort, dass er sich eine dicke Erkältung eingefangen hatte. Das nicht auch noch!

Er stand auf, schob den inneren Laden vor dem Fenster zur Seite und öffnete es weit. Die Geräusche des Windes und der Brandung, ihm normalerweise alles andere als fremd, hatten ihn gestern Abend am Einschlafen gehindert. Es hatte geklungen, als schwappte die See direkt ins Häuschen.

Das Wetter war grauenhaft. Es war wärmer geworden, und die letzten Reste vom Schnee flossen nun in schmalen Rinnsalen den matschigen Pfad entlang, der die verschiedenen Gebäude der Insel verband. Das Grau des Meeres vermischte sich mit dem Nebel, der tief über der Insel hing und den windzerzausten Fichten ihr geheimnisvolles Aussehen gab. Gut, dachte Ian, dass er vorsorglich die gefütterten Gummistiefel eingepackt hatte, hier auf der Insel konnte er sie gebrauchen.

Er stützte sich auf die Brüstung und kniff nachdenklich die Augen zusammen. Seltsamerweise fühlte er heute keinerlei Rastlosigkeit. Im Gegensatz zu gestern, als er sich dem Interview, das eher einem Examen glich, unterzogen hatte. Zwar waren alle seine Sinne angespannt – er hatte morgens ohnehin keinerlei Probleme, war beim ersten Augenaufschlag sogleich wach und aufnahmebereit, doch dieser Zustand glich eher einem Hochgefühl und bedeutete keinen negativen Stress.

Eve sollte nur kommen – er war darauf vorbereitet. Er würde sie von sich und seiner Liebe überzeugen, sie für sich einnehmen, sie bezaubern – bis sie sich schlussendlich geschlagen gab und zumindest beschloss, den mündlich getroffenen Vertrag einzuhalten. Dafür würde er bis aufs Letzte kämpfen.

Er duschte und zog sich an. Gegen das Kratzen im Hals wappnete er sich mit einem weichen Kaschmirschal. Dann ging er hinüber in die hübsche, aber winzige Küche. Sie war, einer Kombüse gleich, äußerst praktisch eingerichtet und gefiel ihm, da er Ordnung und Einfachheit liebte. Seltsamerweise schienen das die Frauen nicht von ihm zu erwarten. Höchstens vielleicht Eve. Bei ihr hatte Ian das Gefühl, dass sie sein Innerstes auf Anhieb wahrgenommen hatte.

Wenn sie nun in Hornborough einen Geliebten hatte?

Energisch schnitt er eine dicke Scheibe des Brotes ab, das er vorgefunden hatte. Der Kaffee in der Maschine gurgelte bereits und verströmte sein herrliches Aroma. Ian säbelte von dem Schinken, der gut und gern zwei bis drei Kilo wog, eine dicke Scheibe ab und gab diese mit einem Klacks Butter in die Pfanne, die Rühreier für eine fünfköpfige Familie spielend auf einmal fassen konnte. Daneben ließ er zwei Eier hineingleiten. Eines stand fest: Verhungern brauchte auf dieser Insel niemand.

Was, wenn Eve nun in der Tat vor ihm als Mann ausgebüxt war, aus welchem Grund auch immer? Was, wenn sie nicht ein Gefühl von Verliebtheit spürte, so, wie er es in sich erahnen konnte – was ihm in der Tat erst aufgegangen war, nachdem sie bereits das Weite gesucht hatte. Sicher, sie zog ihn körperlich an, aber das war ja im Vertrag nicht vorgesehen, und es war ihm verflixt noch mal nicht leichtgefallen, diese Regungen zu unterdrücken.

Wenn sie geflüchtet war, weil sie sich über ihre Gefühle klar werden wollte – kein Problem. Doch wenn sie ihn schlicht und einfach nicht leiden konnte? Wenn diese entspannten Abende nur in seiner Fantasie existierten und sie die Zeit mit ihm mehr oder weniger nur gelangweilt und im schlimmsten Fall gar unbeteiligt über sich hatte ergehen lassen?

Dann hatte er in der Tat ein Problem – das sie ohne Zögern zu lösen imstande sein würde, indem sie nämlich Brad diese Abneigung gegen ihn kundtat und dieser sie seinen zwei Schäferhunden signalisierte. Sammy und Shelby würden dann in aller Deutlichkeit und unverzüglich für die Ausführung ihrer Entscheidung sorgen, darauf zumindest würde Verlass sein, fantasierte er sich ein Horrorszenario zusammen.

Es war acht Uhr, als er sich auf den Weg hinüber zu Brad machte. Dem Onkel jener Frau, deren Herz er nun erobern wollte. Ian hoffte, dass sie seine Gefühle erwiderte.

Er fand Brad im Schuppen. Sie begrüßten sich wie zwei Freunde, und Ian war froh, dass der Leuchtturmwärter ihm für den Moment positiv gestimmt war.

»Sie können schon mal die Holzlocken zusammenfegen, die sich hier in letzter Zeit angesammelt haben. Ich bin froh, wenn ich meine Arme wieder alle beide nutzen kann.«

Ian nahm den Besen und begann, mit kraftvollen Bewegungen den Boden zu fegen. »Wann, meinen Sie, könnte Ihre Nichte wieder auf der Insel eintreffen?«

»Müsste jeden Moment da sein«, erwiderte Brad. »Die Flut hat bereits eingesetzt, in zwei Stunden ist die Sandbank wieder verschwunden, sodass John nicht mehr viel Zeit bleibt.«

Ian schluckte trocken. »Vielleicht sollte ich ihnen entgegengehen, um beim Tragen helfen zu können?«

»Glaub nicht, dass sie so viel eingekauft hat und Ihre Hilfe benötigt.«

»Ich geh trotzdem lieber mal nachsehen.«

Er war bereits fast aus der Tür hinaus, als Brad ihn zurückhielt. »Mr. Preston, ich möchte nicht, dass Sie sie auf diese Weise überraschen. Ich würde es vorziehen, dass Sie mich zuerst allein mit ihr sprechen lassen.« Seine Worte duldeten keinen Widerspruch.

»Gut, dann werde ich, wenn Sie gestatten, drüben im Haus auf sie warten.«

»Das wär wohl besser.«

22

Ian nickte wortlos und schloss vorsichtig die Tür. Der Mann wusste, was er wollte. Das gefiel ihm einerseits. Dass Eve auf diese Weise vorgewarnt sein würde, gefiel ihm allerdings nicht so gut. Wenn sie es nicht bereits war, denn es gab ja das Satellitentelefon. Wie dem auch sei, er hatte dem Befehl, denn um etwas anderes handelte es sich nicht, Folge zu leisten.

Er musste gar nicht mal lange warten – obwohl ihm die halbe Stunde, die es höchstens gedauert hatte, wie eine Ewigkeit erschien.

Als er vom Wohnzimmer aus die Eingangstür zufallen hörte, begann sein Herz wie wild zu klopfen. Ian rannte nicht in den Flur, wie es sein erster Impuls gewesen war, sondern zwang sich, auf Eves Eintreten zu warten. Sie war die Hausherrin, immerhin.

Die Stubentür ging auf. Eve blieb einen Moment lang auf der Schwelle stehen. Nie war sie ihm begehrenswerter erschienen. Ihre Haut war rosig angehaucht, und ihre Augen strahlten. Das Haar stand ihr ein wenig wirr vom Kopf, sie trug einen weinroten Rollkragenpullover über einer schwarzen Hose und war auf Socken in den Raum getreten. An keinem Tag zuvor war sie ihm energiegeladener vorgekommen. Ian sprang auf.

Eve schloss die Tür, trat auf ihn zu und reichte ihm die Hand. »Soso. Leuchtturmwärter zu werden, ist dein innigster Wunsch. Schau an, schau an.«

Er ergriff ihre schmale Hand. Wie zart und klein sie in seiner lag. Er war froh, dass Eve keine Schuhe trug, so überragte er sie um ein ganzes Stück, was ihm in diesem Moment wohltat. Ihre Pupillen schienen riesig zu sein. Ein gutes Zeichen? Oder ein Ausdruck ihres Zorns?

»Ja. Seit Neuestem«, krächzte er mit, wie er hoffte, sexy Stimme, was allein an der aufkommenden Erkältung lag. Er fühlte sich bei Weitem nicht so souverän, wie er es sich erträumt hatte. Ian hatte sich vorgestellt, wie sie den Raum betrat und dann vor Schreck zusammenfuhr, ihn hier vorzufinden. Er wäre cool aufgestanden und hätte die Führung des Gesprächs übernommen. Und sie, sie hätte vor Fassungslosigkeit keinen Ton hervorgebracht.

»Interessant.«

»Find ich auch.«

Täuschte er sich, oder glitzerten ihre Augen wirklich so unnatürlich?

Eve ging zum Sofa, ließ sich darauf fallen und zog die Beine unter sich, wie sie es auch zu Hause manchmal getan hatte, wenn sie beide in ein interessantes Gespräch vertieft gewesen waren oder sie telefonierte.

Nie waren ihm ihre Bewegungen weiblicher, erregender erschienen. Stumm betrachtete er sie. Wie sexy sie war! Lagen wirklich erst ein paar Tage zwischen ihrer Flucht und dem Wiedersehen?

Noch gestern hatte er Hunderte von Fragen gehabt, Hunderte von Dingen, die er hätte sagen wollen. Doch jetzt fiel ihm absolut nichts ein. Es schien, als hätte er sich seit ihrem letzten gemeinsamen Treffen in einen völlig neuen Mann verwandelt. Logisch – erst jetzt war ihm ja aufgegangen, wie verliebt er in sie war.

»Wie hast du mich gefunden?«, fragte sie, und ihre Stimme klang aalglatt, beinahe unbeteiligt. Wer hier Coolness zeigte, war offensichtlich.

»Ich hab meine grauen Zellen in Bewegung gesetzt.«

»Die ich hier in meinem Urlaub, wie du dich ja mal auszudrücken beliebtest, so nach und nach aufs Spiel setze.«

Er befeuchtete sich nervös die trockenen Lippen. »War doch nicht so gemeint.«

»Man kann leicht einem Inselkoller erliegen, wenn man nicht an Einsamkeit gewöhnt ist.«

»Ich werde damit fertigwerden.«

Ihr Finger fuhr in die Höhe, eine Angewohnheit, die er schon öfter bei ihr beobachtet hatte. »Du *würdest* damit fertigwerden«, korrigierte sie ihn. »Man kann sich auf einer Insel nicht aus dem Weg gehen, selbst wenn sie so groß ist wie diese und sie dazu verleiten mag, auf ihr mit den Hunden im Schlepptau herumzujoggen.«

Ian zog hastig die Luft ein. Brad! Dieser verdammte Kerl! Musste er auch wirklich alles brühwarm weitertratschen, was er gestern von sich gegeben hatte? »Ich bin ein verträglicher Mensch«, presste er hervor.

»Was es zu beweisen gilt.«

»Wozu ich in der Lage *wäre*, wenn man mir die Chance *gäbe*. Und nebenbei hab ich in letzter Zeit bewiesen, dass ich es bin.«

Eve strich sich die feinen elektrisierten Haare zurück, die, wie von einem unsichtbaren Windhauch bewegt, ihre Stirn zu kitzeln schienen. Sie wies auf den Sessel. »Du darfst auch wieder Platz nehmen«, sagte sie leichthin, ohne auf seine Worte einzugehen.

Er setzte sich nicht zu ihr aufs Sofa, wie er es gern getan hätte, sondern in den Sessel gegenüber. Als er sah, wie sie ihre Hände knetete, hatte er zum ersten Mal das Gefühl, dass auch sie sich längst nicht so sicher fühlte, wie sie sich den Anschein geben wollte. »Warum bist du in einer Nacht- und Nebelaktion vor mir davongelaufen?«, wagte er den Vorstoß.

Zu seiner Freude bemerkte er, wie sie rot wurde. »Ich hab dich mit Lucy gesehen.«

»Ja – und?«

»Ja und – ja und?«, fuhr sie ihn an. »Diese Frau hat dich geküsst – in nacktem Zustand!«

Sein Herz raste erneut. »Soso, Lucy also ist der Grund. Bin ich so ein unmöglicher Mensch, dass du das nicht mit mir hättest besprechen können?«

»Himmel noch mal! Was denn? Ob dir ihr Kuss gefallen hat, oder was?«

»Du hast uns nicht lange genug beobachtet, sonst hättest du bemerkt, dass ich ihr den Morgenrock wieder über die Schultern gelegt hab – nachdem ich ihre Arme von meinem Hals gezerrt habe. Und danach wäre dir nicht entgangen, dass ich sofort weggefahren bin. So. Und jetzt bist du dran«, endete er zufrieden.

Sie schwieg.

»War das der einzige Grund?«, insistierte er.

»Ja.«

»Dann ist doch alles geklärt oder nicht?«

Ihre rosige Haut nahm einen noch tieferen Ton an. »Nein, natürlich nicht.«

»Was noch?«

»Es ging um diesen hirnverbrannten Vertrag.«

»Den du nicht einhalten wolltest.«

»Ich wollte ja. Anfangs. Aber ...«

»Aber?«

»Ich hatte das Gefühl, du machst dich nur über mich lustig.«

»Wie kommst du denn auf so was?«, fragte er perplex.

Eve zog die Stirn kraus. »Nun ja, du gibst vor, unter anderem vor Lucy geschützt werden zu wollen, ... und dann ... dann hatte ich das Gefühl, du verlustierst dich vielleicht nebenbei doch mit ihr.« Ihre Stimme hatte sich während ihrer Worte verändert. Während sie anfangs eher scheu klang, wurde nach und nach deutlich, wie sehr sie sich über ihn geärgert hatte.

»Aber das ist doch blanker Unsinn!« Ian holte tief Luft. Dann fasste er sich ein Herz, stand auf und ging hinüber zu ihr an die Couch.

Sofort verschränkte sie abwehrend die Arme vor der Brust. Mit einer zarten Bewegung schob er ihre Beine zur Seite und setzte sich dann neben Eve.

Sie stieß ihn nicht von sich, was ihn ermutigte, einen Arm um sie zu legen. Zu seinem Erstaunen ließ sie auch das geschehen. »Lucy hat mich unter einem perfiden Vorwand zu sich ins Haus gelockt. Sie wollte, dass ich ihr Haus verkaufe. Was ich nach dem Kuss übrigens abgelehnt habe. Sie trug nichts als einen Morgenrock, als sie mich hereinließ und just in dem Moment, als du zugesehen hast, ließ sie den Morgenmantel fallen. Wie gesagt, ich hab ihn ihr sofort wieder umgelegt«, setzte er hastig hinzu. »Ich hab sie also in keiner Weise angefasst. Und der Kuss, *ihr* Kuss, ließ mich völlig kalt.«

»Aber ja, das glaub ich dir aufs Wort«, sagte Eve ironisch. »Vor allem, da du mal in sie verliebt warst – oder es noch bist.«

Ian zog sie näher zu sich heran und bemerkte, wie wundervoll ihr Haar duftete, ein Duft, den er schon einmal an ihr wahrgenommen hatte, als sie sich geküsst hatten. Am liebsten hätte er dies auf der Stelle wiederholt, doch ihr Blick hielt ihn davon ab. »Ich war noch nie in Lucy verliebt. Sie war hinter mir her. Aber dafür hab ich keine Beweise, das musst du mir schon glauben.«

»Warum also willst du partout hier den Leuchtturmwärter spielen?«

»Ich … möchte, dass wir unseren Vertrag … äh … erfüllen.«

»Auf dieser Insel bedarf es keines Vertrags. Ich darf dir versichern, dass du vor jedweder Weiblichkeit geschützt wärst. Diese Insel wird keine einzige weibliche Person betreten, die nicht von mir oder Brad erwünscht und geduldet wird.«

»Oder von Sammy und Shelby.«

»So ist es.«

Ians Kaumuskeln mahlten. Diese Frau machte es einem wirklich nicht leicht. »Du meinst, du schickst mich also wieder fort?«

»Wenn, dann schickt dich Brad fort.«

»Eve, bitte!«

Sie holte tief Luft. »Also: Ich möchte, dass wir auf der Stelle diesen sogenannten Vertrag vergessen.«

»In Ordnung«, presste Ian hervor und studierte das Muster im Teppich. Was hatte ihn je veranlasst, sich mit ihr einzulassen? Er hatte Eve Boyle in allem unterschätzt, sie anfangs für naiv gehalten, für eine harmlose Frau, die in keiner Weise seine Kreise stören würde. Er war wirklich ein Hornochse.

»Und ich möchte, dass du leise bist, wenn du alle paar Stunden aufstehst, um irgendwelche Wetterdaten zu notieren.«

»Versprochen.« Er sah, wie sich winzige Fältchen um ihre Augen gebildet hatten. »Du nimmst mich auf den Arm, stimmt's?«

»Du hast's erraten«, sie lachte. Er wagte nicht, einzustimmen. »Ich werde jetzt meinem Onkel verklickern, dass ich mit seiner Wahl einverstanden bin, dich einzustellen.«

»Du meinst, ... nur damit?«

»Genau.«

»Und was ist mit uns beiden? Ich meine, empfindest du denn gar nichts für mich?«

»Und ob ich das tue, du Dummkopf! Sonst würdest du in der nächsten Stunde von John abgeholt werden, und Sammy und Shelby würden dafür sorgen, dass du mich nicht weiter belästigst«, entgegnete Eve grinsend.

»Du Biest.« Er unternahm den zaghaften Versuch, die Arme um sie zu schlingen.

Sie befreite sich, und Ian war dermaßen verunsichert, dass er zu zittern begann.

Sie stand auf und zündete eine Kerze an. Diese stellte sie in das Fenster, das zum Haus des Leuchtturmwärters wies. »Unser Zeichen, dass Brad einen neuen Assistenten hat«, erklärte Eve grinsend und setzte sich dann wieder zu ihm. »Wenn deine Probezeit bei mir abgelaufen ist, werden wir neue Verhandlungen aufnehmen, wo du in den nächsten Monaten wohnen wirst.«

Er zog sie zu sich und umarmte sie erneut. »Sagen wir, in fünf Tagen?«

»Sagen wir zehn.«

»Sagen wir acht.«

»Sagen wir achteinhalb.«

»In Ordnung«, stimmte er rasch zu. »Ach, Eve, ich … hab mich in dich verliebt. Gleich beim ersten Mal, als ich dich auf dem Boot von dem Amerikaner sah. Und als du anfingst, zu lachen, war's um mich geschehen. Ich weiß nicht, ob du mir glaubst, aber … ich liebe dich. So!« Endlich! es war heraus, und eigentlich waren die Worte gar nicht allzu schwer gewesen.

»Du hast aber ganz schön lange gebraucht«, seufzte sie. »Herrgott, Ian, Ich liebe dich doch auch. Und ja, du darfst die Braut jetzt küssen.«

Das ließ er sich nicht zweimal sagen. »Und nun zu dir«, nahm er das Wortgefecht schließlich nach einer längeren Pause wieder auf. »Was war das noch, was du mir noch beichten wolltest an dem Tag, als wir unsere Verhandlungen bezüglich gewisser Dinge aufgenommen haben?« Er fühlte sich federleicht und fürchtete sich vor keinem weiteren Geständnis mehr.

Ihre Augen wurden riesig. Gespielte Unschuld stand darin, und ihm wurde wieder einmal bewusst, dass sie eine gute Schauspielerin war.

»Ich verstehe nicht?«

»Da gab es etwas, was du mir beichten wolltest«, wiederholte er streng, »an dem Tag, als du deine Premiere vor Lucy gegeben hast.«

»Ach das«, erwiderte sie gedehnt. »Da ging's um die Ehe.«

»Aha, du bist also doch nicht solo«, fuhr er unsicher dazwischen. »War das gestern vielleicht ein Ausflug zu einem Freund?«

»Nein, natürlich nicht«, erwiderte Eve kichernd. »Ich hab ein Buch für Brad besorgt, das er gern lesen würde, und anschließend auf dem Festland bei einer Freundin übernachtet, weil ich sie lange nicht gesehen hab und wir uns viel zu erzählen hatten.«

»Und weiter?«

»Bitte betrachte das nicht als Einengung, aber das mit der Ehe …«

»Ja?«

Sie hob die Hände und sagte mit einem Lächeln: »Nun, im Gegensatz zu dir hege ich andere Ansichten über diese Institution. Ich für meinen Teil finde die Ehe gar nicht *so* schrecklich. Im

Gegenteil, ich find sie ganz wunderbar, um genau zu sein. Ich finde sie sogar *absolut* erstrebenswert.«

Der Hustenanfall, der sich seiner bemächtigte, obwohl ihn ihre Worte gar nicht einmal so sehr überraschten, ebbte erst ab, als Eve ihm kräftig auf den Rücken klopfte. »Das ist wirklich ein harter Brocken«, keuchte er.

»Nicht wahr?«, sagte sie sanft. »Ich wusste, dass dich meine Ansicht umhauen würde.« Spielerisch ließ sie die Finger durch sein Haar gleiten. »Und du? Gibt's da nicht auch irgendetwas, das du beichten möchtest, ehe es zu spät ist? Ich meine, noch kannst du die Flucht ergreifen. Ich muss nur die Kerze auspusten, und du hast freie Fahrt aufs Festland«, schelmisch sah sie ihn an. »Etwas zu verbergen, wäre zwecklos. Wir Frauen kriegen alles raus.«

Ian wischte sich eine Träne aus dem Augenwinkel. »Da muss ich mal überlegen«, sagte er gedehnt. Natürlich gab es da etwas, was er ihr beichten konnte. Und eigentlich war er es ihr ja auch schuldig, vor allem jetzt, da sie beide sich endgültig nähergekommen waren. »Also, das mit deinem Hausverkauf …«

»Ja?«

Er kratzte sich fast schon verlegen hinterm Ohr, und seine Stimme klang heiser, was ihm durchaus gelegen kam, jedoch allein an der Erkältung lag. »Deine anderthalb Millionen waren völlig in Ordnung, die hätte ich dir sofort vorgeschlagen, wenn ich dein Haus an jemand anderen verkauft hätte.«

»Ach«, sagte sie ehrlich erstaunt. »Aber das Haus ist in einem ziemlich ramponierten Zustand!«

»Nicht das Haus ist es wert, sondern natürlich die Lage. Aber als mir plötzlich klar wurde, dass ich so ein Kleinod unmöglich jemand anderem überlassen konnte, da … nun ja, da hab ich halt versucht, dich ein bisschen runterzuhandeln.«

Sie schlug ihm spielerisch auf die Finger. »Ein bisschen ist ja wohl die Untertreibung des Jahrhunderts, du Schuft! Ich wusste doch von Anfang an, dass dir nicht zu trauen ist.«

»Aber jetzt, wo wir sozusagen im selben Boot sitzen …«

»Auf derselben Insel, wolltest du sagen …«

»Tja, da kannst du mir natürlich ab sofort in allem trauen. Immer«, sagte er und meinte es tatsächlich ernst.

Sie schenkte ihm ihr bezauberndes Lächeln und sah direkt in seine Seele. »Wenn das so ist, dann darfst du die Braut jetzt erneut küssen.«

»In Ordnung. Ich küsse dich jetzt. Aber nur, wenn du mir später nicht vorwirfst, ich hätte dich mit diesem heißen Kuss überrumpelt.«

»Ich bin im Vollbesitz meiner Kräfte – geistig, seelisch und körperlich.« Sie zog ihm sacht den Schal, den er immer noch trug, vom Hals und schwenkte ihn kreisend wie ein Lasso über ihrem Kopf. »Also dann – auf in den Kampf! Ich versichere dir, ich werde in den nächsten Jahren mein Bestes tun, um dich vor dem Rest der Weiblichkeit zu schützen.«

»Das ist doch mal ein Wort.« Er zog sie an sich und küsste sie innig.

»Und über die Ehe werden wir später dann weiter verhandeln«, raunte sie an seinem Ohr.

»Alles, was du willst. Ich liebe dich und werde alles tun, was dich glücklich macht«, gab er sich fröhlich geschlagen.

»Ich werd dich von Zeit zu Zeit daran erinnern.«

»In Ordnung, aber ich bin der Boss.«

»Das werden wir dann von Fall zu Fall klären.«

»In Ordnung, Boss. Ach, und übrigens … ich liebe dich!«

»Ich dich auch. Sagte ich das nicht bereits?«

»Sag es, so oft du willst.«

»Aber gern, Boss.«